나는 ....
6·25의 학도병,
그리고 ....
과학자 ....
송창원입니다

나는
6·25의 학도병,
Chang W Song 그리고
과학자

미네소타대학교 명예교수 **송창원 지음**

송창원입니다

율리시즈

노력 없이 이루어지는 것은 없다.
모든 사람에게 행운이 찾아오지만
노력하는 사람만이 그 행운을 포착할 수 있다.
토끼가 되지 말고 거북이가 되어
목표를 향해 묵묵히 걷고 또 걸으면
빛나는 성공에 도달할 것이다.

송창원 *Chang Won*

나를 낳으시고 길러주신 부모님께,
그리고 60여 년 긴 세월 동안 연구실에 박혀 있는 나를
변함없는 사랑과 한결 같은 이해심으로 격려하고 도와준
사랑하는 아내 주재강에게 이 회고록을 바칩니다.

의학박사 유병팔

90 평생을 지나오는 동안 많은 자서전이나 회고록을 읽었지만 송창원 교수의 회고록만큼 감동적인 자서전은 없었다. 많은 감명과 깊은 인상을 받았을 뿐만 아니라 이 회고록을 통해 새로운 송창원 교수를 발견하였다. 송창원 교수와 나의 친교는 75년 전인 8·15 광복 전으로 거슬러 올라간다. 그는 춘천중학교 동문이자 1년 후배로 가까운 사이였으며 서로 매우 비슷한 학창 시절을 보내며 성장하였다. 이 회고록을 통해 동문 중에 누구보다 존경스러운 학자이며 훌륭한 과학자임을 다시 한번 확신할 수 있었다.

이 회고록은 그의 학자다운 솔직한 성품과 가식이나 과장 없는 겸손한 과학자의 솜씨로 흥미롭게 또한 정확히 서술되었다. 첫 부분은 우선 사랑을 많이 주셨던 조모를 비롯하여 부모님의 내력과 형제들을 소개하면서 시작한다. 그 후 당시 내선일체內鮮一體를 앞세운 일본 식민지 교육 시점인 유년기 초등학교 시절을 의의 깊게 묘사하였다. 그의 중학교 시절은 일제 강점기로, 일본이 미국과의 태평양 전쟁의 승리를 위해 강행한 근로봉사와 군사훈련이 대부분을 차지한다. 8·15 광복 후 정부 수립까지의 과도기에는, 우익과 좌익의 무서운 싸움과 폭력이 난무하는 불안한 사회 분위기가 좁은 춘천 지역 중, 고등학교에까지 미쳤다. 이 일들을 회고록에 실감 나게 서술하였다. 38선에 가까운 탓에 춘천은 남한을 위협하는 북한에 대한 경계심이 유독 강했던 지역이다. 북의 남침으로 6·25 전쟁을 겪은 그는 누구보다 힘들고 어렵게 역경을 극복한 행운의 생존자였다. 남다른 애국심으로 학도병 그리고 국군 간부 후보생으로 자원입대했고, 전장에서 제일 먼저 죽는다는 소모 소위로 불려온, 최전선의 18세 육군 보병 소대장으로 용감하게 싸워 큰 전공을 세운 용사다. 그 당시 젊은 용사가 품었던 충성심은 이 회고록에 실감 나게 잘 기록돼 있다. 고지 전투에서 적 포탄의 파편으로 부상했지만, 신의 가호로 구사일생 살아남았고, 그 파편이 현재도 송 교수의 몸에 박혀 있다는 사실은 더 놀라울 따름이다.

전상으로 의병 제대 후, 그는 어려운 전쟁 상황 중에도 변함없는 학구열로 서울대 문리대 화학과를 졸업하고 고려대 석사과정을 마쳤다. 이후 국비 원자력 장학생으로 선발돼 1959년 미국 유학길에 올라 제2의 생애를 시작한다. 그리고 마침내 1964년 방사선에 관한 연구로 박사학위를 취득하였다. 그의 연구에 대한 애착은 비할 데 없이 컸으며, 풍성한 상상력과 창의성, 지구력은 연구 분야 발전에 큰 공헌을 하게 만든 원동력이다. 그는 일생을 암의 방사선 치료와 온열 치료 연구에 바쳤으며 그의 연구 결과는 국제적 이목과 관심을 야기하였다. 연구논문의 인용 회수, 엄격한 심사를 통과해야 가능한 미국 정부 연구기관의 연구비 지원 등은 그의 연구가 얼마나 가치 있는 것이었는가를 짐작하게 한다. 그뿐만 아니라 연구 기회에 목말라하던 한국의 후배 과학자들을 초빙하고 훈련하여 한국의 방사선 암 치료 발전에 큰 도움을 주었다는 사실에서 고국에 대한 사랑이 얼마나 지극했는지를 충분히 엿볼 수 있다. 그의 헌신적인 노력과 공헌은 놀라울 정도다. 또한 고령에도 불구하고 연구에 대한 애착은 여전해서, 그는 현재도 매일 연구실에서 살다시피 하고 있다.

이 회고록은 단지 송 교수의 생애에서 언제 무슨 일이 일어났다는 사실만을 기술하는 것에 그치지 않는다. 마지막 장에는 오랜 경험을 통해 얻은 살아 있는 지식을 후배 과학자들한테 남겨주고자 하는 귀한 교훈도 실려 있다. 이 감명 깊은 회고록은 성공적인 과학자가 되는 데 필요한 노하우를 가르쳐주는 나침반 역할에 조금도 부족함이 없다. 그런 의미에서 많은 독자에게 본 회고록을 강하게 추천하고 싶다.

의학박사 유병팔
텍사스 주립대 의과대학 명예교수
부산국립대학 석좌교수

송 교수님과의 첫 인연은 1984년 무렵부터 시작된 것으로 기억한다. 교수님은 그 후 1987년 미네소타 대학에 교환교수로 불러 '방사선생물학'이라는 학문의 눈을 뜨게 이끌어주신 은사님이기도 하다. 지난 반세기 동안 송창원 교수님께서 보여주신 학문에 대한 열정, 그 열정을 뒷받침하는 창의력과 성실성 등을 지켜보면서 가장 닮고 싶은 롤 모델로 삼고 지내왔다. 지금까지 많은 학문적인 가르침을 주시고 개인적으로 인생의 멘토가 되어주신 교수님께서 회고록을 출간하신다는 소식에, 교수님의 일생과 업적이 더욱 널리 알려지게 된 것을 기쁘게 생각한다.

송 교수님은 독창적으로 개발한 측정 방법을 이용하여 세포의 분열 주기 중 DNA 합성 기간이 8~9시간이라는 사실을 규명함으로써, 1968년 한국인으로는 처음으로 〈네이처Nature〉 지에 논문이 게재되는 쾌거를 이루셨다. 이 밖에도 백혈병의 골수이식치료법, 암 조직 혈관의 침투성vascular permeability에 관한 연구, 온열요법에 관여된 여러 생물학적 기전을 밝혀내고 암의 줄기세포는 방사선 저항성이 높다는 점을 규명하여 그 저항성을 극복하는 방법을 제시하는 등, 그간의 세계적인 연구 업적은 헤아릴 수 없을 정도다. 최근 암환자들의 치료에 효능이 높은 방사선 수술 치료법 (Stereotactic Radiosurgery, Stereotactic Body Radiation Therapy)이 각광을 받고 있는데, 이제까지 잘 규명되지 않았던 이 치료법의 생물학적 기전을 밝혀낸 분도 교수님이다. 이 치료 효과를 극대화시킬 수 있는 방법을 포함, 결코 간과할 수 없는 획기적인 업적을 쌓아오셨다. 이 모든 학문적 업적은 세계적으로 인정받은 눈부신 쾌거이기에 개인에게도 영광이겠지만, 국가로서의 긍지와 명예를 드높이는 데도 크게 일조한 귀중한 자산이다.

그러나 무엇보다 송 교수님을 더 우러러봐야 할 부분은 대한민국의 방사선종양학 발전을 위해 헌신적 노력을 아끼지 않으셨다는 점이다. 이제는 우리 의료 수준도 세계 정상급이라는 말이 무색하지 않을 만큼 괄목할 발전을 거듭하고 있지만, 50여 년 전인 1970년대만 해도 몇 개 병원만 초보 상태로 명맥만 유지하던 시절이었다. 그 시절 우리나라에서 방사선 치료가 굳건히 뿌리를 내릴 수 있도록 지대한 도움을 주신 것을 간과해선 안 된다. 분주한 일정에도 시간을 쪼개 틈틈이 우리나라 학회에 참석하여 최신 학술 정보를 전해주시는 한편, 무엇보다 인재 교육의 소중함을 절감하셔서 그동안 20명이 넘는 방사선종양학 전문의, 암을 전공하는 내과 전문의 등 많은 Medical Doctor들을 본인의 연구실에 초빙해 1~3년간씩 연구 기회를 마련해주셨다. 후에 그들이 전국의 여러 대학병원과 종합병원에서 방사선 치료 전문가 역할을 할 수 있도록 기반을 닦아주신 것이다.

교수님께서 베풀어주신 세심한 배려와 그동안 쌓아온 학문에 대한 지대한 공헌을 우리 후학들은 모두 잘 기억하고 있다. 더불어 90세까지도 쉼 없이, 실질적으로 은퇴를 마다하고 연구를 계속하면서 '과학자는 자기 연구 분야에 충실하고 한 우물을 파야 한다'라는 큰 가르침을 주고 계신다. 교수님의 꿈과 인생을 엿볼 수 있는 귀한 자료를 우리에게 남겨주심에 다시 한번 감사를 드린다.

의학박사 김귀언
(전)대한방사선종양학회 이사장·회장
(전)대한두경부종양학회 회장
(전)연세암병원 원장
연세대학교 의과대학 명예교수

이학박사 김재호

세계 방사선생물학계에 큰 발자국을 남긴 송창원 박사가 회고록을 펴낸다고 하니 무척 반갑고 여러 가지로 감개무량하다.

60여 년 전 송 학형과 나는 이승만 정부의 원자력 진흥 정책에 따라 국비 원자력 장학생으로 선발되어 함께 아이오와 대학으로 유학을 왔다. 그 이래로 우리의 인생 궤적은 매우 유사하다. 생전 처음 비행기를 타고 태평양을 건너왔고, 미국에 와서도 기숙사의 한 방에서 지냈고, 학교 밖에 집을 얻어 지낼 때도 줄곧 한 집에서 지냈다. 모든 것이 낯설고 물설고 새로운 데다 말도 잘 안 통해서 적응하느라 힘든 시기에도 우리는 함께 힘들어했고, 함께 참고 견디었고 함께 이겨냈다. 하루하루가 눈코 뜰 새 없이 바쁘게 지나던 시절, 그 시절에 꾸었던 꿈, 실패해도 좌절하지 않았고 곤경에 처해도 당황하지 않았던 일들, 웃음과 노래가 충만했던 젊은 시절이 주마등처럼 뇌리를 스쳐 지나간다. 돌아보면 모든 것이 아름답게만 느껴진다.

대학원 졸업 후에는 헤어져서 각자 인생을 개척하며 지내왔지만 우리는 동일한 분야에서 연구하며 계속 교류하였고 함께 공조하며 연구하여 논문을 내기도 했다. 미국에 온 이래로 누구보다 가깝게 송 박사의 연구와 업적을 지켜볼 수 있었다. 그의 연구들은 방사선 생물학의 초석이 되었고 방사선을 이용한 암의 치료법 발전에 크게 기여했다. 세계적으로 명성이 높은 송 박사가 온열 암 치료의 기전 연구와 악성종양 치료법 개발에 선구적 역할을 한 것은 실로 방사선 치료학계에 길이 남을 큰 업적이다. 그는 또한 모국에 방사선 치료가 뿌리내리고 자리 잡는 데에도 많은 기여를 하였다. 직접 가서 강의도 하고, 많은 한국의 학생들과 방사선 치료 의사들을 초청하여 가르쳤고, 지금까지도 원자력의학원의 고문으로 있으면서 함께 연구하고 있다. 송 박사의 과학도로서의 업적은 한국과 미국은 물론 세계 방사선 종양 학회에 오래오래 기억될 것이다.

송 박사는 또한 우리 현대사의 굴곡진 고비들을 온몸으로 체험하며 살아내었다. 회고록을 읽으면서 18세 나이에 학도병으로 참전하여 총알이 빗발치는 전장을 누비던 일, 그리고 육군 소위가 되어 최전방에서 전투하다 전상을 입은 6·25 전쟁 참전 이야기는 생생한 다큐멘터리 영화를 보는 듯하였다. 우리 현대사의 또 하나의 중요한 사료가 아닌가 생각한다.

황혼의 나이가 되면서 인생이란 흘러가는 것이 아니라 채워지는 것이라는 느낌을 받는다. 하루를 보내는 것이 아니라 내가 가진 무엇으로 채우는 것이 아닌가 하는 생각이 드는 것이다. 누구보다도 충실히, 그리고 열정을 가지고 일생을 채우며 살아온 송 박사의 일생은 많은 사람에게 귀감이 되기에 부족함이 없다. 마지막으로, 60년간의 체험을 바탕으로 후배 과학도에게 전하는 송 교수의 글은 과학도나 과학자가 되고자 하는 꿈을 품은 젊은이들에게 꼭 들려주고 싶은 참으로 주옥같은 조언이다.

이 책이 널리 읽혀서 한국 사회에 송 교수의 삶이 널리 알려지기를 바란다. 송창원 박사의 회고록 출간을 진심으로 축하하며 많은 사람에게 일독을 권한다.

이학박사 김재호
(전)헨리포드 종합병원 방사선치료과 과장

예비역 육군 준장 송진원

　　　6·25 전쟁은 아직 끝나지 않았다.

　그럼에도 휴전 상태에 있다는 사실은 점차 잊히고, 적화통일 야
욕을 버리지 않은 북한은 핵과 미사일로 무장한 채 각종 도발 행
위를 자행하고 있다. 이러한 현실에 대한 경각심이 차츰 옅어져가
는 때에, 6·25 참전용사이자 호국영웅인 송창원 박사의 회고록 출
간 소식은 더할 나위 없이 반갑고 기쁘다. 이 회고록의 참전 기록
과 전쟁에 대한 회상이 우리의 현실을 제대로 일깨워줄 수 있다
고 생각하기 때문이다. 전쟁의 참상을 알아야 전쟁을 되풀이하
지 않을 수 있다. 평화를 원한다면 전쟁에 대비해야 한다.

　6·25 전쟁 발발 당시, 중학교 6학년 18세의 송창원은 북한 인민
군 치하에서 위태로운 나날을 보내다 국군의 수복으로 자유를 되
찾게 되면서, 자신도 나라를 지키는 데 참여해야겠다는 애국심으
로 춘천에 선두 입성한 6사단 7연대 정훈부 선무공작요원에 자원
입대하였다. 북진대열에 참여한 것을 시작으로 1·4 후퇴 시에는 육
군종합학교 장교후보생 과정을 거쳐 육군 소위로 임관되었다. 최전
방 3사단에 소총 소대장으로 부임한 그는 중공군의 인해전술에 맞

서 후퇴와 반격의 생사를 가르는 전장에서 소대장의 임무를 완수하였다. 그것이 얼마나 중요하고도 위태로운 직책이었는지, 회고록에는 당시 전투 상황이 상세히 기술돼 있다. 실제 전투에 참여해보지 못한 후배들에게 전쟁이란 무엇이며 전투는 어떻게 전개되는지를 알려주는 훌륭한 사료가 아닐 수 없다.

송창원 소대장은 중공군과의 전투에서 부상을 당하고 후송되어 명예롭게 예편한다. 놀라운 것은 예편 후 그가 보여주는 학자로서의 행보다. 송창원은 서울대학교 문리대 화학과와 고려대학교 대학원을 마치고 원자력 분야 전문요원의 필요성에 따라 국비 장학생으로 선발되어 미국 유학길에 오른다. 그는 정부의 요구대로 방사선 연구에 전념하여 박사학위를 취득하고 암 치료를 위한 방사선생물학 연구 분야에서 세계적 명성을 얻었을 뿐만 아니라 한국의 여러 대학병원과 종합병원에 방사선 치료 기술을 정착시키는데 크게 기여했다. 인류 모두에게 두려운 질환인 암 치료 정복에 일생을 바쳐온 것을 큰 보람으로 여긴다고 말하는 송창원 박사야말로 대한민국이 낳은 자랑스러운 보배라 하겠다.

6·25 전쟁 발발 60주년인 2010년에 송창원 박사는 국가로부터 호국영웅장을 수여받았다. 송창원 박사는 젊은 날 뜨거운 피를 아낌없이 조국에 바치고자 참전하여, 공산 침략군으로부터 조국을 수

호하는 데 앞장서다 전상을 입었고, 또 조국의 방사선 의학 발전
에 크게 기여한 애국자다. 송 박사의 회고록을 강력히 추천한다.

예비역 육군 준장 송진원
(전)대한민국 6·25 참전유공자회 부회장

의학박사 김태환

송창원 박사 내외분을 처음 만난 것은 만삭의 아내와 같이 Washington DC 근처에 있는 Prince George's General Hospital에 인턴 근무를 위해 도착한 1969년 여름이었다. 손위 동서 형님 되는 송 박사님은 당시 Medical College of Virginia에 근무하셨고, 내가 Radiation Oncology를 전공으로 선택하는 데 절대적인 영향을 주셨다. 내 멘토인 레빗 교수Dr. Seymour H Levitt를 만난 것도 송 박사님을 통해서다. 레지던트 수련을 위해 이사 온 뒤 은퇴하고 미네소타를 떠날 때까지 50년 동안, 아내는 언니인 Mrs. 송(주재강 여사)을 따라다니며 항상 지척에 집을 마련했고 덕분에 우리 집 아이들 3명과 송 박사님의 자녀들 3명은 아주 가까운 사촌으로 같이 자랐다.

아주 가까이에서 본 송 박사님은 특출한 과학자이자 헌신적인 스승이며 말할 나위 없는 애국자다. 과학자로서의 업적은 평생 동안 발표하신 300여 편에 가까운 논문만으로도 능히 짐작할 수 있다. 더욱이 박사님은 1988년 미국국립보건원National Institute of Health(NIH) 연구비를 받는 학자가 받을 수 있는 최고 영예인 Merit

Award를 수상한, 과학자로서 일가를 이루고 정점에 선 분이다. 지난 50여 년간 줄기차게 암의 방사선 치료 효과의 증진을 위한 방사선생물학 연구에 매진했고 최근에 주목받는 방사선 수술의 큰 치료 효과에 대한 과학적 기전 규명에 지대한 공헌을 하셨다. 또한 북미 온열학회의 창설 멤버로 활약하며 회장을 역임하셨다.

그러나 송 박사님을 떠올릴 때 가장 먼저 내 마음에 떠오르는 것은 이분의 나라 사랑이다. 50년간 옆에 살면서 단편적으로 6·25 전쟁 참전 이야기를 들은 적은 있지만 이 회고록만큼의 자세한 내용은 당연히 모르고 있었다. 어떻게 18세의 나이에, 나이를 속이면서까지 자원입대하여 당시 전쟁 소모품이라고 불리던 육군 소위가 되어 소대장으로 전투에 참여했을까. 그 전쟁의 현장과 18세 부상병을 생각하면 머리가 숙여질 뿐이다. 박사님의 맏딸 페기로부터 들은 이야기인데, 수년 전 온 가족이 한국을 방문해 송 박사님의 옛 전쟁터를 찾아간 적이 있다고 한다. 그때 잃어버린 전우들을 생각하며 눈물 흘리는 아버지를 보며 온 가족이 숙연해졌다는 가슴 뭉클한 장면도 떠올려본다.

송 박사님은 한국 정부의 장학금으로 미국 유학을 온 원자력 유학생 제1호다. 그 빚을 갚는다는 마음으로 30명에 가까운 한국의 방사선 치료 의사와 대학원 학생들에게 유학 기회를 제공하셨다. 박사님의 연구실에 자리를 마련해주신 것이다. 은퇴 후에도 숱하게 한국을 방문해 후진 양성을 위한 봉사를 하며 한국원자력의학원과 공동연구를 하고 계신다. 한국뿐만 아니라 여러 나라의 많은 연구자가 송 박사님의 연구실을 거쳤는데 그중 일본에서 다녀간 방사선 치료 의사 및 물리학자만 20여 명이다. 그들에게 틈틈이 한국 문화가 얼마나 일본 문화에 영향을 미쳤는지를 이야기해주면 처음 듣는 사실에 놀라며 한국을 다시 보게 되었다고 한다. 교토대학의 스가하라 쓰도무 교수는 일본 치료방사선계의 대부로 추앙받는 분이다. 그분의 별세를 추모하는 교토대학 심포지엄에서 송 박사님께 스가하라 교수의 일생에 대한 강의를 부탁했다 하니, 박사님의 학자적 위상과 친화력이 어느 정도였는지를 짐작할 수 있다.

송창원 박사님은 공식적으로는 은퇴했지만 아직 연구실을 떠나진 않으셨다. 시간을 내어 현대 제네시스를 자랑스럽게 운전하며, 지금도 가끔 연세(89)와 비슷한 점수의 골프도 치시고, 여전히 정정하셔서 주위 사람들로부터 많은 사랑과 존경을 받고 계신다. 그동안 묵묵히 내조의 공을 쌓아온 주재강 여사께도 치하의 말씀을 드린다. 회고록 발간에 즈음하여 평생 좋은 형님이자 멘토가 되어주신 송창원 박사님의 건강을 기원하며, 이 회고록을 추천한다.

의학박사 김태환
(전)애보트 종합병원 방사선치료과 과장

제2부 나는 대한민국의 육군 소위입니다

제1부
춘천의 아이

1장
출생과 성장

출생

소양강은 휴전선 근처인 인제군 서화면 무산巫山에서 발원하여 양구의 남쪽을 거쳐, 춘천까지 굽이굽이 대략 170킬로미터를 흐르는 강이다. 화천에서 내려온 북한강과 춘천에서 합류하고, 양수리에서 남한강과 만나 한강을 이룬다. 이 강이 서울을 관통하여 서해로 흐른다. 나는 소양강가에서 태어나 소양강에서 놀며 어린 시절을 보냈고, 또 학창 시절을 보냈다. 예이츠W. B. Yeats의 시 〈이니스프리의 호도湖島(The Lake Isle of Innisfree)〉에는 '언제나 호숫가에 찰싹이는 낮은 물결 소리/가슴 깊이 들리나니'란 시구가 있는데, 어릴 때를 생각할 때면 언제나 내 마음에 그리움처럼 소양강이 흐르고, 물가에서 찰싹이는 낮은 물결 소리가 가슴 깊이 들리곤 한다.

나는 1932년 4월 10일, 강원도 춘천시 북산면 내평리의 소양강변에서 태어났다. 지금의 내평리는 소양강댐에서 배를 타고 양구-인제 방면으로 물길을 따라 10킬로미터 정도 북동쪽으로 올라가다 보면 왼편 산비탈에 있는, 10여 호 남짓한 가구들이 띄엄띄엄 사는 작은 마을이다. 하지만 내가 태어날 무렵의 내평리는 지명에서도 엿볼 수 있듯이, 소양강 상류 유역에서는 찾아보기 힘든 넓은 벌판에 풍족한 전답이 있어서 많은 가구가 살았고, 북산면사무소, 춘천 경찰서 북산면 지서와 우체국, 초등학교와 상점 등이 있는 제법 큰 마을이었다. 1973년 소양강댐 완공으로 침수되기 전까지, 내평리에는 3,800여 명가량의 주민이 살았다고 한다.

내가 태어난 내평리의 집 앞으로는 뒷산에서 시작해 소양강으로 흘러내려가는 개울이 있었다. 비교적 물살이 센 개울로 기억하는데 건너편에는 방앗간이 있었다. 넓은 마당 한 편에는 어린 내가 보기에는 하늘에 닿을 것처럼 키가 높은 대추나무가 한 그루 있었다. 조상 대대로 삶의 터전이던 그곳의 논과 밭, 시골길, 나무들은 소양강댐의 완공과 더불어 침수되어 이제는 오직 희미한 기억 속에서만

소양강댐.
123m 높이의 댐으로 이루어진 소양호는 수도권 물 수요의 45%를 공급한다.

찾아볼 수 있다. 나는 고향을 물속에 잃은 실향민이다. 내 아이들이 어릴 때, 소양호에서 배를 타고 옛 내평리 부근을 지나면서 아버지는 이 물밑에서 태어났다고 말해주었더니 아버지가 물고기도 아닌데 어떻게 물밑에서 태어났느냐고 질문해서 웃었던 기억이 있다.

가족 이야기

나의 할아버지 송연옥宋連玉은 한학을 하며 서당을 열어 근동의 학동들을 가르치셨고 북산면 면장도 지내셨다. 할머니 고창기高昌基는 몹시 인자한 분으로, 내게 두 살 터울의 동생이 생긴 후로 어머니를 대신하여 나를 돌보셨다. 나는 잠도 할머니와 잤는데, 손톱 밑이 곪아 생인손을 앓느라 잠도 못 자고 아파할 때 할머니가 물에 헹군 김치 조각으로 그 손가락을 싸매고 밤새 간호해주시던 기억이 난다. 할머니는 내가 아이오와에 와서 공부하고 있을 때 돌아가셨다.

할머니 고창기(高昌基)

내 아버지 송종주宋鐘周는 초등학교에 다니던 중에 아버지를 여의고 홀어머니 슬하에서 자랐다. 아버지는 취학 연령이 되자 춘천에서 하숙하며 초등학교에 다녔다. 그 후 춘천농업학교를 졸업하고

아버지 송종주(宋鐘周)

그 당시 선망의 대상이던 금융조합에 취직해 직장 생활을 시작하셨다. 5년제 농업학교 학력이 전부였지만, 능력과 남다른 성실함을 인정받아 성공적인 금융인으로 사회에 이바지한 분이다. 금융조합 서기로 출발, 국민은행 창설 멤버에서 간부까지 역임했고 한국증권금융회사 전무로 계시다 은퇴하셨다. 우리 형제자매 교육에 남다른 열성을 보여주신 아버지는 은퇴 후 오남매가 사는 미국에 와 지내시다 72세에 돌아가셨다. 아버지의 근면한 생활 철학은 일평생 내 삶의 길잡이가 되었다.

어머니 김소순金少順은 춘천에서 광산업 등 여러 사업을 병행하며 형제상회를 운영하던 외할아버지 김익봉金益奉의 맏딸로 태어났다. 그 당시 춘천에는 여자중학교가 없었던 탓에 어머니는 소학교 교육만 받았다. 기독교 계통인 원산의 루씨고등여학교나 개성의 호수돈고등여학교에 진학하고 싶었지만, 외할아버지의 반대로 뜻을 이루지 못했다고 말씀하시던 기억이 난다. 몸은 연약했지만 담대하고 진취적인 성격의 어머니는 평생 아버지의 좋은 내조자이자 우리들의 좋은 어머니로 사셨다. 은퇴 후 아버지와 함께 미국에 오셨고 94세에 돌아가셨다. 미니애폴리스에 살 때 어머니는 80의 고령에 성경 복사를 시작해 구약과 신약을 모두 한 번씩 필사하고, 두 번째 시작한 복사에서는 구약의 반 정도까지 하시더니 체력이 감당하지

못해 결국 중단하셨다. 교회 잡지
에 수필을 기고하면서 신앙생활
도 열심이셨다.

아버지와 어머니는 1931년에
결혼하셨는데 그때 아버지의 나
이가 18세, 어머니는 20세였다.
춘천에서 신혼살림을 시작했고
결혼 이듬해인 1932년 해산 즈음
에 내평리 시댁에서 나를 낳으셨

부모님과 생후 5개월 때의 저자

다. 맏아들인 내 밑으로 남동생
학원이가 2년 후에 태어났고, 또 2년 후에는 상원이가 태어났다. 그
후 경자, 경순 그리고 경원 순으로 세 누이동생이 태어났다. 오랫동
안 외교관으로 일했던 학원이는 주 그리스 대사직을 지낸 후 세종
연구소 감사직을 마지막으로 공직을 떠났다. 그 후 로스앤젤레스
에서 딸들과 살다가 수년 전에 하늘나라로 떠났다. 상원이는 오랫
동안 필라델피아 교외에 있는 병원의 병리학과장으로 일하다 은퇴
후 미니애폴리스로 이주해와서 나와 가까운 곳에 살고 있다. 경자
는 은행장을 역임하고 은퇴한 남편 장광소와 서울에서 편안한 노
후를 보내고 있으며 경순이는 뉴욕에서, 경원이는 볼티모어에서 잘
들 살고 있다.

내 아내 주재강朱宰江은 평양 출생인데 주로 서울에서 자랐고 나
와는 1959년에 결혼했다. 우리 부부에게는 세 아이가 있다. 아이오

삼형제. 왼쪽부터 첫째 동생 학원, 저자,
둘째 동생 상원

2010년. 누이동생 경자 부부와
제주 여행을 했다. 왼쪽부터 매부 장광소,
동생 경자, 아내, 저자

아버지의 70세 생신 때, 6남매와 배우자들의 모습

와에서 태어난 페기Peggy는 샌프란시스코에서 변호사로, 필라델피아에서 태어난 타이터스Tituse는 미니애폴리스에서 금융투자 컨설턴트로, 그리고 리치먼드에서 태어난 레베카Rebecca는 시카고에서 음악치료사 겸 피아노 교사로 일하고 있다. 내가 과학자로서 살아올 수 있었던 것은 나를 잘 이해해준 아이들, 그리고 지난 60여 년간을 뒷바라지한 아내 덕분이다. 내가 바쁘다는 이유로 밤낮으로 연구실에 있었음에도, 아내는 직장 생활을 병행하며 거의 혼자서 세 아이를 훌륭하게 키워냈다.

친척들 이야기를 덧붙이자면, 어릴 적 소양로에 살 때 10분도 안 되는 가까운 곳에 큰댁이 있었다. 큰아버지가 일찍 별세하셔서 큰어머니와 사촌들만 살던 큰댁에 자주 놀러 갔는데, 항상 웃는 얼굴로 맞아주시던 큰어머니와 세원, 계원, 기원, 진원, 찬원 등 5명의 사촌이 있었다. 세원 형님은 은행지점장, 계원 형님은 서울대 농과대학 교수 그리고 기원 형님은 고등학교 교장을 지냈다. 나보다 나이가 하나 많은 진원 형님은 나처럼 6·25 전쟁에 참전했다가 군에 남아서 육군 준장으로 진급하여 육군 항공감을 지냈다. 나보다 한 살 어린 찬원이는 한국축산협회장을 역임했다. 모두 나름대로 훌륭한 사회생활을 한 이들이다. 결혼할 때까지 우리와 함께 살았던 작은아버지 송종대宋鐘大는 소양강 건너 우두리에 있던 농업시험장(현 강원도농업기술원)에서 연구원으로 일하다 6·25 전쟁 때 인민군에 강제 소집된 후 영영 돌아오지 못하셨다. 그렇게 홀로 된 작은어머니는 국민학교 교사로 일하며 세 자매를 잘 기르셨다.

유년기

　　　　태평양 전쟁이 일어나기 전, 내가 아직 어렸을 때까지 어머니는 춘천중앙감리교회를 다니며 주일학교 선생으로 봉사하셨다. 그 덕분에 나는 감리교선교단이 운영하는 유치원에 다닐 수 있었다. 유치원은 춘천 시내 교동에 있던 춘천여자중학교를 향한 작은 언덕길 중간쯤에 있었다. 문제는 아침에 유치원에 가느라 일본 동네를 지날 때면, 때때로 일본 아이들이 길을 막고 비켜주지 않는 것이었다. 난감했지만 함께 유치원을 다니던 이웃 단짝 친구 김대열과 나는 멀찌감치부터 달리기 시작하여 일본 아이들을 밀치고 돌파하곤 했다. 유치원에는 두 분의 여선생님이 계셨고 약 20명 정도의 원생이 함께 다녔다. 수업 시간에는 그림을 그리고 율동과 노래도 배우고 여러 가지 게임도 했는데 지금 생각해도 무척 재미있었다. 때때로 집에서는 못 먹어본, 맛있고 색다른 과자를 나눠주었는데 아마도 부활절이나 추수감사절이 아니었나 생각된다. 하루는 율동 시간에 친구 김대열과 장난치느라 딴 짓을 하다 선생님에게 꾸중을 듣고 유치원 창고에 갇혀서 벌을 섰다. 어린 마음에 너무 무서워서 덜덜 떨었던 기억이 난다.

　소양로의 우리 집 앞에는 신작로 너머로 제법 큰 밭이 있었는데 옛날 절터였는지 모퉁이에 오래된 절 탑이 하나 서 있었다. 겨울이 되면 그곳에 동네 형들이 모여 연을 날리며 놀았고 때때로 연싸움을 하기도 했다. 유리나 사기그릇을 망치 등으로 곱게 갈아서 풀에 섞은 후 연줄에 먹이면 연줄이 강해지고 또 날카로워졌는데 그것을 '연줄에 사沙를 먹인다'라고 했다. 사를 잘 먹인 연줄을 상대방의 연줄과 교차시킨 다음 재빨리 풀면, 바람에 연이 하늘로 오르는 힘에 상대방 연줄이 잡아당겨지면서 사를 먹인 연줄의 유릿가루에 끊겨 멀리멀리 날아가 버렸다. 나도 좀 크면 연 놀이를 하리라고 생각했지만 그 꿈은 결국 이루지 못했다. 지금도 연 날리는 그림을 보면 뜰로 뛰어나가 넓고 푸른 하늘 높이 연을 훨훨 날리고 싶은 생각이 부풀어 오른다. 지금은 아득해진 어린 시절에 대한 그리움의 한 자락이다.

2장
초등학교 시절

춘천소학교 입학

　　1939년 봄, 나는 만 7살에 춘천소학교에 입학했다. 소학
교란 지금의 초등학교로 1941년 태평양 전쟁이 시작되면서 국민학
교로 개명되었다. 춘천에는 일본인들이 다니는 소학교와 조선인 학
생들이 다니는 소학교가 따로 있었는데, 미도리오카綠丘 소학교는
시내 중심부 본정통(지금의 중앙로)에서 멀지 않은 낙원동, 지금의 중
앙초등학교 자리에 있었고, 내가 입학한 춘천소학교는 시내 서남쪽
변두리인 공지천 부근에 있었다. 소양로의 우리 집에서는 대략 3킬
로미터쯤 되었으니 매일 걸어서 통학하기에는 좀 먼 거리였다.

　조선이 일본제국의 야욕에 희생되어 합병당한 것이 1910년이
니 내가 소학교에 들어간 무렵은 일본의 식민지가 된 지 벌써 29년
이 되던 해다. 29년 동안 일본은 한반도를 정치적으로 지배하고 경
제 속국으로 만들었을 뿐만 아니라 일본과 조선은 일체라는 의미
의 '내선일체內鮮一體'를 외치며 조선인의 정체성까지 말살시키려 들
었다. 교육은 그런 정책 아래 일본인으로 만들기 위한 목적으로 시

행되었다. 춘천소학교 교문을 들어서면 좌측에 소위 봉안전奉安殿이 있었는데 일본 천황들의 칙어를 모셔두는 곳이라 했다. 아침에 등교할 때 교문에 들어서면 모두 봉안전 앞에서 허리를 90도로 굽혀 인사해야 했는데 이를 극진한 경애와 예의를 표시하는 인사란 뜻으로 '사이케이레이最敬禮'라고 불렀다. 2,000여 명 전교생이 운동장에 모이는 아침 조례에서는 동쪽을 향해 일본 천황에게 사이케이레이를 했다. 때때로 경축일이면 전교생을 운동장에 모아놓고 일종의 예식이 치러졌다. 교장은 하얀 장갑을 끼고 봉안전에서 천황의 칙어를 꺼내 검은색 쟁반에 올려놓고는 신주 모시듯 머리 위로 치켜들고 조심스러운 걸음으로 운동장 단상에 올랐다. 이어 아주 근엄한 목소리로 낭송하면 그동안 우리는 고개를 숙인 채 눈을 감고 들어야 했다. 낭송이 끝나면 꺼내올 때처럼 칙어를 머리 위로 치켜들고 다시 봉안전으로 돌아가 그 안에 모셨다. 모든 교과목 수업은

춘천소학교 2학년 1반. 뒤에서 두 번째 줄, 오른쪽에서 다섯 번째가 저자

일본어로 진행되었고, 학교에서는 일본어로만 대화해야 했다. 혹시라도 우리말로 이야기하다 발각되면 처벌을 받았다. 그 때문에 나는 해방 후 중학교 1학년이 되어서야 처음으로 한글을 배울 수 있었다.

태평양 전쟁과 전시 총동원령

일본은 조선을 합병하여 식민지로 만든 다음, 만주에 진출해 만주국이라는 괴뢰정권을 세웠다. 이후 중국을 침공했는데 그것을 중국에서는 중국 항일전쟁, 일본에서는 지나사변支那事變이라 불렀다. 일본군이 중국에서 대승했다는 뉴스가 전해질 때마다 일제는 중학교(현재의 중, 고등학교) 학생들을 동원하여 춘천 시가지에서 승전을 축하하는 초롱불 행진을 벌였다. 수백 명의 학생이 밤중에 모두 초롱불을 하나씩 들고 군가를 부르며 시가지를 행진했다.

일본은 급기야 1941년 12월 8일(미국 시간 7일) 아침, 하와이 진주만을 급습함으로써 태평양 전쟁을 일으켰다. 그날 아침, 교장은 전교생을 운동장에 집합시켜놓고 일본 천황의 조서를 읽었다. 내용인즉 일본과 아시아 여러 나라를 속국으로 만들려는 미국과 영국의 야망을 저지하기 위한 전쟁을 시작한다는 선전포고와 더불어, 일본 황족의 조상 신령들이 위에서 보살피고 있으니 충성스럽고 용감한

국민들은 생명을 바쳐 전쟁을 승리로 이끌어 아시아의 영원한 평화를 이룩하고 일본제국의 영광을 보존하라는 내용이었다. 이 조서도 봉안전에 모셔졌다.

진주만 기습 후 일본군은 필리핀을 점령하더니 말레이시아, 싱가포르, 인도네시아로 빠르게 진격해 나갔다. 이미 일본 사람으로 교육받고 세뇌당한 우리는 일본군이 파죽지세로 승리하며 남태평양으로, 또 동남아시아로 진격해 나가는 것에 열광했다. 일본은 그 당시 고무의 주산지였던 말레이시아를 점령함으로써 전쟁에 필요한 고무 원료를 확보할 수 있었다. 아직 인공 고무가 개발되지 않은 시절이었으므로 고무 산지를 점령했다는 사실은 그야말로 희소식이었다. 그 기념으로 전국의 모든 소학교 학생들에게 백색 고무공을 하나씩 나누어주었는데, 2,000명이 넘는 우리 학교 학생들에게 고무공이 배포된 날, 운동장 전체는 공을 가지고 노는 아이들로 하얗게 변했다.

춘천의 젊은이들이 군에 징집돼 떠날 때면 소학교에서 한 반이 대표로 차출되었다. 춘천역에 나가 일장기를 흔들며 "덴니 가와리데 후기오 우쓰 주요무소우노 와가헤이와~"라는 노래를 부르며 그들을 환송하는 역할이었다. 어린 우리는 그 의미도 모르고 불렀는데 나중에 알고 보니 '하늘을 대신해서 불의를 해치려고 충용하기 짝이 없는 우리 군대는~'이라는 내용이었다. 후에 언급하겠지만 수년 후 우리는 같은 장소에서 일장기 대신 성조기를 흔들며 미군을 환영했다.

진주만 기습으로 시작된 태평양 전쟁으로 일본은 미국과 영국 등 연합군을 상대했고 동시에 중국에서의 싸움도 계속되었다. 조선 반도에는 전시 총동원령이 내려졌고 직장에 다니는 남자들은 군복 비슷한 국민복을 입고 군인처럼 머리를 삭발했다. 하루는 아버지께서 삭발한 채 집에 돌아오신 것을 보고 너무나 달라진 모습에 놀랐던 기억도 생생하다. 그런가 하면 여자들은 치마가 아닌 '몸뻬'라고 부르는 통이 큰 바지를 입었다. 막대한 군수물자가 필요해진 일본은 모든 가정에 있던 철물을 강제로 수집해갔다. 금속으로 된 식기는 물론 제사에 쓰는 놋으로 된 유기鍮器도 공출되었다. 갈수록 생활필수품 구하기가 힘들어졌고 모든 것이 배급제가 되다 보니 암시장이 성행하기 시작했다.

4학년 때 우리 학급에 겨울 내복 2벌이 배급된 적이 있었는데, 물론 우리는 그 사실을 알지 못했다. 아버지가 근무하시던 강원도 금융조합연합회에 나의 일본인 담임 고오다케高竹선생의 누이동생이 타이피스트로 일하고 있었는데, 학급에 배급된 내복 중 한 벌이 그녀를 통해 상사인 아버지께 전달된 것이었다. 일제는 쌀을 거두어 가고 시민들에게는 약간의 보리, 그리고 어떤 때는 콩기름을 짜고 난 군은 콩비지를 배급했다. 그 콩비지는 만주에서 온 것이라고 했다. 시장에서 살 수 없는 물건을 구하기 위해 암암리에 물물교환이 이루어졌다. 어머니는 내평리에서 일본 경찰의 눈을 피해 반출한 쌀을 자루에 넣어 포대기로 업고 모자까지 씌워 마치 어린애를 업은 것처럼 위장한 다음, 후평동 과수원에 가서 사과와 교환해오신

적도 있다.

　노동력이 부족해지자 일제는 소학교 학생들까지 노동에 동원했다. 우리는 우두리 종묘장에 있는 묘목을 옮겨심기도 하고, 누에치는 농가에서 뽕잎을 따다 누에를 먹이는 일에도 동원되었다. 논에서 모내기할 때는 거머리가 종아리에 들러붙어 질겁했던 기억도 있다. 1944년, 소학교 6학년이 된 지 얼마 안 되었을 때, 아이젠하워 장군의 연합군이 프랑스 노르망디 해변에 상륙하여 독일을 향해 진격을 시작했다. 그날 교장은 전교생을 모아놓고 매우 심각한 어조로 연합군이 프랑스의 노르망디에 상륙했다고 말하면서 우리는 더 열심히 일해서 일선 일본군에게 군수물자를 보내야 한다고 훈시했다. 독일이 패망하면 동맹국인 일본 역시 패망할 테니 굉장히 겁이 났던 모양이었다. 그러나 어린 우리들은 노르망디가 어디 있는 곳인지, 거기에 연합군이 상륙했다는 것이 무슨 의미인지도 몰랐다.

　일제는 소학교 학생들에게도 군사훈련을 실시했다. 무슨 경축일이 되면 5~6학년 학생들은 스피커에서 울려나오는 행진곡에 맞춰 질서정연하게 행진하다 교장이 서 있는 사열대 앞에 이르면 "가시라 미기!(우로 봐!)" 하는 급장의 호령에 일제히 고개를 돌려 경례를 했다. 또 6학년 학생 중 50명을 선발하여 해양소년단이라는 것을 조직하기도 했는데 나도 단원으로 뽑혔다. 우리는 1.5미터 길이의 둥근 나무 막대기를 메고 "우리는 자랑스러운 해양소년단~" 하는 단가를 부르며 행진했고 선박의 밧줄을 매는 방법 등을 배웠다. 아마 섬나라 일본은 어릴 때부터 해군이 되기 위한 예비 훈련으로 전국의 소학교에 해양소년단을 조직하여 훈련시킨 모양인데, 내륙 분지의 우리 춘천소학교의 단원 대부분은 바다를 한 번도 본 적이 없는 어린 학생들이었다.

창씨개명

내가 소학교 2학년이던 1940년부터 일제는 조선인에게 이름을 일본식으로 바꾸는 창씨개명創氏改名을 강요하기 시작했다. 조상 대대로 이어져 내려오는 성姓을 바꾸는 일이라 이를 거부하는 사람들도 있었지만, 대부분의 보통 사람들은 그러기가 힘들었다. 일제는 이름을 일본식으로 바꾸지 않은 사람에게는 관공서에서 해결할 일을 제대로 처리해주지 않았을 뿐더러, 후에 태평양 전쟁이 시작되면서는 각 가정에 배급제로 나누어주던 식량과 생활필수품을 빌미로 창씨개명을 강요했다.

아버지는 고심 끝에 본적지인 북산면北山面에서 '산' 자를 따고, 내평리內坪里에서 '내' 자를 따서 우리 가족의 성을 송宋씨에서 '야마우치山內'로 바꾸셨다. 강요에 의해 어쩔 수 없이 성은 바꾸지만, 선조가 대대로 살아온 곳의 지명 일부를 사용함으로써 가문의 뿌리는 잊지 말자는 뜻이었다. 나의 이름은 히로오博夫로 바뀌었고 그래서 송창원에서 야마우치 히로오山內博夫가 되었다. 지금 생각해 보면 기가 막히도록 슬프고, 윤동주 시의 한 구절처럼 '어느 왕조의 유물이 기에/이다지도 욕될까' 하고 한탄할 일이었지만, 여덟 살의 나는 이것이 어떤 의미인지 몰랐고 그저 새로 받은 낯선 이름자를 사용하기 시작했다.

일본인 교사들

2학년 때 담임은 무서운 일본인 남자였다. 수업 시간에 길이가 1미터쯤 되는 몽둥이를 갖고 들어와서 걸핏하면 학생들의 머리를 때리곤 했는데 몽둥이의 울퉁불퉁한 삭정이 부근으로 맞으면 무척 아팠다. 그 몽둥이로 등을 내리치거나 종아리를 때릴 때도 있었다. 어느 날인가는 우리에게 장래 무엇이 되고 싶은지를 말해보라고 한 적이 있었다. 그때 내가 뭐라고 대답했는지는 기억이 나지 않는다. 그런데 한 친구가 일본 천황폐하가 되고 싶다고 했는데 그 말을 듣자마자 담임은 펄쩍 뛰면서 "빠가야로!"라고 욕을 하면서 그의 어깨를 몽둥이로 내리쳤다.

그 당시 천황은 일본의 건국 신화 속 신인 아마데라스 오오미가미天照大御神의 자손으로, 특히 한 번도 대가 끊이지 않고 현세에 이른, 정통성을 가진 신의 족속 반세이잇게이萬世一系로 선전된 신적인 존재였다. 폐하 소리만으로도 그 자리에 있던 모든 사람이 즉시 차렷 자세를 해야 했고, 교사들도 천황을 입에 담을 때마다 부동자세로 지극한 경의를 표하던 때였다. 그런데 아무리 어리다 해도 감히 조선인 소학생이 장래에 천황폐하가 되겠다고 했으니 일본인 선생은 경악했을 것이다. 사진에서 본 당시의 천황 쇼와텐노昭和天皇는 금테 안경을 쓰고 훈장이 주렁주렁 달린 군복 차림에 어깨띠를 하고, 앞에 새털이 달린 이상한 모자를 썼고 백마를 탄 모습이었다. 일제는 우리에게 그가 2~3천 년 전 하늘에서 내려온 여신인 아마테라스 오오미카미의 직계 후손이자 신이라는 믿음을 강요했다.

4학년 때 담임은 고오다케高竹라는 선생이었는데, 매일 점심시간이면 부급장인 내게 선생님 집에 가서 점심 식사를 가져오도록 했다. 하루는 문어가 들어간 우동을 갖고 오다 엎질러서 미안했던 기억이 난다. 지금 같으면 초등학교 학생에게 그런 심부름을 시킨 것이 알려지면 크게 문제되고 시끄러울 일이지만 그 당시에는 일반적인 일이었다.

5학년 때 담임은 아카이赤井라는 무서우면서도 꼼꼼한 선생이었다. 군대에 갔다 눈이 나빠져 제대했다는데, 학교 행사가 있을 때마다 가슴에 훈장인지 기장 같은 것을 하나 달랑 달고 나와서 우리는 그것이 무엇인지 매우 궁금해했다. 아카이 선생은 음악이 특기여서 우리 반은 음악 교육을 많이 받았다. 한 번은 타교 선생들을 위한 음악 시범수업을 한다고 해서 그것을 준비하느라 노래를 많이 배웠다. 그때 처음으로 4중창을 했는데, 화음을 맞춰 부르는 합창의 아름다움을 어렴풋이나마 느낄 수 있었던 것 같다. 나는 베이스 파트였다. 그때 배운 노래 중에 지금도 기억나는 것이 있는데 대략 다음과 같은 가사로 시작되는 노래다.

옅은 안개 속 호숫가
조그만 조각배
하얀 아침 서리 내려 있네
물새 소리 멀리서 들려오는데
호숫가의 집들은 아직 깊이 잠들어 있네

후에 언급하겠지만 아카이 선생은 해방 후 일본으로 돌아갈 때 내게 과학책들을 주고 갔는데 그 책들은 내가 과학에 관심을 두게 되는 길잡이가 되었다.

그리운 추억

여름에 나는 친구들과 함께 앞두루 前坪里(지금의 근화동) 쪽으로 잠자리를 잡으러 다녔다. 친구들끼리 누가 많이 잡는지 경쟁하는 것이 재미있었다. 또 멱을 감으러 소양강에도 많이 다녔다. 소양강 다리 부근에는 인제에서 띄운 뗏목들이 많이 떠내려 와 있었다. 우리는 뗏목에서 물에 뛰어들기도 하고 뗏목 사이를 헤엄치면서 해가 지는 줄 모르고 놀았다.

아버지는 소학교에 다니는 우리 형제의 학교 공부에 매우 신경을 쓰셨다. 공부는 성실히 하고 있는지, 또 숙제는 빠짐없이 잘하고 있는지 매일 점검하며 우리가 이해하지 못하는 것을 곧잘 가르쳐 주셨다. 또한 같이 많이 놀아주기도 하셨다. 여름이면 일요일마다 아버지, 어머니와 우리 삼형제는 앞두루를 지나 소양강으로 놀러가곤 했다. 아버지는 강에서 어항으로 고기를 잡으셨다. 어항은 대략 길이 30센티미터, 지름 20센티미터쯤의 유리로 만든 통발 같은 것인데, 입구에 깻묵을 붙여놓으면 물고기가 냄새를 맡고 몰려와 먹다가 어항으로 들어가 갇히는 구조로 되어 있었다. 어항을 물속에 설치한 후 한참 있다가 수거하러 가실 때면 나는 아버지의 뒤를 따라가곤 했다. 어항에 갇힌 고기들이 우리를 보곤 놀라서 어항을 탈출하려고 부산하게 우왕좌왕할 때면 흰 비늘이 번쩍였는데 그것이 어린 가슴을 몹시 두근대게 만들었다. 그렇게 잡은 물고기로 어머니께서는 맛있는 매운탕을 만드셨다. 우리 삼형제는 백사장에서 뛰어놀다가 뱃사공이 노를 젓는 나룻배를 타고 강 건너 중도까지 갔다 오기도 했다. 초여름 강변에는 아카시아 꽃이 만발해 있었는데 달콤한 아카시아 꽃을 따먹던 기억도 난다.

어느 해 가을에는 삼악산 서남쪽 기슭의 등선폭포가 있는 곳으로 소풍을 갔다. 옛 경춘가도를 따라 유유히 흐르는 북한강을 내려다보며 걷다가 신연교를 건넜다. 당시는 의암댐이 만들어지기 전이라 그 부근 지형은 지금과는 사뭇 달랐다. 신연교 교량에서 수면까지 30~40미터는 되었는데 교량에서 강을 내려다보는 것은 스릴이 있었다. 신연교를 지나 등선폭포에 도달하기 전, 좌측에 펼쳐진 강변 모래사장으로 내려가 어머니께서 싸주신 김밥을 맛있게 먹었다. 우리가 모래사장에서 정신없이 놀고 있으면 아버지는 강을 건너 산에 올라가 머루를 자루 한가득 따오셨다. 왕복 15킬로미터는 되는 먼 소풍이었지만 지금 생각해도 무척 즐거운 어린 시절 추억의 한 장면이다.

매년 늦가을마다 할머니는 시골에서 수확한 쌀을 정미할 때 생기는 싸라기로 엿을 고았다. 약한 불로 서서히 엿물을 증발시키며 엿을 고을 때 나던 달콤한 냄새를 나는 아직도 기억한다. 할머니는 큰 함지 가득 엿을 만들고 한입 크기로 빚어 볶은 콩가루를 뿌려 저장하셨고, 우리는 겨우내 엿을 먹을 수 있었다. 덕분에 치과병원 신세를 많이 졌지만 행복했던 옛 추억이다. 할머니는 또 봄가을 가리지 않고 떡을 만들어놓고 우리가 먹는 모습에 흐뭇해하셨다. 남달리 떡을 좋아했던 나는 할머니 덕에 '떡보'라는 별명을 얻었다.

어릴 때 기억에 몸이 몹시 약했던 어머니는 자주 병상에 누우셨다. 어느 한겨울, 앞두루 소양강 지류에 식모와 함께 빨래를 다녀오신 그날 밤부터 병상에 누우셨는데 도립병원의 일본인 의사가 검은색 가방을 들고 집에 왕진을 왔던 기억이 난다. 어머니는 소학교 교육만 받으셨지만 매우 박식했는데, 아마도 교회의 영향 때문인 것 같다. 태평양 전쟁이 발발하고 교회가 폐쇄되었을 때, 어머니는 일본의 천리교에 관심을 갖고 일본 나라시에 있는 천리교 본부를 1개월간 방문한 적이 있었다. 그래서인지 일본어도 어느 정도 능통하셨다. 소학교 4학년 때 일본인 담임이 가정방문을 왔는데 어머니가 일본어로 정중히 맞이하자 몹시 놀라는 기색이었다. 학급 친구의 어머니들 중에서 일본어를 구사할 수 있는 분들은 많지 않았다. 소학교 4학년 때부터였던 것 같은데, 봄가을로 일 년에 두 번 소풍(그때는 원족이라 불렀다)을 갈 때 담임선생의 점심 준비는 항상 내 몫이었고, 그때마다 어머니는 정성껏 점심을 만들어주셨다.

3장
중학교 시절

입학과 근로봉사

태평양 전쟁이 막바지에 달하던 1945년 봄, 소학교를 졸업하고 중학교에 진학하게 되었다. 일제는 조선인의 인문 교육을 제한하여 조선 사람이 인문계 학교에서 중등교육을 받을 기회는 무척 적었다. 일제 초기부터 일본인만을 위해 설립된 인문계 학교는 중학교라고 명명했고, 조선인이 다니던 인문계 학교는 고등보통학교(고보)라고 불러서 이름에서부터 차별을 명백히 했다. 하지만 차차 일본인 학생 수가 많아지자 1940년대 들어서 일본인과 조선인이 함께 다니는 학교들을 세우기 시작하면서 조선인 학교였던 고등보통학교도 우선 일본인 위주로 학생을 선발한 다음, 남는 정원을 조선인들로 채웠다.

당시 강원도의 유일한 인문계 중학교였던 춘천중학교는 1924년 설립 당시는 5년제 조선인 학교로 춘천고등보통학교라는 이름이었다가 1941년에 춘천공립중학교로 개명하였다. 춘천중학교는 강원도에서 항일투쟁을 벌인 학교로 유명했다. 개교 2년 후인 1926년,

수업 중 일본인 교사가 우리 민족을 모욕하는 말을 하자 조선인 학생들은 사과를 요구하며 강력한 항의 표시로 동맹휴학을 하였다. 그 후로도 조선인 학생들의 동맹휴학은 1934년까지 2차례나 더 결행되었다. 학생들은 또한 재학생과 졸업생, 그리고 강원도의 독립지사들과 상록회라는 비밀조직을 결성하여 독서토론회를 여는 등 민족의식을 고취하다 1938년에 발각되고 만다. 모두 137명이 연행돼 모진 고문을 당하고 그중 10명이 2년 6개월 형을 받고 교도소에서 복역했는데 결국 재학생 1명이 옥중에서 순국하였다. 1941년 3월에는 일제의 민족차별에 분개해서 교내에서 일본인 학생과 조선인 학생 간 충돌이 일어났는데 너무 대대적인 규모였는지라 일경이 진압에 나섰다. 경찰은 조선인 학생 24명을 체포하여 무자비한 고문을 자행하고 투옥했는데, 이때 재학생 1명이 또다시 김천형무소에서 순국한다. 이들의 항일정신과 희생을 기념하는 상록탑이 1967년 춘천고등학교 교정에 세워졌다.

내가 입학할 당시 춘천중학교는 일본인 위주로 선발하고 남는 정원을 조선인들로 채우던 상황이어서 조선인이 입학하기는 무척 어려웠다. 당시는 입시에서 낙방한 학생들이 춘천중학교에 들어가려고 재수하는 경우도 많았고, 춘천소학교에는 중학교 진학시험을 준비하기 위한 재수반도 있었다. 중학교 입시를 준비해야 할 시기가 되자 아버지는 더 많이 신경을 써주셨다. 당신께서는 초등학교 때 아버지가 돌아가시는 바람에 마음껏 공부를 못하셔서, 우리 삼형제만큼은 최선을 다해 뒷받침하려 하셨던 것 같다.

점점 전황이 심각해지면서 소학교 학생들까지 근로봉사에 동원되는 바람에 공부할 시간은 더 부족해졌다. 그러자 1945년에는 중학교 입학시험에 필기시험이 없어지고 소학교 성적과 추천서, 간단한 체력검사로 입학을 결정하게 되었다. 아버지는 집 뒷마당에 손수 철봉을 만들어 날마다 체력 단련을 하도록 하셨다. 나는 늘 반에서 1~2등을 했으므로 얼마간 합격을 예상했지만 워낙 강원도 전역에서 지원자들이 모여들었고 조선인에게 할당된 정원은 많지 않았으니 장담할 수 없었다. 하지만 결국 나는 목표한 대로 춘천중학교에 합격했다.

중학교는 여러 면에서 소학교와는 달랐다. 전쟁이 한창일 때라 학교는 일종의 병영이나 마찬가지였다. 학생은 모두 군복 비슷한 교복을 입고, 전투모를 써야 했으며, 군인처럼 각반이라는 10센티미터 넓이의 긴 천을 종아리에 둘레둘레 감고 다녔다. 학생들의 군사훈련을 위해 육군 장교도 배속되어 있었다. 나무로 만든 목총으로 총검술도 배우고 제식훈련도 했다. 심지어 무기 창고에는 실물 소총이 50여 자루 보관되어 있었다. 등교할 때면 일왕의 칙어를 모신 봉안전에 군인처럼 거수경례를 해야 했고 선생이나 선배에게 인사할 때도 마찬가지였다. 교장은 코토가와琴川라는 일본 이름의 조선 사람이었는데 조선 이름은 박관수였다. 당시 학교에는 말 두 필이 있었고, 매일 아침 당번을 맡은 학생이 교장의 출근 시간에 맞춰 말을 끌고 관사에 갔다. 그 말을 타고 출근하는 교장을 올려다보며 학생들은 거수경례를 해야 했다.

4월에 입학해 8월 15일에 해방이 될 때까지, 4개월 동안 공부는 뒷전이고 거의 매일 군사훈련과 노동을 했다. 교실에 앉아서 공부한 시간은 아마 20일도 채 안 될 것이다. 상급생은 원산에서 고성으로 내려오는 철로 건설에 동원되었고, 하급생은 식량난을 극복하기 위하여 정구 코트와 운동장을 파헤쳐 고구마를 심고, 전쟁에 쓰일 기름을 만들기 위한 관솔을 수집하기도 했다. 소나무에 올라 톱이나 낫으로 기름이 밴 나뭇가지 관솔을 잘라 모으는 것이 무척 힘들었던 나는 할당량을 다 채우지 못해서 일요일이면 아버지가 함께 후평동 산에 가서 관솔을 모아주시기도 했다.

일본은 진주만을 급습하여 태평양 전쟁을 일으켰고, 인도네시아의 보르네오에서 석유를 채굴하여 전쟁에 사용했다. 하지만 본토까지의 수송 중에 연합군에 의해 유조선이 자주 격침돼 석유 보급로가 막히면서 전쟁에 필수적인 석유 수급에 치명적인 문제가 생겼다. 이를 조금이라도 해결해보려고 소나무 송진을 정제하여 테레빈유를 만들어 군용으로 쓸 생각을 한 것이다. 전국에서 학생들이 동원돼 송진이 낀 관솔 채취에 나선 것도 그 때문이다. 교장은 춘천중학교 학생 전체가 1년간 채집한 관솔에서 추출한 기름은 고작 비행기 한 대가 활주로를 달려 이륙할 때까지 쓸 정도밖에 안 되니 더 많이 모아다 전쟁을 도와야 한다며 작업을 독려했다. 그 외에도 산에 가서 머루 넝쿨을 모아오는 작업도 있었다. 머루 넝쿨은 주석산을 만드는 데 쓰인다고 했는데 주석산이 전쟁 어디에 필요한지는 알 수 없었다. 고사리를 채집해오는 것도 당시 우리에게 배당된 작업이었다.

그날의 수제비 맛

　　6월 하순 어느 날, 1학년 전체가 춘천 서북쪽에 있는 서면으로 고사리 수집을 하러 간 적이 있었다. 춘천시에서 서면에 가려면, 인제-양구 방면에서 내려오는 소양강을 건너가 중도라는 섬에 내려서 섬을 가로지른 다음 또다시 화천에서 흘러오는 북한강을 건너야 했다. 지금은 다리가 있고 포장된 자동차도로도 있어서 차를 타면 15분도 안 걸리는 곳이지만, 그때는 배를 두 번씩이나 갈아타고 가야 했기에 족히 두 시간은 걸렸다. 우리가 그 먼 서면까지 고사리를 수집하러 간 이유는, 그 전 해에 서면 부근의 산에 산불이 났는데 불 난 자리에는 다음 해 봄에 고사리가 잘 자라기 때문이었다. 수목이 타서 생긴 재가 비료가 되어준 덕분이다.

　나는 서면에 도착해서 조선인 친구 3명과 함께 산에 올랐다. 그런데 얼마 후 비가 오기 시작하더니 금세 폭우로 변했다. 초여름 장맛비였다. 억수같이 쏟아지는 비를 도저히 견딜 수가 없어서 고사리 채집을 포기하고 산에서 내려왔다. 물에 빠진 생쥐가 된 우리는 추위에 떨면서 한 농가의 문을 두드렸다. 우리 모습에 놀란 주인아주머니는 사랑채로 안내하고 서둘러 군불을 때주셨는데, 이내 따뜻해진 방바닥에 흠뻑 젖은 몸을 녹일 수 있었다. 조금 후 아주머니

는 감자와 호박을 넣은 뜨끈뜨끈한 수제비를 만들어 점심을 차려
주셨다. 그때의 수제비 맛은 지금도 잊을 수 없다. 지금도 간혹 수
제비를 먹을 때마다 아주머니가 베풀어주신 온정을 떠올리면 마음
이 따뜻해진다. 그 덕분인지는 모르지만 호박 수제비는 지금도 내
가 제일 좋아하는 음식 중 하나다.

8·15 광복

1945년 여름은 방학 없이 전쟁을 위한 노동에 동원되
었다. 해방되던 8월 15일도 우리는 머루 넝쿨을 수집하러 가기 위
해 학교에 모였다. 그런데 그날따라 좀 이상한 분위기가 감돌았다.
일본 학생들은 평상시에도 자기들끼리 모여서 수군대기는 했지만
그날따라 유난히 더 심한 것 같았다. 우리 조선인 학생들은 몰랐지
만, 나중에 들은 바로는 일본인들에게는 그날 12시 정오에 일왕 히
로히토의 라디오 방송이 있을 예정이라는 뉴스가 퍼져 있었다 한
다. 연합군에게 항복한다는 방송일지도 모른다는 불안한 예감에 수
군거렸던 것이다. 목적지로 출발하려 할 때, 일본인 교감 선생이 조
선인 학생 한 명을 멈춰 세우더니 머루 넝쿨을 담을 보자기를 너무
작은 것을 가져왔다고 욕설하며 구타를 시작했다. 그 당시에는 선
생이 학생을 구타하는 것은 예사였지만 그날 아침의 교감은 이성
을 잃은 듯했다. 구타는 다른 때보다 심하고 끔찍해서 학생의 입술

이 터지고 피가 흘렀다. 학생이 맞다가 넘어지면 다시 일으켜 세워 무자비하게 구타를 계속했다. 아마도 그날 일본인 교감은 패전의 예감 때문에 신경이 날카로워져서 그 화풀이를 조선인 학생에게 한 것 같다.

어쨌든 우리는 교사들의 인솔하에 그날의 목적지인 신남 방향으로 향했다. 아마 지금의 남춘천역에서 김유정역 쪽으로 가는 길의 어느 야산쯤이었던 것 같다. 여느 때 같으면, 우리가 산에 올라가 머루 넝쿨을 거두고 있을 때 교사들은 현장에 함께 있다가 시간이 되면 인원 점검을 하고 줄 맞춰 학교로 돌아와 해산하곤 했는데, 그날은 목적지에 도착하기도 전에 일본인 교사들이 학생들을 해산시키면서 각자 알아서 머루 넝쿨을 채집해 돌아오라고 지시하고는 먼저 학교로 돌아갔다. 아마도 12시에 있을 일왕의 방송을 들으러 간 것이 아닐까 싶다. 친구 몇 명과 산에 올라가 머루 넝쿨을 수집하고 있자니, 구름 한 점 없는 푸른 하늘 높이 미군의 B29 폭격기가 흰 꼬리를 만들면서 날아가고 있었다. 큰 새가 날갯짓도 없이 활강하듯, 은빛 날개의 B29가 하늘 높이 떠서 유유히 하늘을 가로지르는 광경이 무척 신기했다. 나는 그 비행기가 하늘 끝으로 사라질 때까지 오래도록 물끄러미 바라보았다.

머루 넝쿨을 짊어지고 오후에 학교로 돌아오니 먼저 온 조선인 친구가 다가와서 일본이 항복했다고 귓속말로 전해주었다. 그 말에 깜짝 놀랐다. 믿기지 않아 하는 내 표정을 본 친구는 눈짓으로 좀 떨어진 곳에 있던 일본인 노동자들을 가리켰다. 그때 춘천중학교에는 2층 건물이 2동 있었는데 그중 하나를 군수공장으로 개조 중이었다. 미군 비행기의 폭격을 피하고자 군수공장이 중학교로 숨어들어온 것이었다. 그곳에서 일하던 일본인 노동자들의 망연자실한 얼굴을 보고서야 친구의 말이 실감났다. 모두 일손을 놓고 비통한 얼굴로 묵묵히 앉아 있었는데 개중에는 눈물을 흘리는 사람도 있었다.

나는 도저히 이해할 수가 없었다. 그때까지 줄곧 일본이 이기고 있다는 선전을 들어왔고 그렇게 믿고 있었는데 갑자기 항복했다고 하니, 믿어지지 않았다. 그날 아버지는 다른 때보다 일찍 퇴근하고 와 계셨다. 아버지 말씀이 일본이 항복했고, 이제는 우리나라가 독립된다고 하셨다. 하지만 식민지 조선에서 일본인으로 태어나 일본인으로 교육받아온 나의 뇌리에는 일본 말고 따로 '우리나라'라는 개념이 없었기에 무척 혼란스러웠다. '독립'이라니, 그것 무슨 뜻일까. 그날 밤 춘천 시내 곳곳에서 "조선 독립 만세!"라고 외치는 소리가 들려왔다. 세상이 바뀌었다는 것이 어렴풋이 느껴졌다.

미군의 진주, 일본의 퇴거

8월 15일이 지난 며칠 후 등교하니 일본 학생은 한 명도 보이지 않고 조선인 학생들만 몇몇이 나와 웅성거리고 있었다. 마찬가지로 일본인 교사도 보이지 않았다. 그렇게 일본인 행세를 하던 박관수 교장은 여전히 교장실을 지키고 있었다. 곧 미군이 춘천에 진주할 것이라는 소문이 돌았고 미군 환영위원회라는 민간단체가 조직되었다. 박관수 교장이 이 단체의 준비 위원장을 맡았다. 일본 히로시마 고등사범학교를 졸업한 사람으로서 당시 춘천에서 유지에 속했으며 드물게 영어를 좀 하는 편이었으니 위원장을 맡았을 것이다.

미군이 춘천으로 오기 전인 9월 2일, 춘천 북방 38선 이북에 진주한 소련군이 춘천에 들어와 도청에 있다는 소문이 파다했다. 도청에 가보니 과연 군용 트럭 2대가 주차되어 있고 드문드문 소련군들이 보였다. 그날 도청에서 어떤 일이 있었는지는 자세히 알 수 없었는데, 온종일 도청 안에 있던 소련군들은 저녁 무렵 북으로 돌아갔다. 미국이 소련에 일본과의 전쟁에 참전을 권하며 한반도를 분할 점령하자고 협약하기는 했지만, 서울 이북 어디쯤을 대략적인 경계선으로 설정하고 정확한 경계를 정하지는 않았었다. 그동안 참전은 안 하고 차일피일 시간을 끌던 소련은 히로시마에 투하된 원폭의 어마어마한 성능을 목격한 데다 8월 9일 나가사키에 두 번째 원폭이 투하되자, 조만간 일본이 항복할 거라고 생각했는지 바로 그날 일본에 선전포고하고 함경도로 진입하여 내려왔다. 이에 놀란 미국은 8월 11일, 소련 측에 38선을 분할경계선으로 하되 북쪽은 소련군이 남쪽은 미군이 점령하자는 제안을 하고 8월 15일 이 안이 확정되었다고 한다. 이런 정황에 38선 이북에 머물러야 할 소련군이 제멋대로 춘천까지 내려왔던 것이다. 소련군이 38선을 넘어온 사례는 춘천뿐만 아니라 38선 전역에 걸쳐서 발생했다. 미군이 남한에 진주한 후에도 소련군은 걸핏하면 38선을 넘어와 남쪽의 마을을 약탈해서 미군 측이 항의하곤 했다고 한다.

미군 환영위원회는 미군이 춘천에 오면 춘천중학교 교사校舍를 사용하게 하기로 했다. 그 결정에 따라 우리 춘천중학교 학생들은 미군을 맞을 준비에 분주했다. 9월 20일, 드디어 경춘선 열차를 타고 일개 중대쯤 되는 미군이 춘천에 도착했다. 우리는 춘천역까지 나가 성조기를 흔들며 미군을 환영했는데 처음 보는 서양인 군대가 신기했다. 미군은 춘천중학교로 들어갔지만, 우리가 고생하며 볏짚을 넣어 만든 매트리스가 깔린 교실을 사용하지 않고 운동장에 텐트를 치고 야영을 했다. 그러다 며칠 후부터 결국 교사를 사용하기 시작했다. 미군에게 학교를 내어준 춘천중학교는 인근 낙원동 언덕에 있던 일본인 소학교였던 미도리오카綠丘 소학교로 이사했다. 우리는 약 2년간 여기에서 학교생활을 했다.

그 당시 춘천에는 많은 일본인이 보따리를 지고 38선을 넘어 모여들었다. 오랜 여행에 몹시 지치고 남루한 모습의 그들은 잠시 춘천에 머물다 허겁지겁 기차를 타고 떠났다. 그들은 남쪽으로 탈출해 올 때 소련군에 의해서 많은 고초를 겪었다고 했다. 소문에 의하면 그 당시 북한에 진주한 소련군 중에는 시베리아 형무소 재소자들과 제대로 교육받지 못한 사람들이 많았는데 북한에 진주해올 때, 군 당국에서 무기와 탄약만 들려 보내면서 필요한 물자들은 현지에서 조달해 쓰라고 했다는 것이다. 그래서 그랬는지 그들은 함부로 민가에 들어가 약탈하고 귀중품을 빼앗고 반항하는 사람들을 죽였다고 한다. 특히 시계를 좋아하여 지나가는 사람들에게서 시계를 빼앗는 일이 많았는데 팔뚝에 여러 개를 차고 다니는 소련군도 많았다. 소련군이 북한에 주둔한 목적은 일본군의 무장을 해제하고 치안을 담당하는 것이었지만, 그들은 북한을 점령지처럼 여겨 온갖 것들을 약탈하고 여성을 겁탈하기를 일삼았다. 특히 북한에 살던 일본인들은 그들을 보호해주던 일본 경찰과 군대가 무장해제를 당한 데다가 지켜줄 이웃들이 적었던 관계로 소련군으로부터 표적이 되었다. 일본인 여성들은 자구책으로 남자처럼 머리를 깎고, 외출할 때면 얼굴에 숯검정을 칠하기도 했다.

후에 일본인 여성 작가 후지와라 테이藤原貞의 《내가 넘은 38선流れる星は生きている》을 읽었을 때, 북에서부터 38선을 넘어 춘천에 모여들던 많은 일본인의 모습이 떠올랐다. 후지와라 테이는 만주의 신경(지금의 지린성의 창춘)에 살다가 일본이 패전하자 당시 26세의 나이로 남편과 떨어져 태어난 지 한 달도 안 된 딸과 3세, 6세의 두 아들을 데리고 만주로부터 북한을 지나 38선을 넘었다. 이후 부산을 통해 일본으로 돌아가 귀국길에서 겪은 일들을 생생한 기록으로 남겼는데, 작가로서의 데뷔작인 이 책은 베스트셀러가 되었다. 그녀는 두 아들에게 "많은 조선 사람들이 궁핍한 처지에서도 우리에게 잠자리를 제공하고 음식을 나누어주었다. 너희들은 죽을 때까지 이것을 잊으면 안 된다"라고 당부했다고 한다.

미군이 춘천에 진주하면서 일본인들은 일본으로 돌아가기 시작했다. 한국에 와서 몹쓸 짓을 많이 했지만 개인적으로는 좋은 사람들도 많았다. 나는 5학년 때의 담임 아카이 선생이 일본으로 돌아가신다는 소식에 작별 인사를 하려고 댁으로 찾아갔다. 그때 선생님은 열심히 공부하라고 당부하며, 작별 선물로 일본어로 쓰인 월간잡지 〈어린이의 과학〉 1년 치를 주셨고, 그 책들은 내가 자연과학에 흥미를 갖게 되는 데 큰 영향을 미쳤다.

샘밭의 추억

1945년 가을, 춘천금융조합 샘밭 지소의 이사로 발령받은 아버지를 따라 우리 가족은 이사를 했다. 샘밭(공식 지명은 泉田里)은 춘천에서 소양강을 따라 북동쪽의 양구-인제로 가는 신작로로 8킬로미터쯤 올라가다가 보면 왼편 넓은 벌판에 있는 마을이다. 바로 서남쪽에는 소양강이 흐르고 동쪽의 600미터가 넘는 마적산으로부터 시작한 산들이 병풍처럼 마을을 둘러싸고 있는, 사방으로 족히 십 리에 이르는 전형적인 배산임수背山臨水 지형이다. 삼국시대 초기에, 영서지방을 아우르는 판도를 자랑하던 맥국貊國의 중심지가 이곳 샘밭을 비롯한 춘천 지역이었다고 한다. 지석묘 등 청동기시대의 유물들과 토성 등 많은 유적이 발굴되고 있는데, 이곳에서 생산된 활인 맥궁貊弓은 삼국지 위지 동이전에도 기록되어 있을 만큼 특히 유명하다. 현재 서울 서초구 서초동에 '샘밭 막국숫집'이라

맥국터와 천전리지석묘(泉田里支石墓)

는 제법 인기 있는 식당이 있는데 그 식당 주인이 샘밭 출신이다.

우리는 금융조합 사무소 건물 바로 뒤에 있던 사택에 살았다. 제법 큰 일본식 주택이었고 넓은 마당에는 큰 가래나무가 한 그루 있었다. 여름에는 그 가래나무에 매미가 떼로 모여들어 온종일 요란하게 울어댔고 나는 살금살금 나무에 올라가 매미를 잡곤 했다. 만 13세, 미처 철들기 전의 가장 감수성이 예민한 시절, 샘밭에서 보냈던 2년은 지금 돌이켜보면 말할 수 없는 축복이다. 흙에서 자라 영혼에서도 흙내음 나던 순박한 샘밭 토박이 친구들은 나보다 나이가 많거나 적거나, 도회에서 살다 온 나에게는 그들 모두가 스승이었다. 어느 계절에 어느 골짜기에 가면 먹을 수 있는 산열매가 익어가고 있다든지, 어느 철에 도랑을 막고 미꾸라지를 잡아야 하는

지, 산불을 내지 않으려면 쥐불놀이는 어떻게 해야 하는지, 멧새알을 꺼내는 방법, 강이나 개울에서 고기를 잡는 방법 등도 그들에게서 배웠다. 계절에 따라 어디에 가서 어떤 농작물들을 어떻게 서리해서 먹어야 하는지도 그들을 따라다니며 배웠다.

마을에서 멀지 않은 곳에 제법 큰 참외밭이 있었는데 바로 그 옆에 넓이는 5미터, 깊이는 1미터쯤 되는 깨끗한 물이 흐르는 수로가 있었다. 어느 날 참외밭 주인 아들은 우리와 함께 자기 집 밭의 참외를 서리할 작전계획을 짰다. 그날 밤 주위가 깜깜해지자 우리는 행동을 개시했다. 주인집 아들은 참외밭에 기어들어가 낮에 몰래 보아둔 참외들을 따서 수로에 던졌고, 발가벗은 채 수로에 들어가 기다리던 몇 명의 악동들은 떠내려오는 참외를 수거해서 우리의 은신처로 도주했다. 희희낙락 참외를 먹으며 즐겁게 놀았지만, 이 작전은 1회로 끝나버리고 말았다. 갑자기 참외가 너무 많이 없어져서 이를 수상하게 여긴 참외밭 주인에게 우리의 야간 습격이 들통났기 때문이다.

계절 따라 변하는 샘밭의 풍경은 무척 새롭고 또 경이로웠다. 산과 벌판은 신록이 피는 봄부터 잎이 지는 가을까지, 날마다 우리가 눈치 채지 못하게 조금씩 다른 색으로 옷을 갈아입으며 계절의 수레바퀴를 눈앞에 펼쳐 보였다. 밤이면 넓은 밤하늘 가득 쏟아질 듯한 별이 수를 놓았다. 우리는 멍석을 깔고 누워 밤하늘을 올려다보며 이야기꽃을 피웠다. 나는 마을 아이들에게 책에서 배운 북두칠성과 북극성의 위치를 가르쳐주며 함께 찾아보곤 했다. 먼 동북쪽에서 남쪽 하늘로 은하수가 펼쳐져 있었고 이따금 여기저기서 별똥이 떨어졌다. 여름이면 마을 앞을 흐르는 소양강에서 시간 가는 줄 모르고 멱을 감으며 놀았고 강변에 펼쳐진 흰 모래사장에서 뛰어놀았다. 댐이 만들어지기 전의 소양강은 제법 큰 강이었다. 인제와 양구 쪽에서 벌채된 재목의 뗏목들이 소양강을 타고 춘천까지 흘러왔는데 그 뗏목들이 샘밭 부근 여울을 빠르게 지날 때는 타고 있는 사람들이 위태로워 보여서 강가에서 구경하던 우리 손에 땀이 날 만큼 아찔했다. 여울 상류 쪽은 강이 넓었고 물은 완만하게 흘러서 마치 호수 같았다. 그곳에서는 물고기를 잡아 매운탕을 끓여 먹으며 천렵을 하기도 했다. 겨울이 오고 강물이 얼기 시작하면 넓은 빙판 위에서 썰매나 스케이트를 타며 놀았다. 초겨울에는 얼음 두께가 얇아서 밑으로 맑은 강바닥을 볼 수 있었다. 그 위를 스케이트를 타며 달리는 것은 마치 물 위를 달리는 것처럼 스릴이 있었다. 어른들이 얼음 위에서 고기 잡는 것을 지켜보는 것도 무척 신기하고 재미있었다. 마을 어른들은 밑에 못이 박힌 나막신을 신고 얼음 위를 걸어다니며 강 밑을 살피다 돌이나 바위 옆에 물고기가 보이면 떡메로 얼음을 내려쳐 물고기를 잡았다. 떡메로 내려치면 그 충격파로 밑에 있던 물고기들이 잠시 정신을 잃어 움직이지 못한다. 그러면 깨진 얼음 구멍으로 긴 작살을 집어넣어 물고기를 끌어 올리는 것이다.

일본군은 해방 전까지 샘밭 옆의 벌판 일부를 비행장으로 쓰고 있었는데 전쟁에 패망하면서 연습용 비행기 20여 대를 버려두고 갔다. 그 비행기를 경찰관 2명이 지켰는데 겨울이면 찬 소양강 바람을 피해 작은 판자로 된 경비실에 들어가 있었다. 동네 아이들은 그 틈을 타서 몰래 비행기에 올라가 비행기 속의 여러 부품과 계기 등을 뜯어와 서로 자랑했다. 어떤 아이는 비행기 안에 있던 낙하산을 뜯어다가 만든 옷을 입고 동네를 뽐내며 다녔다. 겨울방학 중의 어느 날, 나는 두 동생 학원이와 상원이를 데리고 비행장에 가보았다. 경비 경찰관들은 경비실에 들어가 있는지 보이지 않았다. 우리는 허리를 낮게 굽히고 경비실에서 제일 먼 곳에 있는 비행기에 살금살금 접근해서 나와 학원이는 비행기에 올라가고 상원이는 아래에서 망을 보기로 했다. 막 비행기 위로 올라가고 있는데 밑에서 망을 보고 있던 상원이가 "형! 경찰이 와!" 하고 소리를 질렀다. 나와 학원이는 비행기에서 뛰어내렸고 우리 셋은 온 힘을 다해 도망가기 시작했다. 하지만 결국 우리 뒤를 쫓아온 경찰관 한 명에게 상원이 붙들리고 말았다. 상원이를 취조한 경찰은 우리 아버지가 금융조합 이사라는 것을 알고 훈계만 하고 집으로 돌려보냈다. 그날 우리 삼형제는 아버지께 엄한 꾸지람을 들었다. 수시로 비행장에 가서 부품을 뜯어오는 동네 아이들을 부러워하다 처음 비행장에 가서 미처 비행기 안에도 들어가보지 못한 우리 형제는 경찰에 잡혀서 혼쭐이 났다.

나는 샘밭에서 춘천까지 자전거로 통학했는데 춘천중학교 부근에 있던 큰댁에 자전거를 세워놓고 학교에 갔다. 큰댁까지 가는 데 족히 40분은 걸렸다. 여름에 자전거 통학은 힘들기보다 오히려 즐

거울 때가 많았지만, 겨울에는 소양강 찬바람 속을 헤치며 달린다는 것이 쉬운 일은 아니었다. 찬바람에 노출된 눈에서는 눈물이 흐르다 얼어서 콩알만 한 눈물 얼음이 아래 눈썹에 매달리곤 했다. 눈이 많이 오면 자전거는 포기하고 먼 길을 걸어다녀야 했다. 추운 겨울 아침 큰댁에 도착해서 꽁꽁 언 몸으로 방에 들어가면 큰어머니가 따뜻한 손으로 차가운 내 손을 잡아 녹여주시곤 했다. 1947년 가을, 아버지는 다시 금융조합연합회 강원도지부로 발령이 났고, 우리 가족은 춘천 시내 조양동 사택으로 이사했다.

해방 후의 혼란

해방의 흥분과 기쁨은 오래가지 못했다. 해방 후 미군이 진주하면서 미군정이 시작되었지만 사회는 무정부 상태나 마찬가지였다. 일제는 식량을 독점해 거두어가 전쟁에 사용했고 남은 것을 배급했는데, 광복 후에는 그마저도 식량 배급이 끊어져 시민들은 각자 알아서 살아야 하는 형편이었다. 춘천에는 물건을 사고파는 상점은 거의 없었고 대신 3~4개의 시장이 형성되어 있었다. 농작물이나 생활필수품은 시장에 가서 샀는데 현재 북한에 있다는 장마당과 비슷한 성격이었다고 생각된다. 다행히 미국에서 들어오기 시작한 식량 원조가 조금은 도움이 되었다. 원조 물자 중에는 처음 보는 것들이 많았는데 분말 우유나 건조된 호박 등이 그러했다.

변변한 비누도 구하지 못했던 우리에게 미국산 액체비누는 신기한 사치품이었다. 담배는 시장에서 판매되는 제품이 없어서 담배를 피우는 사람들은 마른 연초 잎을 부숴 신문지로 말아 피웠다. 물론 성냥도 없어서 부싯돌과 말린 쑥잎을 사용해 불을 붙였다. 당시 흡연가들에게 비싼 미국산 양담배와 성냥은 최고의 사치품이었다.

미군정 사회는 정치적으로 공산 세력과 우익으로 갈라져서 투쟁하기 시작했다. 1945년 가을로 기억하는데, 10여 명의 좌익이 모여서 정치 집회를 하던 장소에 20여 명의 우익 청년들이 덤벼들어 주먹다짐이 시작되었다. 싸움에 불리해진 좌익 사람들이 인근 경찰파출소로 뛰어들어 피신하는 장면을 보았다. 해방 후, 초기에는 미군정 산하 경찰은 정치적으로 중립이었고 도망 온 좌익 사람들을 보호할 의무가 있었다. 1946년 봄에는 200명이 넘는 농민들이 모두 지겟작대기를 들고 춘천 공설운동장에 모여 집회하는 것도 보았다. 토지를 나눠줄 터이니 도장을 갖고 나오라는 좌익의 선전에 모두 모였다고 했다. 지겟작대기를 들었던 것은 일종의 무장이 아니었을까 하는 생각이 든다. 38선 이북의 김일성 정권은 1946년에 토지개혁을 시행하여 토지를 지주들로부터 무상몰수한 다음 농민들에게 경작권을 부여하였다. 남한에서는 1948년에 대한민국이 수립됐고 정부는 1949년에 '유상매입 유상분배'의 형식으로 토지개혁을 했다. 지주들은 몰수된 토지의 대가로 지가증권을 받았지만, 이듬해 벌어진 6·25 전쟁으로 지가증권의 가치는 헐값의 종이가 되어버렸다.

신탁통치 문제는 좌익과 우익 간의 큰 쟁점이었다. 1945년 12월에 모스크바에서 열린 미국과 영국, 소련의 외무상 회의는 연합국이 한반도를 5년간 신탁 통치할 것을 결정했다. 그러자 남한에서는 좌익과 우익 모두가 격렬히 반대하고 나섰다. 35년간의 일제 통치에서 해방이 되자마자 외국에 또다시 통치를 당한다는 것이 대중의 분노를 일으킨 것이다. 그런데 1946년 1월 초 남조선노동당(남로당)은 소련과 북조선 공산당의 지령에 따라 갑자기 신탁통치를 찬성하는 것으로 태도를 바꾼다. 이 문제가 불거지기 전까지는 좌익과 우익의 정치적 논쟁을 혼동해 중립적 입장을 취하는 소위 회색분자들이 많았는데, 이제 그들은 신탁통치를 지지하는 좌익에 등을 돌리고 우익을 지지하게 되었다. 이를 계기로 신탁통치를 지지하는 남조선노동당 세력이 많이 약화되었다.

이러한 정치적 문제는 교육과 학교에도 지대한 영향을 끼쳤다. 1948년 남한에 대한민국이 수립될 때까지 공산 세력은 학원 내에 세력을 늘리기 위한 투쟁을 계속했고, 학교에서는 우익과 좌익 학생들의 주먹다짐도 예사로 벌어졌다. 그런 와중에 국립서울대학교 설립 반대 운동이 일어났다. 이는 '국대안 반대운동'이라고 불렸는데 표면적으로는 서울대학교 설립에 반대한다는 것이었지만 내부적으로는 미군정에 반대하는 공산 세력의 투쟁 일환이었다. 1946년 6월, 미 군정청은 일본강점기 경성제국대학을 계승한 경성대학의 의학부, 법문학부, 이공학부와 강점기에 만들어진 의학전문학교, 치과전문학교, 법학전문학교 등 9개 관립 전문학교들을 통합하여 미국의 종합대학교 같은 국립서울대학교를 설립하겠다는 안을 발표했다. 이 안에 대해 남조선노동당을 포함한 좌익세력은 미국식 대학을 만듦으로써 조선의 민족정신을 말살하고 조선의 교육을 망치는 정책이라고 반대하고 나섰다. 그런가 하면 경성대학의 일부 교수들은 제국대학을 계승한 경성대학에 비해 격이 떨어지는 전문학교들과 합침으로써 경성대학의 질이 낮아진다는 이유로 국대안에 반기를 들었다.

이러한 논쟁은 좌익과 우익 간의 정치적 문제가 되었고 좌익의 선동으로 전국의 중학교, 전문학교와 대학들이 국대안 반대 동맹휴학을 하기에 이른다. 총 57개 학교의 대략 4만 명의 학생들이 동맹휴학에 참여하였다. 내가 춘천중학교 3학년이던 1947년 어느 날, 상급생들의 지시로 전교생이 강당에 모였다. 좌익과 우익 계열의 상급생들이 단상에 올라가 각각 국대안에 대해 찬성과 반대 의견을 개진하며 언쟁을 벌였다. 나와 같은 하급반 학생들은 국대안이 무엇인지도 모른 채 앉아 있었는데, 이윽고 국대안에 반대하는 동맹휴학을 할 것인지, 말 것인지에 대한 거수투표가 시작되었다. 나는 동맹 휴학을 하면 학교에 나오지 않아도 되고 집에서 놀 수 있으니 좌익 편을 들어 국대안 반대 동맹휴학을 하자는 제의에 "옳소!" 하고 소리를 지르며 손을 들었다. 결국 일주일간 동맹휴학이 결의돼 우리는 학교에 가지 않고 집에서 놀았다. 그때까지 서울에 가본 적도 없고, 경성제국대학은 들어보았지만 서울대학교가 무엇인지도 몰랐던 중학교 3학년생은 그저 학교에 안 가고 논다는 바람에 동맹휴학에 찬성했던 것이다. 춘천중학교 외에도 전국의 많은 중학교가 좌익의 정치 선동에 따라 국대안에 반대하는 동맹휴학을 했지만, 미 군정청은 계획을 강행하여 종합대학으로서의 서울대학교가 설립돼 오늘에 이르렀고, 다른 사립대학교들도 차차 종합대학으로 변모하는 계기가 되었다.

춘천중학교 생활

일본인 교사들이 모두 떠났다. 문제는 그 자리를 채울 만한 조선인 교사가 턱없이 부족하다는 것이었다. 해방 전에 대학이나 전문학교를 나와 춘천중학교 교사를 하던 조선 사람은 몇 명 있었지만, 그들마저 해방 후에는 모두 서울로 올라가 대학이나 전문학교 교수가 되고 명문중학교의 교사가 되었다. 당시 일본, 만주 등에서 대학이나 전문학교에 다니다가 졸업하지 못하고 귀국한 사람들, 해방 전에 중학교만 졸업한 사람들이 이제 중학교 교사가 되곤 했다. 미군에서 통역한 경험만으로도 영어 선생이 되었고, 운동선수 경험이 있는 사람은 체육 선생이 되었다. 미군정은 중등교원 양성소를 세워서 중학교 졸업자들을 모아 1년간 교육한 뒤 중학교 교사로 임용하였다.

35년간 조선의 국권을 찬탈한 일본이 돌아가고 나자 조선의 교육 현실은 이렇게 참담한 수준으로 전락하고 말았다. 내선일체라는 명목을 내세우며 일본과 조선은 하나라고 했지만, 교육과 인재 양성은 아랑곳없이 조선인 전체를 일본인이 교육하고 일본인의 지시에 따라 움직이는 꼭두각시로 살게 한 일본 만행의 결과였다. 따라서 우리 세대는 지금은 상상도 하기 힘든 빈약한 환경에서 공부할 수밖에 없었다. 해방 후, 일제가 만들었던 기존의 교육과정은 다 폐기되고 새로운 커리큘럼이 마련될 때까지의 공백기는 짧지 않았다. 우리는 한동안 수업에 사용할 교과서도 없이 공부했다.

중학교 3학년 때 몇몇 과외 활동반이 생겼다. 과학반, 문학반, 미술반, 문예반 등등에 사회과학반도 있었다. 사회과학반에 대한 호기심에 들어가 보니 이종 오촌 되며 내가 '운용 아저씨'라고 불렀던 분이 그 반 간부 중의 한 명이었다. 운용 아저씨는 나를 보더니 대뜸 "너는 여기 오지 말고 다른 부로 가"라고 말했다. 그때는 왜 그렇게 말했는지 의아했는데 나중에 알고 보니 사회과학반은 좌익 학생들의 모임이었다. 운용 아저씨는 그 당시 주로 엘리트 학생들 간에 퍼져 있던 좌경 사상에 젖어 있었고 독서회라는 것을 통해 공산주의 공부를 하고 있었던 것이다. 아저씨는 늦은 밤 시내에 좌익 선전 삐라를 살포하다 경찰에 붙잡혀 들어가기도 했다. 본인은 좌익 활동을 하고 있지만, 조카인 내가 조직에 들어와 집안의 문제가 되는 것은 내키지 않았던 모양이다. 아저씨는 6·25 때 인민공화국 치하에서 활발히 활동하다 국군이 춘천에 돌아오던 날 월북했다. 그 후 오랫동안 소식이 없었는데 예전에 금강산에서 남북 이산가족 상봉 모임이 있었을 때, 매우 초라한 노인의 모습으로 나타나셨다고 들었다. 좌익운동을 하고 월북한 것을 몹시 후회하고 계신 것 같았다는 가족들의 말을 전해 들었다.

당시 나는 감리교회에 다녔는데 교회 학생회 활동을 열심히 하다 보면 공부에 지장이 있을 것 같아서 주일 예배에만 참석하고 있었다. 1949년 크리스마스를 앞두고 성가대원으로 칸타타 연습을 하면서 교회 행사에 조금씩 참여하게 되었지만 주일 예배와 성가대 봉사에만 관여하는 정도였다. 학생회의 남녀 학생들은 연말에 모여 윷놀이도 했다는데, 이긴 쪽이 진 쪽의 팔뚝을 윷으로 때리는 벌칙을 정했던 모양이다. 그런데 이 사실이 어떻게 학교에 알려지게 되었는지 그날 윷놀이를 했던 학생들은 모두 학교에서 정학 처분을 받았다. 그 기간이 얼마였는지는 기억나지 않는다. 남녀가 유별한데 남녀 중학생들이 서로 손목을 잡고 윷으로 팔뚝을 때리며 놀다니, 있을 수 없는 일이라는 게 정학의 사유였다. 그때 처벌받은 남학생 하나는 정학 기간이 끝난 후 학교에 나오지 않고 군에 입대했는데 나중에 들은 소식으로는 6·25가 나자마자 일선에서 북한군과 싸우다가 전사했다고 한다. 그런 와중에도 이성 간의 교제는 막을 수 없어서, 춘천중학교 남학생과 춘천여자중학교 여학생이 몰래 교제 하다 발각되기도 했다. 여학생의 노트 검사를 하던 선생님이 공책에 끼워놓은 남학생 사진을 찾아내는 바람에 둘의 관계가 알려져서 두 사람은 모두 정학을 당했다. 지금은 상상도 못 할 일이지만 그 당시에는 사회 분위기가 그렇게 보수적이었다.

춘천중학교 5학년을 마칠 즈음인 1949년, 나는 1년 후에 있을 대학 입시를 근심하기 시작했다. 이미 언급했듯이 해방 후 춘천중학교에는 여러 실업계 학교에서 다양한 수준의 학생들이 전학을 와서 함께 공부했고, 교사들의 수준은 무척 낮았었다. 예를 들자면 5학년 때의 수학 선생님은 자신도 알지 못하면서 우리에게 아는 척하는 것이 너무 역력했다. 참다못한 나와 친구 대여섯 명은 수학 공부 모임을 만들어서 수학 공부를 함께하기로 했다. 하지만 학교에서 배우지 못한 미적분을 우리끼리 3번쯤 모여 공부했을 때, 6·25전쟁이 발발해서 우리의 수학 공부 모임은 해산되고 말았다. 그래서 나는 미적분도 배우지 못하고 중학교를 졸업하게 되었다.

독서의 즐거움

해방 후의 사회는 여러 가지로 어수선하고 교육 환경도 정비되지 않은 관계로 우리는 좀처럼 학업에 열중할 수 없었다. 또 요즘처럼 학원에 다닐 일도 없어서 여름방학이나 겨울방학 동안은 시간이 남아돌았다. 덕분에 나는 방학 동안에 독서를 많이 했다. 그러나 해방 후 수년간 우리말로 출판된 서적에는 중학생이던 내가 읽을 만한 책이 드물었다. 게다가 해방되고 나서야 한글을 배운 나로서는 한글로 쓰인 책을 읽는 것이 힘들고 더디었다. 다행히 옆집 살던 일본인이 일본으로 돌아가면서 주고 간 일본어책들이 제법 많아서 자연스럽게 책에 손이 갈 수 있었다.

그때 읽었던 책 중에서 기억에 남는 것이 베토벤의 전기다. 베토벤의 생애와 작품들이 언급되어 있었는데 '엘리제를 위하여'나 '월광곡' 등을 작곡했다는 내용이었다. 물론 당시는 그 곡들을 들어봤을 리 없었지만, 나중에 감상하게 되었을 무렵엔 그때 읽은 내용이 많은 도움이 되었다. 또한 헬렌 켈러의 자서전도 읽었다. 역시 헬렌 켈러에 대해서도 들어본 적이 없었지만, 책을 읽으면서 여러 장애를 극복하며 살아낸 그녀의 삶에 깊은 감명을 받았다. 특히 시각장애인이 되기 전, 어릴 때 본 정원의 나무가 어렴풋이 기억난다는 구절에 깊은 동정심을 느꼈다. 시각장애인인 헬렌을 인내심을 갖고 가르친 선생도 훌륭한 사람이라고 생각했다. 헬렌 켈러가 유명한 시각장애인 사회활동가인 것은 전기를 읽고 2년이 지나서야 알았다.

옆집에서 우리 집 서가로 건너온 책 중에는 일본문학 전집, 세계문학 전집, 11권으로 된 대일본백과사전도 있었다. 나는 서가에서 무엇이든 잡히는 대로 읽어나갔다. 일본어로 쓰인 세계문학 전집에서 한 젊은이가 약혼자 있는 여인을 사랑하다가 권총 자살하는 내용의 소설을 읽었다. 2~3년 후 괴테의 《젊은 베르테르의 슬픔》이 유명하다는 말에 읽어보니 전에 알지도 못하고 읽었던 바로 그 책이었다. 이때 《주홍글씨》도 읽었는데 이 소설이 호손 N. Hawthorne 이라는 미국 작가가 쓴 《The Scarlet Letter》라는 것도 후에 알았다. 때때로 펼쳐본 일본백과사전도 페이지를 넘겨 가며 재미있는 그림이나 호기심을 자극하는 제목이 보이면 읽었는데 그중 하나가 샌드

영국 시골길 가에 있는 이정표. Ham 마을과 Sandwich 마을 방향이 표시되어 있다.

위치Sandwich에 관한 것이었다. 물론 그때까지 그런 음식은 본 적도 들은 적도 없다. 먹음직스 러운 빵 사이에 고기가 끼워져 있는 그림에 부가된 설명인즉, 이 음식은 영국의 샌드위치라 는 시골 귀족이 도박에 미쳐 도 박판에 매달리다 보니 식사할 시간도 아까워 빵에 햄을 끼워 먹으며 도박을 즐긴 것이 유래 라고 했다. 그러고 보니 1990년

경 영국 학회에 참가했다가 자동차를 빌려 런던 동남쪽 시골을 여 행할 때 본 표지판이 생각난다. Ham이라는 마을과 Sandwich라는 마을로 가는 분기점 표시였다. 햄샌드위치를 떠올리게 하는 재미있 는 표지판이었다.

백과사전에서는 미합중국의 국가 가사도 눈에 띄었다. '······치열 한 전투 중에서도 우리가 사수한 성벽 위에서 당당히······'라는 구 절이 의아했다. 국가에 '전투'라는 말이 있는 것이 이상했다. '하느 님이 보우하사 우리나라 만세······'라는 우리의 국가나 '왕을 영원 히 보호해달라······'라는 영국이나 일본 국가와 달리 국가 가사에 '치열한 전투······'라는 말이 나오는 것이 나로서는 의아했다. 나중 에 미국의 국가 가사는 독립전쟁 때에 미국 독립군 장교가 영국군

포로가 되어 영국 해군의 배에 갇혔을 때 작성한 것임을 알게 되었다. 그때의 나는 미국의 독립전쟁에 대해서는 전혀 몰랐으니, 당연히 그런 의구심이 든 것이다.

학교 수업이 좀 일찍 끝나는 날이면 춘천도서관으로 향하곤 했다. 춘천도서관은 강원도청 뒤의 봉의산 기슭에 있었는데 해방 전의 일본 신사를 개조한 곳이었다. 수풀에 싸여 있어서 고즈넉했으며 춘천 시내가 내려다보이는 전망 좋은 곳이었다. 나는 그곳을 자주 찾아가 책을 읽었다. 오촌 이모가 사서로 일하고 계셨던 터라 내가 가면 매우 반가워하셨다. 그곳에서 《팽창하는 우주》란 책을 본 적이 있는데 어려워서 읽지는 못했지만, 우주가 팽창한다는 것이 무척 신기하다고 생각되었다.

과학과의 만남

앞에서도 말했지만, 소학교 5학년 때의 담임 아카이 선생님이 주시고 간 과학 잡지 〈어린이의 과학〉을 통한 과학과의 만남은 내가 오늘날까지 과학인으로 삶을 살게 된 계기 중 하나다. 그 책에는 많은 과학상식과 지식이 담겨 있었고, 원리를 설명하며 이해를 돕기 위해 간단히 해볼 수 있는 실험법들이 적힌 코너도 있었다. 그중 아주 간단한 것으로 소금 결정 만들기가 있었다. 진한 소금물을 만들어 양지에 놓아두고 물을 조금씩 증발시키면 소금 결정이 생기는 것을 볼 수 있는데, 처음에는 작은 결정이 생기고 날이 갈수록 그것이 커지는 것을 관찰할 수 있다. 나는 매일 그것을 관찰했는데 약 5~6밀리미터의 사각형 결정으로 성장하는 데까지 지켜보았다. 간단한 실험이지만 날마다 몰입해서 결과를 관찰하는 일은 무척 흥미로웠다.

그 책에는 또한 일식을 관찰하는 법도 쓰여 있었다. 때마침 중학교 4학년이던 1948년 봄, 한반도 상공에 일식이 예보되었다. 나는 일식을 관찰하기 위한 준비를 시작했다. 깨진 유리 조각을 구해서 양초 불에 대면 그을음으로 유리가 까맣게 변한다. 그렇게 미리 관찰 도구를 준비하고 예보된 일식일이 오기를 손꼽아 기다렸다. 드디어 일식일이 왔다. 그날은 마침 일요일이어서 학교에 가지 않았다. 마침내 일식이 시작되었고 나는 미리 준비한 유리판을 통해 태양이 조각배처럼 작아졌다가 다시 원상으로 회복되는 과정을 시시각각으로 관찰하면서 그 모양을 그림으로도 그려두었다. 재미있던 것은, 일식의 정점에서 차차 태양의 모양이 원상 복귀하면서 주위가 밝아지기 시작하니 동네 수탉들이 아침 해가 뜨는 것으로 착각했는지 울어대기 시작한 것이다. 또 하나는 일식이 사라질 때 나침반 바늘이 진동하는 것이었는데, 이는 달이 가렸던 태양광선이 다시 지구를 비추기 시작하면 지표면에 자기장 변화가 일어나기 때문에 발생하는 현상이었다.

엉성한 전기모터도 만들어보았다. 양철판을 가위로 오려 10여 장을 묶고 전선을 감아 코일을 만들었다. 미군에서 흘러나온 12볼

트 건전지로 모터가 돌아가는 것에 나는 무척 흥분했다. 광석 수신기(라디오)도 만들었다. 어떤 광석은 진공관처럼 검파작용을 하는데 광석에다 가느다란 전선의 끝을 가볍게 접촉하고 그 전선을 수화기에 연결하면 방송 소리가 들렸다. 그때는 라디오 사기도 힘들 때였는데 나는 광석수신기로 춘천방송국의 방송을 들었다. 조양동의 우리 집은 춘천방송국과 가까워서 방송 소리가 잘 들렸다. 그다음 단계로 진공관을 이용한 라디오를 만들 계획이었지만 6·25의 발발로 그 계획은 무산되고 말았다. 혼자 집에서 책을 보며 시도하던 과학실험은 점차 주변 친구들과 함께하는 것이 되었고 서로 지식과 정보를 나누면서 점점 더 흥미로워졌다. 우리는 모여서 실험 이야기를 나누었고 함께 간단한 화학실험을 하기도 했다. 부엌 아궁이에서 장작을 태우고 난 재와 물을 섞은 후, 재를 가라앉히고 상층의 물을 회수하여 그 물에서 염화칼륨(KCl)을 분리해내는 실험을 했던 생각도 난다. 친구들과 토머스 에디슨Thomas Edison의 일대기를 그린 영화를 보러 간 일이 있다. 그 영화를 보고 나도 에디슨처럼 발명가가 되고 싶다는 꿈을 품기 시작했고, 그 후로 나의 과학 탐구 생활은 더 열정적으로 되어 갔다.

과학자들의 전기도 열심히 구해서 읽었는데 마리 퀴리Marie Curie의 전기를 읽고 깊은 감명을 받았다. 이 책을 읽으면서 방사성 동위원소의 존재를 처음 알았는데, 그때는 내가 평생 방사선과 관련된 일을 하게 될 줄 몰랐다. 또한 일본에 투하된 원자탄에 관심이 생겨서 책을 읽고 원자탄의 원리를 수박 겉핥기쯤 알 수 있었고 히로시마와 나가사키에 떨어진 원자탄의 종류가 다른 것이었다는 것도 알았다. 친구들에게는 원자탄에 대해서 무얼 좀 아는 척했고 춘천중학교 학보에 원자탄에 대한 글을 쓰기도 했다. 이때 접하게 된 방사선과 원자탄 관련 지식은 깊은 것은 아니었지만, 지금 생각하면 후에 내 일생을 크게 바꾸어놓은 사건과 무관하지 않았다.

1949년 여름이었다. 유치원 때부터의 친구인 김대열과 나는 아질산칼륨, 유황, 목탄 가루를 섞으면 흑색화약이 되는 것을 책에서 읽었다. 나는 흑색화약을 만들어 가마니로 몸을 가리고 성냥으로 점화해서 태우는 것까지는 해보았지만, 폭발은 시도해보지 못했다. 그런데 김대열은 어디선가 속 빈 수류탄 껍데기를 구해와서 화약을 넣고 폭발을 시도하다 수류탄이 폭발하는 바람에 오른손이 날아가고 얼굴과 가슴에 중상을 입었다. 그것에 관여하지는 않았지만, 함께 흑색화약 만드는 방법을 공부한 나에게 이 사고는 엄청난 충격이었다. 그 사고가 있고 난 뒤 부모님에게서 그런 위험한 짓은 절대로 하지 말라는 엄명을 받았다. 6·25 전쟁이 시작될 때까지 대열은 부상에서 완전히 회복되지 않았고 왼손을 사용하는 습관에 익숙해지려고 애쓰고 있었다. 6·25 발발 후 3년간 소식을 모르고 있다가 1953년 봄 서울대학교가 피난 와 있던 부산 동대신동 길가에서 그를 우연히 만났다. 그는 뜻밖에도 서울대학교 약대 학생이 되어 있었다. 후에 대열은 치과의사와 결혼하여 성북동에서 약국을 경영하다 고등학교 화학 교사가 되었는데 다들 부러워하는 경기고등학교 교사로 근무하기도 했다.

파란만장했던 과학전람회 관람 여행

1949년 가을, 경복궁에서 문교부 주최 제1회 전국과학전람회가 열렸다. 학생과 일반인 모두 작품을 출품할 수 있고 또 정부에서 주관하는 전람회였기에 그 규모도 전례 없이 대규모였다. 함께 과학 실험하고 공부하던 친구 중에 유기수, 하재영과 셋이서 과학전람회를 관람하러 가기로 했다.

그때까지 그 친구들과 나는 서울에 가본 적이 없었으니, 우리의 첫 서울 나들이였다. 일요일 아침 일찍 춘천에서 기차를 타고 출발하여 11시쯤 성동역(지금의 1호선 제기역 부근)에 도착했다. 서울 구경이 처음인 촌뜨기 세 명은 전차를 타고 수소문하면서 대략 12시쯤 전람회장인 경복궁 전시장에 도착했다. 춘천중학교에서는 나의 1년 후배 신동식이 출품을 했다. 출품작은 전기모터로 움직이는 전차 모형이었던 걸로 기억한다(신동식은 후에 박정희 대통령 정부에서 청와대 과학기술 수석비서관으로 봉직했다). 춘천으로 돌아가는 마지막 기차는 성동역에서 오후 3시에 출발하기 때문에 우리에겐 2시간 남짓밖에 관람 시간이 없었다.

시간에 쫓기며 관람하고 나와 거리 포장마차에서 점심을 사 먹고 전차를 타러 부랴부랴 을지로 입구에 도착했다. 그때 한 건물 앞에서 몇 명의 중학생들이 우리를 멈춰 세웠다. 자신들은 학생연맹원이라면서 우리에게 학생연맹회원증을 보여달라고 했다. 학생연맹은 그 당시 남한에 있는 중학교와 대학교 학생들이 좌익과 투쟁하는 과정에서 생긴 우익 단체였고 의무는 아니었지만 학생 대부분이 학생연맹에 가입하고 있었다. 연맹에 가입하지 않는 학생들은 좌익 성향이 많았다. 그들은 시골티가 나고 어리바리해 보이는 우리를 붙들고 학생연맹증을 꺼내라 했고 우리가 연맹증을 보여주었는데도 어떤 건물 지하층에 있던 자기들 사무실로 데려가 이것저것 묻더니, 반년 전에 발행된 학생연맹신문을 사가라고 강요했다. 그들의 기세에 눌려, 순진한 시골뜨기였던 우리는 주머니에 있는 돈을 털어 신문을 사들고 나왔다. 그들에게 붙들렸다 풀려날 때까지, 아마도 20~30분은 지난 것 같았다. 급히 전차를 타고 성동역에 갔더니 춘천행 3시 열차는 이미 떠난 후였다.

막차를 놓친 우리는 난감해서 어찌할 바를 몰라 그 자리에서 서성이고 있었다. 마침 트럭이 한 대 서 있어서 어디까지 가는지 물어보니 마석으로 간다는 것이었다. 마석은 청량리와 청평 사이에 있는 마을이다. 우리는 우선 마석까지라도 가서 거기에서부터 춘천 가는 방법을 찾아보기로 하고 그 트럭에 올라탔다. 하지만 곧바로 가는 것이 아니었던 트럭이 여기저기 들렀다 가느라 마석에 도착한 것은 밤 11시였다. 12시에 시작되는 통행금지 시간도 가까워졌고 그렇다고 여관에 갈 돈도 없어서 난감하기 이를 데 없었다. 함께 트럭을 타고 온 어른 한 분이 우리 사정을 듣고는 여관을 알려주면서 그 집 아들도 춘천중학교를 다니니 사정을 해보라고 말씀해주셨다. 그 여관을 찾아가 자초지종을 설명하고 사정했더니 고맙게도 방을 하나 내주셨다. 우리는 여관 부근 중국집에 가서 남은 돈을 털어 자장면을 사 먹었다.

다음 날 아침, 잠에서 깨어보니 8시였다. 청량리에서 춘천 가는 기차는 아침 7시에 마석을 통과한다고 했는데 전날의 고단한 여정 탓에 늦잠을 자는 바람에 차를 또 놓치고 말았다. 일단 여관 주인께 감사 인사를 드리고 부근의 파출소를 찾아갔다. 그 당시 파출소 앞을 통과하는 모든 자동차는 검문을 받기 위해 정지했으므로 파출소로 가면 춘천 방향으로 가는 차를 탈 수 있으리라 생각한 것이다. 전날 밤 자장면에 있는 돈을 다 써버려 아침도 못 먹고 파출소 앞에서 서성대고 있으니 트럭 한 대가 와서 정지했다. 우리는 춘천으로 가는 트럭이라고 생각하고 재빨리 트럭에 뛰어 올라탔다. 트럭에는 열댓 명의 남녀가 타고 있었다. 분위기가 좀 이상했지만 시치미를 뚝 떼고 구석에 서 있는데 트럭에 있던 사람 하나가 우리를 보고 생뚱맞게 "학생들, 그냥 집에 돌아가지" 하는 것이었다. 그 말이 무슨 말인지 이해할 수가 없었던 우리는 '지금 춘천에 있는 집으로 돌아가는 중'이라고 대답했더니 그분은 웃으면서 이 차는 춘천으로 가는 차가 아니라면서, 기왕에 차에 탔으니 자기들하고 아침이나 먹고 가라면서 친절하게 우리를 식당으로 데리고 가서 아침밥을 사주었다. 그분들은 전날 밤에 마석에서 연극을 공연한 유랑극단 단원들이었고 그 차는 극단의 차였다. 우리가 자기네 극단을 따라가려고 트럭에 올라탄 것으로 오해해서 '그냥 집으로 가라'고 했던 것이다. 사실 주머니에 돈 한 푼 없던 우리는 그들이 아니었으면 아침도 굶었을 판이었다. 우리는 생각지도 않게 맛있는 식사 대접을 받고 헤어졌다.

우리는 춘천을 향해 경춘가도를 터덜터덜 걷기 시작했다. 한참 걸어가다 보니 뒤에서 트럭이 다가오는 것이 보였다. 그 당시에는 목탄차가 많았다. 목탄차는 목탄이 불완전 연소할 때 발생하는 일산화탄소를 동력으로 움직이는 차여서 동력이 낮아 속도가 매우 느렸다. 따라서 목탄차가 언덕을 올라갈 때는 속력이 느려져서 사람들이 차에 올라탈 수 있었다. 우리는 그 트럭에 뛰어 올라탔다. 트럭의 조수가 왜 허락도 없이 올라탔느냐고 큰소리로 욕을 했지만 못 들은 척하고 먼 산을 바라보며 계속 앉아 있었다. 그 당시의 트럭은 배터리로 엔진을 발동시키는 것이 아니고 사람이 차 앞에서 쇠막대기로 엔진을 빨리 돌려서 발동시키는 방식이었으므로 모든 트럭에는 조수 한 사람이 따라다녔다.

그런데 우리가 탄 트럭은 청평 조금 못 미친 곳에 이르러 좌회전하더니 북상하기 시작했다. 깜짝 놀란 우리가 내려달라고 사정을 했지만, 조수는 "너희 새끼들, 누가 타라고 했어?" 하고 욕지거리하면서 세워주지 않았다. 달리는 트럭에서 뛰어내릴 수도 없어서 단념하고 있으니 차는 그로부터 약 7~8킬로미터쯤 더 달려서 어떤 마을에서 멈추었다. 우리는 트럭에서 뛰어내려 다시 경춘가도 쪽으로 걷기 시작했다. 한참을 걷다 보니 배가 몹시 고팠는데, 마침 길 옆에 보이는 무밭에는 수확을 앞둔 무들이 매우 실해 보였다. 남의 것이지만 배고픔을 참지 못하고 각자 무 하나씩을 뽑아서 옆에 있는 시냇물에 씻은 다음 껍질도 못 벗기고 허겁지겁 먹어치웠다.

우리는 경춘가도까지 다시 돌아와 춘천으로 향했다. 트럭에 뛰어오르고 걷고 또 트럭에 올라타기를 되풀이하면서 춘천 집에 도착한 것은 밤 9시경이었다. 서울 간다고 차비와 점심 먹을 용돈만 갖고 일요일 새벽에 집을 나섰던 놈이 다음날인 월요일 밤까지도 돌아오지 않으니 집에서는 난리가 났을 터였다. 집에 들어갔을 때는 내 행방을 알 길이 없어 걱정하시던 아버지가 경찰서에 막 실종 신고를 하시려는 참이었다. 무척 화가 나셨을 텐데도 아버지는 기다리던 아들이 무사히 돌아온 것이 반가워서인지 아무 말씀도 안 하셨고, "도대체 너 어디 갔다가 지금 오느냐?" 하며 반겨주신 어머니의 얼굴에는 안도의 기색이 역력했다. 아침밥은 뜻하지 않게 유랑극단원들의 호의로 해결했지만 온종일 무 하나밖에 먹지 못해 몹시 배가 고팠던 나는 어머니가 차려주신 저녁밥이 그렇게 맛있을 수가 없었다. 난생처음 서울에 가서 과학전람회를 관람하고, 서울 깡패들한테 돈 빼앗기고, 공짜로 여관에서 하룻밤 자고, 유랑 극단원에게 아침 식사 얻어먹고, 남의 밭의 무를 훔쳐먹고, 공짜 트럭을 타고 또 걷기도 했던…… 이틀간의 서울 나들이는 그렇게 끝이 났다.

그렇게 파란만장했던 모험을 함께했던 친구, 유기수는 공병 대령으로 제대하고 중동에 진출한 건설회사 간부로 일하다 현재는 미국에서 여생을 보내고 있다. 하재영은 춘천에서 사업을 하다가 약 10년 전에 타계했다.

제2부

나는 대한민국의 육군 소위입니다

4장

6·25 전쟁 발발

전쟁의 파고

미 군정은 남한에 진주한 이듬해인 1946년 1월, 38선 수비를 위해 국방경비대를 창설했다. 춘천은 38선에 가까운 곳이어서 군부대가 주둔하고 있었다. 이따금 북쪽의 인민군들이 38선을 침범하는 사건이 벌어져 시민들을 불안하게 하였다. 38선 일대에서는 계속 소규모 전투가 벌어졌고, 연대급 규모의 큰 충돌도 있었다. 공산 세력은 누런 옷을 입고 있다고 해서 국방경비대를 누런 개라고 불렀고 검정 제복의 경찰은 검정 개라고 조롱했다. 또한 사회불안을 고조시키기 위해 파괴 활동을 계속했는데 1947년 12월 어느 밤, 춘천국민학교가 화재로 타버리는 사고가 발생했다. 하필 그날, 동생 상원이는 방과 후 친구 몇 명과 난로 옆에서 불장난을 했다는데, 그것을 화재 원인으로 의심한 경찰은 다음날 새벽 4시에 집에 들이닥쳐 상원이를 연행해갔다. 겨우 10살이던 상원이는 이틀간 심문을 받고 집에 돌아왔다. 화재는 좌익 세력의 방화 때문이었다. 이후 좌익의 방화에 대비해서 춘천중학교에서는 밤마다 학생들이 학교를 지켰다. 나도 몇 번 학교 경비에 동원되었다.

1948년 UN의 도움으로 남한에 대한민국이 수립되면서 국방경비대는 국방군으로 개편되었다. 공산 세력은 남한의 단독정부 수립에 반대했다. 익히 알려진 1948년의 제주도 4·3 반란 사건은 남한 단독정부 수립을 반대하는 공산 세력이 벌인 무력항쟁의 일환이었다. 이 와중에 무고한 양민들도 많이 희생되었다. 이 해 가을에는 여수와 순천에서 군내 남로당 조직이 주도해 반란을 일으켰다가 진압되기도 하였다.

38선 일대에는 전운이 짙어져 갔다. 춘천중학교, 농업학교, 사범학교 5, 6학년 학생들은 38선 일대의 국군 진지 구축에 동원되었다. 춘천중학교 5학년이었던 나는 고향인 내평리 북쪽 산자락 능선에 올라 3일간 호를 팠다. 낮에는 호를 파고 밤에는 내려와서 소양강변에 친 텐트에서 잤다. 그 외에도 샘밭의 소양강 남쪽 강가에도 호를 팠다. 어릴 때 놀던 소양강 모래사장의 건너 쪽이었는데 양구에서 춘천으로 오는 신작로가 잘 보이는 곳이어서 전술적 요지였다. 이렇게 학생들이 구축한 방어 진지는 후에 일어난 6·25 전쟁 때 인민군을 막는 데 큰 도움이 되었고, 소위 말하는 춘천대첩의 승리에 중요한 역할을 했다고 한다.

1949년 4월경에는 전국의 중학교에 학도호국단이 조직되어 군사훈련이 시행되었다. 춘천중학교에서는 체육 선생 두 분이 태릉 육군사관학교에 가서 장교훈련을 받고 돌아와 학생들의 군사훈련을 담당했다. 1949년 5월 초순경 춘천과 홍천 북방 38선을 경비하던 국군 8연대의 2개 대대 약 1,500명이 하룻밤에 월북해버린 사건이 일어났다. 고향 친구이며 남로당 비밀조직원이던 강태무 소령과 표무원 소령, 두 명의 대대장이 한밤중에 훈련을 빌미로 병력을 인솔하여 38선을 넘어가버린 이 사건은 매우 충격적이었다.

일제 강점기에 중학교 5년제였던 고등교육 학제는 미 군정과 1948년 수립된 대한민국 정부하에서 지금의 중학교 과정과 고등학교 과정처럼 3년씩 나누는 등 여러 번에 걸쳐 복잡하게 변경되었는데, 졸업을 앞둔 내가 속한 학년의 학생들은 아래 학년들과는 달리 모두 6년제 중학교 제도로 졸업하게 되었다. 정부는 또 신학년의 시작을 미 군정이 정한 9월 대신 4월로 정하기로 했는데, 한 번에 바꾸지 않고 1950년에는 6월에, 1951년은 4월에 시작하는 것으로 잡았다. 따라서 나는 1950년 6월 1일에 중학교 6학년에 진급했는데 25일 후인 6월 25일에 6·25 전쟁이 발발해서 6학년을 채 한 달도 다니지 못하고 학도병 참전과 입대로 학교를 떠났다.

6·25 전쟁 발발, 그리고 피난

1950년 6월 25일 새벽 4시경, 북한의 인민군은 여명을 뚫고 38선 전역에서 남침했고 3년에 걸친 민족의 비극이 시작되었다. 화천 남쪽 산에 진출해 숨어서 남침을 준비한 인민군은 새벽 4시에 탱크를 앞세워 춘천으로 침공해왔다. 그때 춘천 북쪽의 38선은 김종오 사단장이 이끄는 6사단의 7연대가 경비하고 있었다. 그들은 용감하게 저항했지만, 소련제 탱크를 앞세운 인민군에 밀려서 26일에는 소양강까지 후퇴했다. 7연대 병사들은 인민군 탱크나 자주포에 뛰어 올라가 수류탄을 던지며 용감하게 싸우면서 적의 소양강 도하를 28일까지 저지했다. 인민군은 춘천을 하루 만에 점령한 다음 남쪽의 홍천을 거쳐 수원으로 나가서 서울을 포위할 계획이었다고 한다. 서울은 어이없게도 개전 3일 만에 인민군에게 점령되었는데, 춘천을 지키던 7연대의 성공적인 방어로 서울을 점령한 인민군은 남하하지 않고 서울에서 머물면서 춘천을 함락한 인민군이 수원 방면으로 진입해올 것을 기다렸다. 서울에서 인민군이 진격을 멈춘 사이, 한강 남쪽에서는 국군의 재편성이 이루어졌고 1개월 안에 남한 전역을 점령한다는 인민군의 계획은 실패해버린다. 춘천에서의 국군 7연대의 성공적인 방어는 대한민국을 수호한 전

춘천대첩 기념 평화공원

투였으며 후일에 춘천대첩이라고 부르게 되는데 현재 춘천에는 춘천대첩 공원이 설립되고 기념비가 세워져 있다.

6·25 전쟁이 나던 날에도 우리는 상황의 심각성을 알지 못했고 그전에 자주 있었던 것처럼 38선에서의 일시적인 군사 충돌쯤으로 생각했다. 다음 날인 6월 26일 월요일 아침, 평상시와 다름없이 학교에 갔는데 그날은 수업이 없었다. 비로소 상황이 심상치 않다는 것이 짐작되었다. 그날 저녁 앞두루에 살던 큰댁 식구들이 춘천시 남쪽 조양동 언덕에 있던 우리 집으로 피난을 오셨다. 27일 아침, 그리 멀지 않은 곳에서 포성이 들리고 있었는데 갑자기 춘천 시내에 포탄이 떨어지기 시작했다. 깜짝 놀란 시민들은 급히 보따리를 싸서 남쪽으로 뛰기 시작했다. 우리 식구도 황급히 일용품을 싸서 남춘천을 거쳐서 신남 쪽으로 갔다. 그날 밤 신남역 부근 농가 마당에서 잠을 자고, 다음 날 아침에는 많은 피난민 대열에 끼어 정처 없이 피난길에 올랐다.

그러던 중에 피난민들 사이에서는, 인민군이 춘천에 진입했지만 서울에서는 국군이 인민군을 격파하고 개성 북쪽까지 깊숙이 진출해서 평양을 향하고 있다는 소문이 돌았다. 그 소문은 어이없게도 신성모 국방부 장관이 6월 26일 중앙방송을 통해 발표한 가짜 뉴스에 근원을 두고 있었다. 우리는 그 소문을 믿고 서울로 가면 인민군을 피할 수 있겠다고 생각해 서울을 향해 발길을 옮겼다. 그러나 곧 그것이 헛소문이었다는 것을 알고 외가 쪽 친척이 사는 경기도 양평 부근의 산속 마을로 가기로 했다. 고령의 할머니와 나이 어린 여

동생들을 제외하고는 모두 보따리를 짊어졌는데 나보다 2살 아래 중학교 4학년이던 학원이는 둘째 여동생 경순이를 등에 업었다. 큰 댁 가족들도 우리와 동행했다. 우리는 높은 용문산을 넘어서 목적하던 마을에 도착했다. 할머니, 부모님, 나, 두 남동생, 세 여동생 그리고 간난이(그때는 가사를 돕는 여자아이를 간난이라고 불렀다)까지 합하여 10명의 적지 않은 가족이었다. 거기에 큰댁 가족 9명까지, 20명에 가까운 피난민 대열이 작은 산간 마을에 들어갔다. 7월 초였던 그때는 무척 더웠고 또한 장마철이었는데 약 5일이 걸린 힘들고 원치 않던 고난의 행진이었다. 우리 가족은 그곳에서 7월 말까지 있다가 춘천으로 돌아왔다.

춘천에 돌아오니 인민공화국 치하에서 공포감이 맴돌고 있었다. 젊은이들은 의용군에게 강제소집돼 나갔다. 그때 마흔이 안 되신 아버지도 의용군 소집대상자였다. 또한 지주 집안 출신이어서 직장에서 숙청 대상이 됐고 횡성 금융조합으로 좌천을 당했다. 아버지는 사직을 하고 3년 전에 받은 맹장염 수술 후유증 때문에 일하기 힘들다고 하며 집에 드러누우셨다. 문제는 나였다. 그때 만 18세였으니 의용군에 끌려갈 나이였다. 나는 바깥에 나가지 않고 집 안에만 있었는데, 인민공화국에 협력한 학교 친구들이 자꾸 나를 찾아왔다. 그럴 때마다 어머니는 피난 중에 헤어져 지금 어디에 있는지 알 길이 없다면서 그들을 돌려보내셨다. 인민위원회는 가택수색까지 벌여가며 젊은 사람을 색출하고 있었기에 나는 천장에 올라가 숨었다. 혹시 밤에 찾아왔을 때 천장에 숨은 내가 그것을 몰라 코고는 소리를 내거나 잠꼬대를 할까 봐 팔목에 끈을 매서 밑으로 늘어뜨리고 잤다. 누가 찾아오면 밑에서 끈을 잡아당겨 잠든 나를 깨우기 위해서였다. 그때 16살의 학원이와 14살의 상원이는 등에 쌀 한 말씩을 지고 15킬로미터 남쪽의 홍천까지 운반하는 일에 동원되었다. 미군 비행기의 공격으로 군량미 운송이 힘들어진 인민군은 14살의 어린아이들까지 동원했던 것이다.

천장에서 2~3주일을 지내다 보니 갑갑하고 또 이따금 날아오는 비행기의 폭격 가능성도 배제할 수도 없는 상황이어서 나는 우두리에 있는 작은댁으로 피신했다. 당시 30대 초반이던 작은아버지는 우두리 농업시험장에서 연구원으로 재직 중에 의용군에 소집되었다. 소집되어 가실 때 작은어머니가 어린아이 셋을 데리고 울부짖던 생각이 난다. 나는 다시 소양강을 건너 춘천으로 돌아왔지만, 조양동 집에 있는 것은 위험해서 봉의산 뒤쪽 후평동에 있던 먼 친척집 사랑방에 숨었다. 낮에는 부근의 산에 가 있다가 밤에는 집에 돌아와 옷장 뒤에서 잠을 자며 지냈는데 9월 중순이 지나자 많은 인민군이 그 앞을 지나서 퇴각하는 것이었다. 낙동강 전선에 투입된 인민군이 퇴각하면서, 미군 비행기의 공격이 두려워 큰길은 피하고 후평동 쪽의 마차길을 택했던 것이다. 그들은 후평동을 지나 봉의산 기슭을 돌아서 소양강 다리를 건너 도주하고 있었다. 그때 내가 숨어 지낸 집 앞을 지나간 인민군 패잔병들이 족히 몇천은 되었을 것이다. 피곤한 인민군들은 집 마당에 들어와 물을 얻어 마시고 갔는데 그중에는 나보다 어려 보이는 사람도 있었다. 공포와 피로에 지친 모습이 참 안쓰러웠다.

1950년 9월 28일 오전, 집 앞을 지나가던 인민군들의 모습이 갑자기 사라지고 조용해지더니 조금 있다가 동네 사람들이 "만세, 만세"를 외치는 소리가 들렸다. 바깥으로 급히 뛰어나가 보니 무장한 국군 병사들이 마을로 들어오고 있었다. 9월 28일, 춘천은 북한군에 점령당한 지 3개월 만에 다시 대한민국 영토로 수복되었고, 우리 식구는 조양동 집으로 돌아갔다. 춘천에 입성한 국군은 6·25 발발 때 춘천을 지키던 6사단이었다. 이틀 후 춘천시민은 춘천공설운동장에 모여서 국군환영대회를 열었다. 나도 가보았는데 거기에 참석한 전투경찰 속에는 나의 중학교 친구들도 두세 명이 보였다.

학도병으로 38선을 넘다

9월 말까지 국군과 유엔군은 38선 이남의 대한민국 영토를 완전히 수복하고 전쟁 이전의 상태를 회복했다. 이제 남은 문제는 38선을 넘어 이북으로 진격을 계속할 것인가, 아니면 38선에 머물 것인가 하는 것이었다. 이승만 대통령은 6월 25일 새벽에 기습 남침한 북한은 경계선으로서 38선 유지를 주장할 권리를 잃었다며 38선 너머의 북진 통일을 강력히 원했다. 미국 국방성과 합참도 이미 힘의 균형이 깨진 한국전쟁이니, 북진을 계속해 마무리함으로써 한반도에서 소련의 영향력을 완전히 몰아내기를 원했다. 하지만 미 국무부에서는 신중론이 제기되고 있었다. 중공과 소련이 개입된다면 3차 세계대전으로 비화할 가능성도 검토되었다. 이미 남한 쪽에는 미국을 중심으로 한 16개국의 UN 연합군이 참전해 싸우고 있었다. 만약 북한 영토를 UN군과 한국군이 침범했을 때, 소련과 중국이 어떻게 나올 것인지는 누구도 알 수 없었다.

그러한 가운데 신중한 태도를 견지하던 워싱턴에서 UN군 맥아더 사령관에게 소련과 중국의 개입이 없다는 것이 확인된 경우에만 38선을 넘어 진격하라는 조건부 승인이 떨어졌다. 9월 29일, UN 사령부는 일단 모든 부대는 38선에서 진격을 멈추라고 명령했지만, 38선 돌파는 주권 국가의 합법적 권리라고 생각한 이승만 대통령은 UN군과 미군이 북진에 찬성하지 않는다면 오직 한국군만으로 38선을 넘어 통일을 완성하리라 결심한다. 결국 대통령은 한국군에게 독자적으로 38선 돌파 명령을 내렸고, 10월 1일 양양 남쪽에서 북과 대치 중이던 한국군 3사단 23연대가 강릉 북쪽으로 38선을 넘어 북진을 시작했다. 이를 계기로 모든 UN군은 38선 전역에서 북진을 시작했고, UN은 10월 7일 이를 추인했다.

10월 3일 나는 오랜만에 학교에 들렀다가 한 친구로부터 6사단에서 학도 의용군을 모집한다는 소식을 들었다. 그 말을 듣자마자 나도 군과 함께 싸워서 통일에 이바지해야겠다는 생각에 그 길로 학도병 모집 본부를 찾아갔다. 학도병에게는 전투 임무를 부과하지 않고 주로 포병부대에서 탄환 나르기를 보조하는 등의 비전투 보조원을 모집하고 있었다. 정훈부에서도 학도병을 모집했다. 군내에 퍼진 좌익 사상에 물든 군인들이 여수 반란 사건 등을 일으키는 것을 보고 군내 정신교육을 강화하고 전쟁 중 대민 공보 활동의 필요성 때문에 생긴 부서가 정훈부였다. 7연대 정훈부에서 학생 몇 명을 모집한다고 해서 문의했더니 포스터를 그리거나 방송을 할 학도병을 모집하고 있었다. 나는 포스터 제작을 담당할 대원으로 선발되었고, 또 1년 후배로 라디오 만들기가 취미였던 윤은상이 방송반원으로 선발되었다. 우리 둘 외에 3명의 남학생과 5명의 여중생이 선발돼 모두 10명의 학도 의용군이 7연대의 정훈부에 합류하였다. 부모님께 학도병으로 지원하여 38선을 넘어 북으로 진군하는 대열에 참여하기로 했다고 말씀드리자, 학도병이라지만 그래도 장남을 전쟁에 내보내는 것이니 내심 불안하셨을 텐데도 드러내놓고 반대하지 않으셨다. 다음 날 인사를 드리고 집을 나서는데 어머니는 매우 근심스러운 얼굴로 "몸조심해라"라고 말씀하셨고, 아버지는 "나라를 위해서 잘 싸우고 돌아오라"라는 격려 말씀을 하셨다.

10월 4일, 소집 장소에 모인 우리 학도병은 정훈부대장 김 대위와 선임하사를 비롯한 정훈부원들을 만나서 앞으로 할 일들과 여러 가지 주의 사항을 듣고, 그날 밤은 전에 내가 살던 소양로의 기와집 골의 빈집에서 모두 함께 잤다. 그다음 날 10월 5일, 아침 일찍 우리 부대는 트럭에 올라타고 소양교를 지나 화천을 향했다. 그것이 고향 춘천을 영원히 떠나는 길이었다는 것을 그때는 전혀 알지 못했다. 정훈부는 연대본부 직속이므로 연대본부와 함께 이동하였다. 우리가 탄 차는 신작로를 따라 북상하여, 38도선이라고 쓰여 있는 표지판이 있는 지점을 통과했다. 5년 전인 1945년에 남한과 북한을 갈라놓으면서 많은 비극과 슬픔의 근원이 된 38선이 무너지고 우리가 통일을 위해 북한으로 진격하고 있다는 사실에 나는 감동했다.

38선을 넘은 7연대는 산발적인 적의 저항을 물리치면서 큰 어려움 없이 화천 근방까지 진격하다가 멈추었다. 포병부대가 좌측 산 방향으로 포격하고 있었는데 화천 남방을 방어하던 적군이 그쪽으로 도주하고 있었기 때문이다. 화천수력발전소 댐에서 나온 북한강 물이 흐르던 강가에 초가집 한 채가 있었다. 호기심에 들어가보니 뜻밖에 다친 인민군 병사 한 명이 신음하면서 누워 있었다. 발에 관통상을 입어서 몹시 고통스러운 얼굴이었다. 우리를 보더니 무척 두려워하는 것 같아서 안심시키고 부축하여 데리고 나와 의무부대로 후송해주었다. 포격이 끝나자 다시 진격이 시작되었다. 화천 읍내에 들어가기 전에 길옆에 있는 집 문에 흰 광목으로 된 백기가 걸려 있었다. 의아하게 생각되어 대문을 두드렸더니 40세쯤 되는 남자가 문을 열었다. 그는 춘천사범학교를 졸업한 화천국민학교 교사였는데 피난 가지 않고 국군이 오기를 기다리면서 항복의 의미로 백기를 걸어두었다고 했다. 국군의 진격을 맞이하는 그의 얼굴에는 안도의 기색이 역력했다.

우리는 그날 화천을 지나서 야영했는데 길옆 언덕에 자리를 잡고 잠을 청했다. 10월 초의 밤공기는 제법 싸늘했고 맑은 밤하늘에는 무수한 별들이 반짝였다. 쉽게 잠들지 못하고 밤하늘을 바라보고 있자니 여러 생각들이 하나둘씩 주마등처럼 스쳐 지나갔다. 지난 5년간은 실로 격변의 세월이었다. 1945년의 나는 국민학교를 막 졸업한 중학교 1학년 '일본제국의 신민臣民'으로서 학업은 뒷전이었고 오직 전쟁 뒷바라지에 매달렸다. 갑자기 일제가 패망하고 해방이 되었지만, 영문도 모르게 국토는 38선으로 두 동강 나고 남북으로 허리가 잘린 나라는 각각 소련군과 미군에게 점령당하고 말았다. 그래서 나는 미 군정청의 다스림을 받는 '점령지 조선의 소년'이 되었다. 이후 우여곡절 끝에 1948년 정부가 수립되면서 비로소 '대한민국의 국민'이 되었다. 하지만 2년 만에 6·25 전쟁이 발발했고 북한군이 밀려 내려오면서 자칫하면 '조선민주주의인민공화국의 인민'이 되어 인민 의용군에 끌려갈까 봐 집 천장에, 또 산속에 숨어다니는 신세가 되었다. 두 달 후, 국군에 의해 수복되면서 내 신분은 다시 '대한민국의 국민'으로 회복되었다.

나는 불과 5년 동안 다섯 개의 정부 아래서 살아야 했던, 역사상 어디에서도 찾아보기 힘든 기구한 운명의 소년이었다. 전쟁터에 나와 찬바람을 맞으며 벌판에서 누워 있던 나는 갑자기 따뜻하고 안락한 집 생각이 났고 부모 형제의 얼굴들이 떠올라 울컥 눈물이 났다. 나라를 위해 자원해서 참전한 내가 이렇게 감정에 휩쓸리면 안 된다고, 스스로를 타이르며 마음을 추슬렀다. 한 하늘을 이고 살다가 둘로 갈렸던 나라의 북녘땅 한 자락에서 남녘과 동일한 밤하늘의 별들을 보면서 나는 스르르 잠이 들었다.

다음 날 우리 부대는 금화로 향했다. 금화 남쪽을 둘러싸고 있는

둑에서 인민군의 만만치 않은 저항이 있었다. 우리 정훈부는 적과 교전하던 보병부대 후방에서 기다리고 있다가 총성이 멈추자 곧 시내로 들어갔다. 금화 시내 곳곳에서는 화재로 집들이 불타고 있었다. 주민들은 피난을 가고 시가지는 텅 비어 있었다. 그날 밤 우리는 주인 없는 빈집에 들어가 잤다. 주인 아닌 내가 이 집에서 편안히 누워 있는 지금, 집주인은 어디에서 불안에 떨고 있을까 하는 생각이 뇌리를 스쳤다.

다음 날 아침 우리는 인민군 포로에게 아침 식사를 제공하는 곳을 둘러보았다. 포로들은 학생복을 입은 남녀학도병이 신기해 보였던지 우리를 힐끔힐끔 훔쳐보았다. 포로가 된 그들은 초라했고 불안해 보였다. 우리도 그곳에서 아침 식사를 마치고 출발하여 별 저항 없이 평강에 도착했다. 평강은 김화에서 서쪽으로 25~30킬로미터 떨어진 곳에 있는 작은 도시였는데 공습으로 비참하리만큼 파괴되어 있었다. 그토록 심한 공습을 받은 이유는 가까운 곳에 복계비행장이 있었기 때문인 것 같다. 일본군의 연습용 비행장이었던 복계비행장에는 포장도 안 된 활주로가 하나 있었는데 미군의 공습이 얼마나 심했는지 20~30미터 간격으로 포탄이 떨어져 생긴 큰 웅덩이가 몇십 개나 보였다.

그곳을 지나니 넓은 평강평야가 눈앞에 펼쳐졌다. 강원도에 그리 큰 평야가 있는 것에 놀랐다. 평강평야는 서남쪽의 철원평야와 연결되어 곡창지대를 형성하는 곳이었다. 그곳에 일제 때 독일 사람들이 기계를 갖고 와서 대규모 농사를 지었다고 했다. 평강을 지나

3일째 되던 날, 서울에서 원산으로 가는 경원선 철로의 터널 앞을 지나다가 끔찍한 광경에 그만 놀라서 멈추어 섰다. 터널 앞 일대에 피투성이가 된 수십 명의 인민군 부상병들이 앉거나 누워서 신음하고 있었다. 그 터널 안에는 인민군 부상병을 싣고 북쪽으로 가던 기차가 버려져 있었고 그나마 움직일 수 있는 부상병들은 터널 바깥으로 나와 있었다. 터널 속의 기차에서 얼마나 많은 부상병이 신음하고 죽어가고 있는지는 알 수 없었다. 그러나 북진하기에 바빴던 우리는 이들 불쌍한 부상병들을 돌봐줄 시간과 여력이 없었다. 우리는 후에 도착할 연대나 사단 의무대가 이들을 살펴줄 것이라 기대하며 그곳을 떠났다. 그들 역시 나의 동족이고 고향에는 그들이 무사히 돌아오기를 기다리는 사랑하는 가족이 있을 것이다. 그들을 돕지 못하는 마음은 무겁기만 했다.

우리가 원산에 도착했을 때는 강릉에서 진격해온 3사단이 며칠 전에 와 있었고 또 미 해병 1사단도 상륙해서 원산 점령을 마친 후였다. 원산은 미 함선의 함포사격으로 일부가 파괴되었고 아직 연기가 피어오르는 곳도 있었다. 원산시 북쪽 교외에 있던 한 형무소에는 600명이 넘는 정치범이 무참히 살해되어 있었다. 그들 중에는 남상윤이라는 나의 고종사촌 형도 분명 포함되어 있었으리라. 형님은 해방 후 잠시 강원도 경찰국의 통신 계장으로 근무하다 서울의 화신상회 주인 박흥식 씨가 소유한 앵도함桜島丸이라는 배의 통신 담당자가 되었다. 박흥식은 북조선 측의 물물교환 요청에 속아 앵도함에 남조선산 물자를 실어 원산에 보냈는데 북측이 그 배를 압류했고 선원들은 동해안을 따라 도보로 귀환했다. 그러나 상윤 형님은 경찰에 복무한 죄인이라며 체포돼 돌아오지 못했다. 증거는 없지만, 무참히 피살된 정치범 600명 중 한 사람이었을 거라는 생각이 든다.

나와 함께 정훈부 학도병으로 자원한 학교 후배 윤은상의 부모님은 모두 원산 출신으로, 할아버지와 할머니께서는 원산에 살고 계셨고 외가는 원산 인근의 안변에서 큰 과수원 농사를 지었다. 우리 정훈부는 원산에서 며칠 동안 휴식을 취하며 윤은상의 가족들로부터 융숭한 대접을 받았고, 나와 윤은상은 오랜만에 할아버지 댁에서 편안히 쉴 수 있었다. 며칠 후 6사단은 진군 명령을 받고 원산을 떠나 서북쪽으로 진격하기 시작했다. 우리 6사단 7연대의 정훈부도 출발 준비를 서둘렀다. 오랜만에 만난 손자를 떠나보내고 싶지 않으셨던 윤은상의 할머니는 막무가내로 그를 붙드셨다. 8·15 광복 후 자식들은 모두 남쪽으로 내려가고 연로한 두 분만 외롭게 수년을 사시다 뜻하지 않게 만난 손자와 다시 떨어지시기 싫으셨던 것이다. 할머니의 계속되는 만류에 조부모가 계신 원산에 머물고 싶은 마음이 생긴 윤은상은 나에게 원산에 함께 남아달라고 간곡히 부탁했다. 그의 부친과 나의 부친은 직장동료이기도 해서 은상은 학교에 다닐 때부터 나를 잘 따랐다. 원산까지 오며 숙식을 함께하고 모든 시간을 같이 보내는 동안, 우리는 낯설고 위험한 전쟁터에서 서로 의지하며 더 가까워졌다. 나는 망설였지만 은상의 부탁을 뿌리치기가 힘들었다.

정훈부 대장에게 우리가 원산에 남아도 괜찮겠냐고 물었더니 대장은 흔쾌히 허락했다. 그래서 우리 둘은 원산에 머무르게 되었고, 그동안 정들었던 7연대의 정훈부 대원들은 우리와 작별하고 연대 본부와 함께 북으로 떠났다. 그때 손을 흔들고 헤어지면서도 그것이 그들과 나의 운명을 달리하는 이별이 되리라고는 조금도 짐작하지 못했다.

6사단이 원산을 떠나 초산 방면으로 진격하자 10월 18일부터 중공군이 속속 압록강을 넘어오기 시작하였다. 6사단은 10월 26일경 초산을 점령하여 압록강변까지 이르렀다. 내가 속했던 7연대가 선봉에 섰다. 하지만 분단 후 최초로 국경까지 영토를 회복하고 압록강변에 태극기를 꽂은 영광도 잠시뿐, 산속에 숨어 있던 중공군에게 포위돼 6사단은 섬멸에 가까운 타격을 입었고, 7연대 정훈부 대원 절반 이상이 영영 돌아오지 못했다. 정훈부에는 여자 중학생 5명이 있었는데 그중 두 명만이 포위망을 뚫고 추운 겨울 눈 속을 걸어서 죽을 고비들을 넘기며 고생 끝에 춘천으로 돌아올 수 있었다. 그녀들의 참전 기록은 2016년 KBS 6·25 특집 다큐멘터리 '군번 없는 여전사'에도 소개되었다. 만일 내가 윤은상과 함께 원산에 머물지 않고 7연대와 함께 북진을 계속했다면 나도 중공군 포위망에 갇혀서 죽었던지 다른 국군 포로들처럼 광산 노동자가 되어 일생을 마감했을지도 모른다.

탈출

원산에서 약 3주일을 보내자 차츰 정세가 불안해지는 것이 느껴졌다. 그야말로 파죽지세로 진군한 UN군은 큰길을 따라 북진했고 많은 인민군은 미처 도주하지 못하고 산속으로 숨어 들어갔다. 그들은 산속에서 재편성하고 전력을 가다듬어 마을이나 도시에 출몰하기 시작했다. 원산 부근에도 밤이면 크고 작은 인민군 부대가 나타나기 시작했고, 이들을 감시하기 위해 밤이면 원산만에 정박한 미 해군 함정에서 계속해서 조명탄을 산 쪽으로 발사해댔다. 점점 불안해진 윤은상과 나는 춘천에 돌아갈 방법을 찾기 시작했다. 원산의 한국군 군정장관실을 찾아갔더니 친절하게도 3일 후 서울로 가는 차편이 있다면서 수송대를 소개해주었다.

그날 아침에 은상의 조부모님께 인사를 드리고 지시받은 곳으로 가니 과연 5대의 트럭이 출발 준비를 하고 있었다. 우리는 가득 실은 짐 위에 올라가 앉았고 트럭은 서울을 향해 출발했다. 트럭들은 매우 낡아서 어떤 차에서는 냉각수가 새는 바람에 한 시간마다 서서 개울물을 퍼넣어야만 했다. 오후 서너 시쯤 우리는 금화 근방의 산악 지대를 지나가고 있었다. 선두에 가던 차가 산모퉁이를 지나 우회전하면서 언덕길을 오르는데 갑자기 "꽝!" 하는 폭발음이 나더니 차가 멈추었다. 인민군 패잔병들이 묻은 지뢰가 폭발한 것이다. 큰 것이 아니어서 다행히 인명 피해는 없었지만 차가 파손되어 움직일 수 없었다. 모두 트럭에서 뛰어내려 상황을 살피고 있는데, 좌측 논 너머 400~500미터쯤 되는 곳에서 국군 복장의 사람이 우리를 향해 뛰어오는 것이 보였다. 그는 우리 앞에 와 헐떡이는 목소리로 한 시간 전에 일어났던 일을 이야기했다.

육군 상사인 그는 병사 20명과 함께 차를 타고 서울로 향하고 있었는데, 약 한 시간 전에 우리가 있던 곳 조금 앞에서 우리처럼 지뢰에 걸리고 말았다. 그러자 매복 중이던 인민군이 나타나 차에 타고 있던 신병들을 모두 나포했고 그 와중에 전투 경험이 있던 그는 기어서 산속으로 도망쳤다는 것이었다. 우리를 보고 달려 내려온 그는 살았다는 마음에 안도의 눈물을 흘리며 기뻐했다. 그때 갑자기 우측 산에서 요란한 총소리가 나면서 우릴 향한 사격이 시작되었다. 우리는 순간적으로 그 자리에 엎드렸다. 지뢰를 매장하고 산속에 숨은 인민군 패잔병들이 폭발 소리에 다시 돌아와 언덕 위에서 사격하고 있었다. 총알이 머리 위로 핑핑 소리를 내며 지나갔다. 가까운 곳에서 누군가가 나를 향해 총을 쏘고 있다고 생각하니 간담이 서늘해졌다. 극단의 공포에 휩싸인 나는 옆 고랑으로 기어들어가 바짝 엎드렸다. 나도 모르게 '하나님, 제발 살려주세요'라고 기도가 나왔다. 사지는 떨리고 있었지만, 용기를 내 고개를 들어 총성이 들려오는 쪽을 보니 10여 명의 적이 쏘는 총이 번쩍번쩍 불을 토하고 있었다. 그때 마지막 두 트럭의 운전병들이 용감하게 운전석에 뛰어 들어가 재빨리 차를 역주행으로 40~50미터 뒤로 빼내어 적의 사격권을 벗어났다. 누군가가 "빨리 타!" 하고 소리쳤고 나는 도랑에서 뛰쳐나와 트럭에 올라탔다. 트럭들은 더 뒤로 움직여서 적의 사격권을 벗어난 후, U턴하여 원산을 향했다. 날이 저물어 그날 밤 우리 일행은 한 동네에 들어가서 잤는데, 적이 언제 나타날 지 몰라 한 사람씩 교대로 밤새 보초를 섰다. 새벽 두 시쯤 내 차례 가 되어서 나는 졸린 눈을 비비며 일어나 총 한 자루를 받아 집 뒤 에 가서 보초를 섰다. 하늘에는 무수한 별들이 반짝이고 있었지만, 사방은 칠흑같이 깜깜한 밤이었다. 별을 쳐다보면서 나는 적의 기 습으로부터는 탈출했지만 서울을 거쳐 집에 돌아갈 계획이 막혔으 니 앞으로 어떻게 해야 하나, 하는 걱정에 사로잡혔다.

다음 날 아침 다시 원산을 향해 출발했다. 나와 윤은상은 앞의 트 럭에 탔는데 뒤에 따라오던 트럭은 타이어 바람이 빠져서 정지했 다. 우리 트럭은 계속해서 가다가 원산과 안변의 분기점에 도달했 다. 지휘관은 나와 은상은 내려서 뒤차가 올 때까지 기다렸다가 그 차를 타고 안변으로 가지 말고 원산으로 들어오라고 했다. 은상과 나는 카빈총 하나를 받아 길가에 서서 뒤처진 트럭이 오기를 기다 렸다. 좀 떨어진 곳에 20~30여 채 집이 있는 마을이 보였다. 해는 어느덧 뉘엿뉘엿 지고 있었고 사방은 고요하고 적막했다.

오랜 기다림 끝에 무료해진 탓이었을까? 나는 무심코 하늘을 향 해 "탕!" 하고 총 한 발을 쏘았다. 그러자 갑자기 마을 뒷산에서 '딱 쿵딱쿵' 하는 총소리가 나면서 대여섯 명이 우리를 향해 총을 쏘 며 산에서 뛰어 내려오는 게 아닌가! '딱 쿵' 하는 소리는 그 특유 의 소리 때문에 우리가 딱 쿵 총이라고 부르는 인민군의 소련제 총 (m1891/30 모신-나강)소리였다. 우리는 그들이 산에 숨어 있던 인민군 패잔병들이라 생각하고 안변을 향하여 급히 뛰기 시작했다. 그들은 계속 쫓아왔고 우리는 죽을힘을 다해 뛰었다. 하도 급해서 주머니 속 소지품들을 내버리고 신분증 하나만 들고 '걸음아 날 살려라' 하고 계속 뛰었다. 뒤를 보니 윤은상은 숨을 헐떡이며 약 50미터쯤 뒤처져 따라오는 중이었다. 그 뒤로는 그들이 여전히 우리를 쫓고 있었고. 그렇게 3~4킬로미터쯤 뛰어 안변 가까이에 이르자 조그마한 다리가 보였다. 그곳에는 남한 전투경찰이 보초를 서고 있었다. 우리는 총을 땅에 내려놓고 두 팔을 위로 번쩍 들어 항복 표시를 하고, 헐떡거리는 목소리로 우리는 남한에서 온 학도병인데 인민군 패잔병들에게 쫓기고 있다고 말했다. 그 말에 경찰파출소는 비상이 걸려 모두 무장한 채 뛰쳐나왔고 우리는 급히 경찰서 안으로 안내되었다. 그 안에서 불안에 떨고 있자니 잠시 후 파출소 앞에서 수군대는 소리가 들렸다. 알고 보니 우리를 쫓아온 사람들은 인민군 패잔병이 아니라 마을을 지키는 청년단원들이었다. 그들은 군복 차림도 아닌 사복을 입은 두 놈이 자기들에게 총을 쏘아서 인민군 패잔병인 줄 알고 쫓아왔다는 것이었다. 하마터면 그들의 총에 맞아 죽을 수도 있었던 고비를 다행히 모면할 수 있었다. 기진맥진한 우리는 그날 밤은 안변 경찰파출소에서 자고, 다음 날 걸어서 원산으로 돌아왔다.

우리는 다시 군정장관실을 찾아가 자초지종을 설명하고 남한으로 가는 방법을 찾아달라고 애원했다. 군정장관실에서는 이번에는 며칠 후 원산에서 김포로 가는 미군 수송기가 있으니 그것을 탈 수 있게 섭외해주마고 했다. 우리는 원산을 떠나기 전에 마지막으로 시내 구경을 나갔다. 원산 사람들은 해방 후 5년간 공산 치하에서 살았지만, 완전히 공산주의 사상에 물든 것 같지는 않았다. 주민 대부분은 남쪽에서 온 국군들에게 우호적이었다. 그러나 이따금 밤사이 원산 시내에 인공기가 게양되기도 했다.

차이콥스키의 비창 교향곡

원산 시내에서는 큰 장마당이 열리고 있었다. 일종의 벼룩시장 같은 것으로, 전쟁으로 인한 생활고를 덜기 위해 집에서 쓰지 않는 것을 내다 파는 모양이었는데 여러 가지 다양한 물건들이 나와 있어서 구경하기에 재미있었다. 그 당시 북한에서는 남한 화폐도 통용되었는데 남한과 북한의 화폐 가치는 5대 1 정도였다. 남한에서는 남한 화폐로 5원을 주어야 사과 한 개를 샀는데 원산에서는 다섯 개를 살 수 있었다. 따라서 우리 주머니에 있던 돈의 구매력은 5배나 커진 셈이어서 쇼핑하는 데 좀 더 적극적일 수 있었다. 나는 그곳에서 라디오 만드는 방법을 설명한 일본책 한 권과 일본 빅터Victor 음반사가 제작한 차이콥스키 6번 비창 교향곡 음반을 샀다. 일제시대에 제작된 그 음반은 SP(Standard Playing)형으로, 지름이 지금 우리가 갖고 있는 LP(Long Playing)의 2/3 정도(대략 25센티미터), 두께는 3배쯤 되었다. 비창 교향곡 전곡을 들으려면 음반 8매의 양쪽을 모두 들어야 했는데 음반 8장은 무게만도 꽤 무거웠다. 전쟁 전 우리 집에 축음기는 있었지만, 음반은 모두 유행가뿐이었고 클래식 음반은 없었다. 나는 클래식 음반을 갖고 있던 친구 강산진 집에 드나들다가 클래식을 접했고 그런 다음부터 음악감상을 매력적인 취미로 생각하게 되었다. 그때부터 내 꿈의 하나는 클래식 음악을 듣는 것이었다. 그전까지 차이콥스키의 6번 교향곡 비창을 들어본 적은 없었지만, 차이콥스키의 이름은 알고 있었기에 그가 작곡했으니 유명한 곡일 것이라 짐작하고 음반을 샀다. 이제껏 음반을 구매한 일이 없었기에 비창곡 음반은 나의 음반 애장품 1호가 되었다.

우여곡절이 많았지만 결국 며칠 후 우리는 비행장에 나가 미군 수송기에 탈 수 있었다. 수송기는 안이 비었고, 동체에 나무 의자가 붙어 있었다. 우리는 그 의자에 앉은 채 조그마한 유리창문으로 바깥을 내다보았다. 생전 처음 타보는 비행기였기에 가슴이 두근대고 조금 겁이 났다. 드디어 이륙한 비행기는 원산만 상공을 향하더니 갑자기 수 초 동안 밑으로 가라앉았다. 순간 비행기가 바다로 추락하나 싶어 소스라치게 놀랐다. 비행기는 잠시 에어포켓에 걸려서 짧게 직선 하강을 했던 것이었다. 원산비행장을 출발한 비행기는 한 시간이 못 되어 김포 비행장에 무사히 도착했다.

윤은상과 나는 청량리역에 가서 춘천행 기차에 올랐다. 몇 시간 후면 거의 두 달 만에 집으로 돌아가 그리운 가족들을 만나게 된다는 기대감에 가슴이 부풀었다. 그런데 기차는 청평까지 가더니 그 이상은 더 못 간다고 했다. 그 사이 산속으로 숨었던 인민군 패잔병들은 국군이 북진한 틈을 타 후방에서 연대급 병력으로 재편성되어 춘천을 점령했다. 시민들은 다시 피난길에 올랐고, 춘천을 장악한 인민군은 가평까지 진출해 아군과 교전 중이었으므로 우리가 탄 기차가 청평에서 멈춰 선 것이다.

저녁때인데 청평역에서 멀지 않은 곳에서 총소리가 들리고 국군과 전투경찰 부상병들이 청평으로 실려왔다. 그중에는 나의 춘천중학교 친구도 있었다. 그는 가평에 살고 있었는데, 가평에 들이닥친 적군과 싸우다 다리에 부상을 입고 실려온 것이었다. 생각지도 않았던 상황에 나는 몹시 당황했다. 춘천에 돌아가 가족들을 만날 수 없게 됐으니 몹시 실망스러웠고 가족들 안부도 염려되었다. 다시 춘천에 갈 수도 없고, 서울로 돌아가 봐야 갈 곳도 없는, 졸지에 막막한 처지가 되어버렸다. 그날 저녁 청평역 근처 빈 농가에 들어가 앉아 있으니, 실망과 불안 그리고 분노에 휩싸여 '이런 게 무슨 소용이 있단 말이냐' 하는 심정으로, 또 한편으로는 '나중에 기회가 되면 찾으러 오겠다'라는 마음으로, 원산에서부터 애지중지 지고 온 배낭을 부엌의 아궁이 속에 깊이 던져버렸다. 나중에 그 아궁이에 불을 땠을 누군가는, 그 안 깊숙이 배낭이 있었다는 것을 알지 못했을 것이다. 그리고 잠시 애장품 1호 음반이 되었던 차이콥스키 6번 교향곡 비창은 슬프게도 한 줌의 재로 변했으리라.

가족과의 재회, 다시 이별

나와 윤은상은 다시 청량리로 돌아왔지만 갈 곳 없던 우리는 돈도 떨어지고 실향민 거지 신세가 되었다. 동회 사무소(지금의 주민센터) 등을 전전하면서 그 도움으로 노숙자 생활을 하고 있었는데 춘천에서 서울로 오는 피난민 행렬이 청량리 부근에 나타나기 시작했다. 어느 날 청량리역 부근 거리를 걷고 있었는데 뒤에서 "형!" 하고 부르는 소리가 들렸다. 깜짝 놀라서 돌아보니 바로 밑의 동생 학원이가 서 있었다. 우리는 서로 믿을 수 없다는 표정으로 쳐다보다가 곧 달려가 손을 잡았다.

춘천에서 피난 나와 천신만고 끝에 청량리에 도착한 가족들은 한 식당에 들어가 점심을 주문해놓고 기다리는 중이었고 누이동생 경자는 벽에 걸린 거울에 비친 식당 밖 광경을 무심히 바라보고 있었다. 경자는 짧은 순간 식당 밖을 지나가던 내 모습을 그 거울 속에서 보고 놀라 "큰오빠가 저기 지나간다!"라고 소리쳤다. 하지만 가족들은 '북진하는 국군과 전선에 있을 큰오빠가 어떻게 청량리에 있느냐'라며 그 말을 믿지 않았다. 하지만 경자가 극구 오빠가 맞다고 주장하는 바람에, 혹시 모르니 한번 나가보라고 학원이를 내보낸 것이었다.

학원이를 따라 식당에 들어선 나는 눈을 의심할 수밖에 없었다. 그곳에는 전 가족이 있었고 그 순간 모두가 깜짝 놀라 자리에서 벌떡 일어났다. 어머니는 "창원아!" 하고 소리를 지르셨고 아버지는

116

나에게 달려오시더니 "네가 여기에 있다니, 이게 어찌 된 일이냐"라고 다급히 물으셨다. 정말 뜻하지 않은 곳에서 뜻하지 않은 때에 맞은, 가족과의 극적인 재회였다. 나는 감개무량했고 가족들도 모두 몹시 기뻐했다. 조국 통일에 이바지하겠다고 진격하는 국군을 따라 북으로 간 18살 아들이 중공군의 개입으로 전세가 뒤집혀 북한 어디에서 죽었든지 고생하고 있으리라 생각했는데, 뜻밖에도 그 아들을 서울 청량리에서 만났으니 부모님은 눈물을 흘리며 기뻐하셨다. 윤은상도 다음날 춘천에서 몰려오는 피난민 속에서 가족을 찾았다. 그날 2개월 동안 생사를 함께한 그와 헤어졌다. 나중에 그는 원주에 피난 와 있던 춘천고등학교에 복학했고 한양대학교 전기과를 졸업하고 KBS에 입사했다. 중학생 때부터 라디오를 만들던 그의 소원이 이루어진 것이다. 후에 그는 미국에 이민 와 텍사스에서 살다가 작년에 유명을 달리했다.

나는 다시 만난 가족과 청량리 한 주택의 사랑방에서 약 2주간 함께 피난 생활을 했다. 워낙 식구가 많은 데다 방이 좁아 불편하기는 했지만, 두 달가량 바깥에서 죽을 고비를 넘기다 천신만고 끝에 돌아와 가족과 함께 보낸 2주간은 위안이 되었고 매우 행복했던 시간이었다. 그러나 그 행복은 오래가지 못했다. 국군과 UN군은 노도와 같이 밀려오는 중공군에게 밀려 10월 19일 점령했던 평양을 12월 4일에 내어주면서 패전을 거듭하고 있었다. 적의 기세는 심상치 않아서 곧 서울을 다시 적에게 내주어야 할지 모르는 사태가 예상되었다. 개전 초에 미처 피난을 못 가고 고립돼 공산군의 폭정에 시달렸던 서울 시민들은 그것을 반복하지 않으려고 서둘러 남쪽으로 피난 가기 시작했다. 우리 가족도 그들을 따라 한강을 건너기로 했다.

전쟁은 곧 끝날 것 같지 않았고, 국가는 내 나이의 젊은이들에게 군 복무를 요구하고 있었다. 나는 일반 사병으로 복무하기보다는 좀 더 책임 있는 자리에서 중공군으로부터 대한민국을 지켜야겠다고 생각했다. 그래서 서울에 남아 내 진로를 찾기로 했고, 극적으로 재회한 가족과 나는 그렇게 또다시 이별했다. 2개월 전에는 북진하는 국군을 따라 내가 가족을 뒤로하고 집을 나섰는데 이번에는 나를 뒤로하고 온 가족이 정처 없이 한강을 건너 남쪽으로 떠났다. 이별의 슬픔보다는 기약 없이 남쪽으로 떠나는 가족이 몹시 염려스러웠고 특히 어린 누이동생들이 안쓰러웠다. 나를 서울에 두고 떠나는 부모님의 얼굴에는 걱정의 기색이 역력했고, 근심 어린 얼굴로 내 손을 잡고 '언제 우리는 또 만나느냐' 하시는 어머니의 눈은 젖어 있었다. 나는 "절대로 제 걱정은 마시고 부디 몸조심하세요"라고 말씀드렸지만, 나의 말끝은 점점 흐려졌다.

그렇게 가족을 떠나보내고 나는 춘천중학교 동급생 친구인 유철호를 찾아갔다. 유철호는 춘천중학교에서 친하게 지낸 친구였는데 그의 부친은 강원도 사세 청장으로 계시다 6·25 전쟁 직전에 재무부 과장으로 전근하여 서울에 계셨다. 그 가족은 내자동의 재무부 관사에 살고 있었다. 유철호는 몇 달 만에 만나는 나를 반갑게 맞아주었다. 나는 당분간 그의 집에 머물기로 했다. 철호도 나처럼 군 복무에 대해 고심하고 있었다.

5장
육군종합학교

육군종합학교를 향하여

평양을 점령한 중공군은 1950년 12월 중순, 서울을 향해 남하를 시작했다. 하루는 유철호와 시내에 나갔다가 육군종합학교 학생을 모집한다는 광고를 보았다. 육군종합학교는 육군 장교를 양성하는 곳이었는데 그곳에서 2개월 교육을 받으면 육군 소위로 임관된다는 내용의 광고였다. 만 20세 이상의 대한민국 남자로서 중학교 졸업 이상의 학력 소지자만이 지원할 수 있다는 조건이었다. 그 당시 나와 유철호는 아직 중학교 6학년생으로(지금으로는 고3), 나는 만 18세였고 유철호는 19세였으니 응시 자격 미달이었다. 우리는 수소문 끝에 청계천 부근 작은 여관에 머물던 춘천시장을 찾아가 인사를 하고 신분증명서를 부탁했다. 시장은 우리가 춘천에 거주했다는 것을 확인한 후, 부탁대로 송창원은 춘천중학교를 졸업했고 1929년 4월 10일생이라고 써주었다. 나이를 세 살이나 올렸고, 아직 재학 중이었는데 졸업했다는 허위증명서였다. 그러나 나라를 위해 그 정도 위조는 용서할 만하다며, 자신에게 변명하면서 우리는 육군종합학교 학생 모집 응시지원서와 함께 증명서를 제출했다.

시험은 12월 21일에 청계국민학교에서 실시되었는데 시험장에 3~4천 명의 수험생들이 모였다. 교실이 부족하여 나와 유철호는 운동장에 앉아 시험을 치렀다. 시험과목은 국사, 수학과 논설이었다. 논설은 6·25 전쟁에 대해 쓰라는 것이었는데, 답안지를 제출하면서 보니 논설 시험지에 혈서를 쓴 사람도 있었다. 발표는 한 주 후인 12월 28일 퇴계로에 있는 남산국민학교에서 할 것이고 합격자는 그곳에서 즉시 입대를 하니 그리 준비하고 오라는 지시를 받았다.

12월 28일, 유철호와 함께 발표장인 남산국민학교에 갔더니 3천여 명의 응시생들이 모여 있었다. 그런데 결과는 발표하지 않고 군인들이 우리를 에워싸고 4열 종대로 서게 하더니 서울 시내로 나와 한강대교 쪽으로 데려갔다. 그러고는 한강에 띄워져 있던 드럼으로 된 부교를 밟고 얼음이 얼기 시작한 한강을 건넜다. 그때 명령이 전달되었다. 인천에 가서 배를 탈 예정이니 다음 날 아침 8시까지 인천중학교 교정에 모이라는 지시였다. 8시까지 도착하지 못하면 배를 타지 못할 것이니 모두 8시까지 도착하라는 명령이었다.

나와 유철호는 3천여 명의 지원자 속에 끼어 무리를 지어 인천으로 향했다. 하늘에는 반달이 떠 있어 주위는 그다지 어둡지 않았다. 3천 명에 섞여 밤새도록 걷고 뛰기도 하면서 인천에 도착한 것은 아침 9시쯤이었다. 인천중학교에 들어서니 반 정도가 먼저 도착해

있었다. 배는 저녁에 탈 예정이니 오후 5시까지 쉬다 오라는 지시
가 내려왔다. 주민 대부분이 피난을 떠나서 인천 시내는 조용했다.
그래도 시장에는 음식을 파는 상인들이 조금 있었고 중국음식점들
은 여전히 영업하고 있었다. 중국음식점에서 주린 배를 채운 다음
시장에 가서 배에서 먹을 김밥과 가래떡을 샀다. 그날 밤 우리는 인
천 부두에 나가 LST(상륙정)를 타고 부두에서 멀리 떨어져 정박 중
인 큰 수송선으로 가서 그물 사다리를 기어올라 수송선으로 옮겨
탔다. 배에 올라보니 피난민과 경찰관 등 이미 많은 사람이 승선해
있었다. 갑판 밑은 3층으로 되어 있었는데 나와 유철호는 제일 아
래층에 담요를 깔고 누웠다. 이윽고 엔진 소리가 '웅 웅' 나기 시작
했고 배는 서서히 인천항을 빠져나가 남쪽을 향했다. 몇 시간 지났
을까, 속이 울렁대기 시작하더니 결국은 멀미가 나서 토하기 시작
했다. 뱃멀미는 점차 심해져서 더는 나올 것이 없는 상태가 되었는
데도 구토는 계속되었다. 다음 날 저녁이 되어서야 파도가 좀 잠잠
해졌고 나의 뱃멀미도 견딜 만해져서 음식을 좀 먹을 수 있었다.

　1951년 1월 1일 아침, 배는 부산 부두에 도착했다. 배에서 내려
땅을 딛자마자 기이하게도 뱃멀미는 완전히 사라지고 언제 멀미로
고생했나 싶은 기분이 되었다. 우리는 모두 부두에서 줄 맞추어 정
렬했는데 합격증을 가진 사람은 앞으로 나오라는 지시가 내려졌
다. 무슨 말이냐고 물으니 오는 도중에 배 안에서 종합학교 합격증
을 배부했는데 그것을 못 받은 사람은 불합격이라는 것이었다. 나
는 구토에 시달리느라 합격증을 배부하고 있다는 것을 몰랐다. 결

국 나는 불합격자로 분류되어 신병훈련소에 실려갔다. 훈련소에서의 첫날밤, 불편한 잠자리에 누우니 한없이 착잡하고 기가 막혔다. 대한민국의 육군 장교가 되려던 꿈은 여지없이 깨져버렸고, 머지않아 일등병이 되어 일선에 나갈 생각을 하니 잠이 오지 않았다. 신병훈련소에 입소한 지 이틀째, 육군 본부에서 인사 담당 고급장교가 신병훈련소를 찾았다. 배에서 육군종합학교 합격증을 받지 못한 합격생이 20여 명 되는데 그들을 찾으러 왔다고 했다. 그가 호명하는 이름 중에는 반갑게도 내 이름이 포함되어 있었다.

대기훈련소

　　　　나는 그날 즉시 신병훈련소를 떠나 부산에서 멀지 않은 거제리(지금의 연제구 거제동)에 있는 육군종합학교 입학생 대기훈련소로 옮겨갔다. 그곳은 육군종합학교 간부후보생들이 입교 전까지 한 달간 훈련받으며 대기하는 곳이었다. 대기훈련소는 거제리 허허벌판에 있던 방직공장을 개조하여 사용하고 있었다. 공장 창고를 내무반으로 쓰고 있었는데 건물 판자 사이로 차가운 바람이 스며들어왔다. 훈련복을 입은 채 담요 한 장을 덮고 벌벌 떨면서 자고 새벽에 일어나 훈련장으로 뛰어나가야 하는 힘든 훈련생 생활이 계속되었다. 훈련도 힘들었지만, 우리를 관리하는 기간 사병들의 비인간적인 태도도 참기 힘들었다. '당신이 얼마 후에는 장교가 될

지 몰라도 지금은 내 지휘하에 있는 훈련병일 뿐'이라며 군기를 잡고, 고함을 치고, 기합을 주었다. 우리는 그들에게 절대복종하지 않으면 안 되었다. 식사라고는 조그마한 양재기에 담긴 밥에 콩나물 몇 개가 떠 있는 소금물을 끼얹어주는 것이 주식이었다. 삭풍이 몰아치거나 눈이 쏟아지는 야외 훈련장에서 먹는 점심은 차가운 주먹밥이었지만 워낙 배가 고프다 보니 그것도 끼니때마다 반가웠다. 야외에서 훈련받다 휴식 시간이 되면 훈련병들은 훈련소 주위에 모여 있던 떡장수나 엿장수들에게 뛰어가 허기를 면하곤 했다.

나는 서울에서 헤어진 가족들의 안부가 궁금해져서 금융조합연합회 경상남도지부장 앞으로 편지를 썼다. 대략 '나는 강원도지부 송종주의 아들인데 지금 거제리의 훈련소에 있다. 강원도지부가 어디로 피난 가 있는지 모르나 그곳의 송종주에게 내 소식을 전해주면 감사하겠다'라는 내용이었다. 거제리 훈련소에는 체신업무를 보는 부서가 없었으므로 한 엿장수한테 우표값의 열 배를 주고 편지를 부쳐달라고 부탁했다. 약 열흘 뒤, 고된 야외훈련을 마치고 훈련소로 돌아오니 기관 사병이 나를 불러 훈련소 정문에 나가보라고 했다. 무슨 일인가 의아했는데 그곳에는 뜻밖에도 아버지가 기다리고 계셨다. 가족의 행방도 몰랐던 차에 아버지를 보니 반가움에 눈물이 쏟아졌다. 서울서 헤어진 후 생사를 알 수 없었던 자식을 만나는 아버지도 반가움의 눈물을 보이셨다. 가족은 모두 무사히 가까운 구포에 와 있고 잘들 지내고 있다는 말씀에 그제야 안심이 되었다. 구포는 거제리에서 직선거리로는 6~7킬로미터 떨어진, 낙동강

하구 을숙도 위쪽의 상가 마을이었지만 해발 600미터가 넘는 백양산이 가로막고 있어서, 구포에서 백양산을 우회하여 거제리까지 오려면 산길을 따라 오더라도 대략 30리는 족히 되는 거리였다. 내게는 저녁 교육이 남아 있었고 날이 저물 때라 아버지께서 돌아가려면 먼 길을 가셔야 해서 우리는 아쉽지만 헤어졌다. 해 저무는 길을 가시며 자꾸만 뒤를 돌아보던 아버지의 모습은 영화 속 한 장면처럼 가슴에 남아 있다. 그날 저녁 식사 때, 아버지가 주고 가신 작은 고추장 단지를 열어 옆의 훈련병들과 나누어 먹었다. 그들은 오래간만에 맛보는 고추장에 무척 기뻐하였다.

육군종합학교 25기생

마침내 4주간의 고된 신병훈련이 끝나고, 나는 200명의 동기생과 함께 2월 1일 육군종합학교 25기생으로 입교했다. 육군종합학교는 낙동강을 사이에 두고 대한민국의 존망을 가름하는 처절한 격전이 벌어지던 1950년 8월 15일에 동래고등학교와 동래여자고등학교 시설을 빌려서 개교했다. 육군의 보병을 비롯한 각종 병과의 초급장교를 단기양성하기 위한 곳이었는데 후보생들은 6~9주간의 훈련 후 육군 소위로 임관되어 일선 전투에 투입되었다. 매주 100~200명이 졸업하면서 1951년 9월까지 32기의 졸업생을 마지막으로 총 7,288명의 육군 소위가 배출되었으며 그중 4,757

명은 보병 장교였다. 졸업생 대부분은 임관되자마자 즉시 일선 전투에 투입되었는데, 1950년 10월 중공군의 대공세부터 1953년 7월 휴전이 될 때까지 대한민국을 지킨 육군 일선 부대의 소대장과 중대장들은 대부분 육군종합학교 출신이었다. 종합학교 졸업생들은 6·25 전까지는 학생이거나 각계각층에서 일하던 젊은이들이었는데 나라가 위태로워지자 의병의 정신으로 모여들었고 6·25 전쟁에서 나라를 지킨 일등 공신들이다. 많은 육군종합학교 출신 소위들이 최일선에서 소대원들을 지휘하며 적과 싸우다 전사했다. 그래서 전선에 배치된 신임소위들은 하루살이 소위, 3일 소위 또는 소모 소위로 불렸다. 실제로 7,288명의 졸업생 중 1,300여 명이 전사했고 2,300여 명이 부상을 당했다.

우리 25기는 동래여자고등학교 교사를 썼다. 입교 첫날 간단한 신체검사를 받은 후 훈련복과 장교 정복을 하나씩 받았다. 내무반에 돌아와 받은 정복을 입어보니 상의는 가슴이 불룩한 여자용 옷이었다. 당황한 나는 정복 교환을 요청하려고 겁 없이 중대장실을 찾아갔다. 노크를 하고 들어가니 무서운 얼굴을 한 중대장은 나를 노려보면서 왜 왔느냐고 소리치는 것이었다. 그는 현지 임관된 사병 출신의 장교였는데 무척 권위적인 사람 같았다. 떨리는 목소리로 할당받은 정복의 상의가 여자용이니 남자용으로 바꾸어달라고 했더니 중대장은 벌떡 일어나 책상을 내리치며 고함을 질렀다. "이 새끼야! 네 몸을 옷에다가 맞춰야지 나한테 바꾸어달라는 거야!!" 나는 그 위력에 눌려서 즉시 "넷! 알겠습니다" 하고 경례한 뒤 도망치듯 중대장실을 빠져나왔다. 내무반에 돌아와 어처구니없는 사태에 혼자 분노하고 있자니, 한 사람이 구원의 손길을 내밀었다. 방위군 출신 예비역 장교였는데, 장교훈련을 더 받아야 할 처지가 되어 우리와 함께 훈련받던 이였다. 그는 나의 딱한 사정을 듣더니 고맙게도 자기가 갖고 있던 여분의 장교복을 주었다. 그렇게 나의 난제는 무사히 해결되었다.

그날 밤 우리는 취침 전에 처음으로 구대장에게 내무 검열을 받았다. 구대장은 우리보다 몇 기 앞서 육군종합학교를 졸업한 소위로, 후에 들은 바에 의하면 경북대학교 사범대학에 다니던 사람이었다. 호리호리하고 체구가 크지 않은, 온화해 보이는 사람이었지만 우리 앞에서는 유난히 무섭게 행동했다. 그는 항상 긴 나무 회초리를 가지고 다녔다. 받은 담요, 배낭, M1 소총, 철모 등을 반듯하게 정리해놓고 차려 자세로 서서 구대장에게 검사를 받았는데, 그가 앞에 서면 후보생들은 차려 자세로 자기 성명과 군번을 크게 외쳐야 했다. 그러면 그는 소리가 작다, 또는 받은 소지품이 똑바로 놓여 있지 않다는 등 트집을 잡아 큰소리로 질책하곤 했다. 그가 등장하면 내무반은 공포에 휩싸였다.

미 육군사관학교에서 4년간 가르치는 군사학 전부를 종합학교에서는 2개월 안에 끝마치게 되어 있었다. 따라서 종합학교의 교육과정은 아침 6시에 시작해서 밤 11시에 끝나는 강행군이었다. 잠자리라 해봐야 교실로 쓰던 방에 침대가 있는 것도 아니고 마룻바닥에 담요 한 장 깔고 누워 자는 것이었다. 17시간의 일과가 끝나고 마룻

바닥에 누우면 구슬픈 취침나팔 소리가 들려왔다. 트럼펫 독주곡으로 구성지게 연주되는 이 곡은 본래 미국 남북전쟁 당시 뷰글bugle이라는, 음계 없이 고저장단만 연주할 수 있는 단순한 관악기로 연주하던 취침을 알리는 곡이었다. 미군에서 탭스taps라고 불렸던 이 곡은 점차 군 장례에서 진혼곡으로 사용되기 시작하였다. 미국에서는 현역이나 퇴역군인이 사망해서 국립묘지에 하관될 때 이 곡이 연주되며 동시에 하늘을 향해 3발의 조총弔銃이 발사된다.

온종일 고된 훈련에 물먹은 솜처럼 고단한 몸을 누이면 들려오던 취침나팔 소리는 고달픈 훈련생에게는 가족에 대한 그리움을 불러일으키는 그지없이 슬픈 소리였다. 많은 종합학교 학생들이 1·4 후퇴의 혼란 속에 가족과의 연락이 끊긴 상태였기에 취침나팔 소리는 특히 더 애달프게 들렸다. 조국이 필요로 할 때 조국을 지키고자 모였던 우리 25기 동기생들……. 많이들 전장에서 산화하고 많이들 부상으로 몸이 상해서 고생했으리라. 요즘도 어쩌다 탭스 곡을 듣게 되거나 IL Silenzio 같은 구성진 트럼펫 연주를 들으면 난데없는 애상에 잠기며 그 시절 어둠 속에 누워 구슬픈 취침나팔 소리를 함께 듣던 동기생들의 모습이 떠오른다. 학교 교실을 내무반으로 썼던 터라 추운 날씨임에도 불구하고 강의는 동래 부근의 야산 언덕에 만들어진 계단식 야외 시설에서 들었다. 200명이 함께 강의를 듣다 보니 교관에게서 먼 자리에 앉으면 강의가 잘 들리지 않았다. 게다가 연일 새벽부터 밤늦은 시간까지 계속되는 일과로 피곤함에 지친 우리는 밀려오는 잠을 물리치느라 애를 쓰곤 했다.

후보생에게는 2주에 한 번 면회가 허용되었다. 그때마다 구포에서 피난 생활을 하던 부모님과 동생들은 내가 좋아하는 떡을 싸들고 먼 길을 걸어 면회를 왔다. 우리 25기생들은 대부분 서울에서 온 사람들이었기 때문에 1·4 후퇴 후 가족이 어디에 있는지 알지 못했고 면회 오는 사람도 드물었다. 그래서 나는 면회 때 가족이 가져온 떡을 남겨두었다가 취침 시간에 전등이 꺼지면 옆에 누운 동기생들에게 몰래 나누어주곤 했다. 중학교 동급생 김웅천은 포병 장교 후보생으로 나와 함께 훈련을 받았는데, 그때 그는 가족의 생사를 몰랐으므로 우리 가족은 면회 때마다 그를 불러서 점심을 같이 하였다.

졸업 며칠 전에 졸업시험이 있었다. 두 달 동안 배운 것을 점검해보는, OX 문답식 시험이었다. 예습도 복습도 필기도 할 수 없는 강의 및 실습의 연속이었던 터라 시험을 본다니 조금 막막했는데 생각지도 않게 200명 보병후보생 중 10등이라는 성적이 나왔다. 10등 안에 든 후보생 중에서 구술 면접시험을 보아 선발된 한 명은 종합학교 교관으로 남게 된다고 하여 나도 선발 면접을 보았다. 중대장 몇 명이 시험관이었는데 그들 앞에서 너무 긴장한 바람에 침착하게 답하지 못했다. 결과는 낙방이었지만 기대를 많이 하지 않은 탓에 그다지 안타깝지는 않았다. 졸업식 전날 밤, 나는 동래고등학교 강당에서 있었던 졸업 예배에 참석했다. 학창 시절에 교회에 다녔지만 나는 그다지 신앙심이 깊은 사람은 아니었다. '참호 속에 무신론자는 없다No atheists in foxholes'라는 말이 있는데, 그날 밤 예배에서, 곧 전쟁터로 나가야 하는 나는 전에 없이 간절한 마음으로 하나님께 기도하고 도우심을 구했다. 피아노 반주를 따라 찬송가를 부르며 가슴이 뜨거워졌다. 이제껏 경험해보지 못한 감정이었다. 그날 밤처럼 진실하게 온 마음을 다해 기도해본 적은 없는 것 같다.

18세 육군 소위

　　　드디어 2개월의 고된 교육이 끝난 1951년 3월 31일, 나는 육군종합학교 제25기생으로 졸업하면서 대한민국 육군 소위로 임관되었다. 그때의 내 나이는 만 18세였다. 25기에는 200명의 보병 소위와 40명의 포병 소위가 포함되어 있었다. 포병 소위들은 졸업 후 포병학교에 가서 포병술을 더 공부한 다음 전선에 배치되었다. 새 장교 제복을 입은 우리는 의젓해 보였고 우리 모자에는 육군 소위 계급장이 반짝이고 있었다. 그날 임관식 후에 부산에서 가족과 함께 점심을 먹었다. 연신 나를 바라보던 어머니의 걱정스러운 눈길이 와닿을 때마다 마음이 아팠다. 어머니는 거의 식사를 못 하셨지만, 나는 일부러 아무렇지도 않은 듯 너스레를 떨며 냉면을 두 그릇이나 먹었다. 식사 후 우리는 사진관으로 가서 가족사진을 찍었다. 내일이면 다시 돌아오지 못할지도 모르는 길을 떠나는 아들의 모습을 마지막으로 한 컷이라도 남겨놓자는 뜻에서 사진을 찍자고 하신 것 같았다. 그날의 부모님들의 심정을 헤아려보면 가슴이 아려온다.

다음 날인 4월 1일, 함께 임관한 25
기 동기생들은 부산역에 모여 기차를
타고 육군본부가 있던 대구로 향했다.
가족들이 부산역까지 나와 전송해주
었다. 다시 만날 기약 없는 가족과의
이별은 참으로 슬펐다. 나는 아직 18

1951년 3월 31일.
만 18세의 대한민국 육군 소위

세 홍안의 소년이었지만 내 모자와 군복에 달린 대한민국 육군 소
위 계급장에 어울리지 않게, 울면 안 된다고, 가족과의 이별 앞에서
도 남자다워야 한다고 마음속으로 다짐하며 슬픔을 억눌렀다. 아들
이 총알이 빗발치는 전쟁터에 있는 동안, 어머니는 한시도 마음 편
히 주무시지도 드시지도 못했을 것이다. 마을 어귀에 우편배달부
라도 나타나면 일선에서 무슨 통지서라도 날아온 것 같아 가슴이
덜컹 내려앉고 저승사자라도 본 듯 어디론가 도망이라도 치고 싶
은 심정이셨으리라. 부모님보다 먼저 세상을 뜨는 것은 불효라는
데, 열여덟 살 아들은 '더 크신 어머님인 조국'의 부름을 받아, 플랫
폼에서 눈물 흘리며 기차를 따라오시던 어머니를 뒤로하고 그렇게
전쟁터로 향했다.

6장
전선의 포화 속에서

또다시 전선으로

대구에 도착한 우리는 육군 보충대에 들어갔다. 그곳에서 임지가 결정되기를 기다렸고 나는 3사단으로 발령이 났다. 3사단으로 전입되기 전날, 일선으로 떠나는 나를 마지막으로 보기 위해 대구로 올라오신 아버지와 저녁 식사를 함께했다.

만 19세가 되는 4월 10일 아침, 나는 9명의 동기생과 함께 트럭에 올라 전선을 향해 출발했다. 나는 흔들리는 트럭에 앉아 대구 보충대 정문에서 손을 흔들던 아버지 모습이 점점 작아져 더는 보이지 않을 때까지 바라보았다. 대구를 떠난 트럭은 포항을 거쳐 해변으로 난 신작로(현재의 7번 국도)를 타고 북으로 향했다. 중간에 점심을 먹기 위해 작은 포구에 잠시 멈추었다. 점심을 먹고 나오는데 인솔 장교인 배 중위께서 나를 부르더니 트럭 뒤로 데려갔다. 그러더니 나지막한 소리로 "송 소위는 몇 살이요?" 하고 물으셨다. 동안인 내가 눈에 띄었던 것 같다. 그날이 열아홉 살 되는 생일이라고 대답했더니 의아해하면서 어떻게 열아홉에 육군 소위가 되었냐고 재차 물으셨다. 나는 나이를 속여서 육군종합학교에 들어갔다고 솔직하게 답했다. 그분은 말을 못 잇고 연신 "허어, 참……"만을 되풀이하며 어처구니없어하셨다.

북상은 계속됐고, 구름 한 점 없는 쾌청한 날이었다. 우측으로는 멀리까지 동해가 펼쳐져 있었다. 도중에 어느 바닷가에서 잠시 휴식을 취했다. 파도가 넘실대며 밀려와 내가 앉았던 바위에 부딪혀 하얀 물거품으로 부서졌다. 옆의 백사장 위로 20~30마리의 흰 갈매기들이 어지러이 하늘을 날며 노는 풍경이 눈이 시리도록 아름다웠다. 4월 초여서 아직은 차가운 바닷바람이 옷깃으로 스며들었다. 그날 밤은 삼척 근처의 작은 어촌에서 보냈다. 부슬부슬 밤비가 내렸다. 멀리서 은은히 들려오는 파도 소리를 들으며 잠들었는데 부산역에서 헤어진 어머님을 꿈속에서 뵈었다.

다음 날 강릉을 지나 굽이굽이 고갯길을 돌고 돌아 대관령을 넘었을 때는 어둠이 내리고 있었다. 트럭은 계속 어두운 산길을 오르락내리락하며 달려 이윽고 밤늦게 3사단 본부가 주둔하던 홍천군 내면 창촌리에 도착했다. 육군종합학교 몇 기 선배인 소위 한 분이 우리를 맞았다. 4월이었지만 산속의 밤은 몹시 추웠다. 온기 하나 없는 냉랭한 텐트의 야전 침대에 피곤한 몸을 뉘었지만 잠은 오지 않았다. 뒤척이다가 새벽녘에야 잠깐 잠이 들었는데, 이른 아침에 일어나 텐트 밖으로 나오니 짙은 안개가 주위를 둘러싸고 있었다. 잠시 후 안개가 걷히기 시작하자 앞산이 코에 닿을 듯 가까이 다가왔다. 고개를 높이 쳐들어야 쪼가리 하늘이 보이는 깊은 산속이었다.

대전차 부대 소대장

아침 식사 후 우리는 사단장에게 부임 신고를 하러 갔다. 사단장은 한 농가에 머물고 있었다. 그 집 앞마당에 일렬횡대로 서서 기다리자 이윽고 사단장이 나왔다. 사단장은 10명의 신임 소위들 모두에게 각각 전입신고를 시켰다. 그러면서 목소리가 작다, 모자를 바로 쓰지 않았다, 전투화 끈을 느슨하게 맸다, 장교가 차렷 자세가 이게 뭐냐는 등 야단을 치며 계속 반복시켰다. 한 소위에게는 다짜고짜 M1 소총의 사정거리는 얼마냐고 물었다가 바로 대답을 못 하자 정신 상태가 글러 먹었다, 소위 계급장은 어떻게 받았냐며 핀잔을 주었다. 몹시 불안하고 긴장했던 나는 사단장이 따뜻한 마음으로 환영해줄 것을 기대했었다. 내일이나 모레, 아니 오늘이라도 일선에 배치되면 이 세상에서 사라질지 모를 '하루살이 소위' '소모품 소위'인 햇병아리 부하들을 좀 더 따뜻하게 맞아줄 수도 있었을 것을.

신고식을 마치고 지난밤 묵었던 텐트로 돌아왔다. 그때 우리를 대구에서부터 인솔해온 배 중위가 부르더니 내가 자기하고 같이 3사단 대전차 대대로 발령받았다고 이야기해주었다. 사단의 인사계 상사와 친분이 있던 그는 특별히 부탁해 나를 자기와 같은 대전차 대대로 뺀 것이다. 아마도 어린 나이에 전장에 나온 내가 애처로워 도와주려고 한 것 같았다. 중부 전선은 산악지대라 적의 전차를 맞아 전투할 일이 거의 없어서, 대전차 대대는 사단 본부 경비를 맡는 예비 대대로 일종의 비전투부대와 마찬가지였다. 나와 같이 부임해 온 동기생들은 모두 일선 전투부대의 소대장으로 배치되었다. 나에게는 배 중위가 소위 '빽'이 되어준 것이다. 그 당시 한국에는 '빽'이라는 말이 대유행이었는데 아마도 영어 backer(후견인)에서 비롯된 말인 것 같다. 빽은 자기를 뒤에서 잘 봐주는 사람이라는 의미였다.

현리전투

나는 발령받은 1중대에 가서 중대장에게 신고하고 3소대장으로 부임했다. 30여 명의 소대원 앞에서 부임 인사를 하면서 나는 기가 죽어버렸다. 고작 사흘 전에 19살이 된, 전투 경험도 없는 내가 실전경험에 모두 나보다 나이까지 많은 소대원들을 잘 통솔할 수 있을까 겁이 났다. 나는 그들에게 24살이라고 능청맞게 거짓말을 했다. 우리는 함께 목숨을 걸고 적과 총부리를 들이대고 싸워야 했고 나는 그들의 지휘관이었다. 생명을 걸고 싸우는 전쟁터에서 더 효율적으로 소대를 통솔하기 위해 나이를 속이는 것에 죄책감 같은 것은 전혀 느끼지 않았다. 이미 3살 올려서 군에 입대한 전력도 있지 않나. 전쟁터에서 나이를 몇 살 더 올리는 것은 이제 부담이 되지 않았다.

부임 1주일 후, 우리 대대는 창촌에서 인제군 기린면 현리로 도보 이동했다. 사단 본부가 이동해오기 전에 미리 가서 준비 작업을 하고 부근 고지에 방어 진지를 구축하는 것이 우리의 임무였다. 험한 산을 넘고 깊은 계곡을 지나 현리에 도착하기까지는 사흘이 걸렸다. 좁은 산길을 1개 대대 몇백 명이 일렬로 움직이니 기나긴 행렬이었다. 4월 중순이었는데도 산 정상에는 아직 눈이 녹지 않은 곳도 있었다. 통나무 셋을 새끼줄로 묶어 만들어놓은 가교를 건너 밑이 까마득한 깊은 계곡을 지날 때는 등골이 오싹하고 손바닥에는 식은땀이 고였다. 어느 산 능선을 넘을 때 맡았던 괴이한 냄새도 생각난다. 내려다보니 시체 하나가 썩고 있었다. 아마도 눈 속에서 겨울을 난 시체가 눈이 녹으면서 썩기 시작한 것 같았다. 현리에 도착한 우리는 사단 본부가 자리할 위치를 중심으로 주변에 호를 파고 방어망을 구축하며 며칠을 보냈다. 사단 본부가 도착한 후에는 경비행기용 활주로도 닦고 진지도 여러 개 더 구축해서, 드문드문 농가만 있던 마을은 며칠 사이에 급격히 변모했다.

현리 동북쪽은 설악산 자락인 한석산(1,119미터)과 점봉산(1,424미터) 그리고 그 남쪽의 방태산(1,444미터)이 병풍처럼 둘러서 있었고 서남쪽으로는 방태산과 오미재 고개로 연결된 응봉산(979미터), 원대봉(884미터) 등 해발 1,000미터 가까운 산줄기가 둘러싸고 있었다. 북쪽 인제에서 남쪽의 현리까지의 약 20킬로미터의 협곡은 좌우가 고산준령들로 막혀 있고 현리 남쪽은 해발 500미터의 오미재 고개가 버티고 있는, 막다른 골목 같은 지형이었다. 현리에 있던 우리 3사단 본부의 5킬로미터 남쪽 용포에는 우리와 함께 3군단에 소속된 9사단 본부가 있었다. 두 사단 본부가 이렇게 좁은 지형에 가깝게 종렬로 주둔하는 것은 흔치 않은 경우였지만 워낙 현리 계곡이 긴 고산준령으로 가로막힌 협곡이라 어쩔 수 없는 선택이었다. 여담이지만 이때 우리와 함께 현리에 주둔했던 9사단의 참모장이 박정희 중령이다. 당시 그는 몸이 쇠약해져서 5월 초순 육군정보학교 교장으로 발령받고 5월 9일 대구로 떠나서 1주 뒤에 벌어진 현리전투에서는 빠지게 되었다. 만일 그가 현리전투에 휩싸여 신상에 이상이 생겼다면 대한민국의 운명은 달라졌을 것이다.

공산군은 1951년 4월 하순, 서울을 점령하고자 제5차 대공세를 감행했으나 UN군의 압도적 화력에 좌절되고 말았다. 그들은 서부전선에서의 패배를 만회하고자 제6차 대공세는 중동부 전선에 포진하고 있던 한국군으로 목표를 정했다. 당시 현리 서북쪽은 미 제10군단 소속 한국군 제5사단과 7사단이 포진하고 있었고, 그 우측인 현리 북쪽과 동북쪽은 한국군 3군단의 제9사단과 3사단이 포진했다. 이들 한국군 전방에 공산군 18개 사단의 대병력이 집결하기 시작했다. 현리에서 남쪽으로의 유일한 통로는 오미재 고개뿐이었다. 만일 이곳이 점령당해 막히면 3군단의 두 사단은 꼼짝 못 하고 현리 계곡에 포위될 것이었다. 따라서 3군단장 유재흥 장군은 5월 중순, 적의 공격이 시작되기 전에 퇴로를 확보하려고 1개 중대 병력을 오미재 고개에 주둔시켰다. 그런데 오미재 고개가 미 10군단 관할구역이었던 것이 문제였다. 미 10군단의 에드워드 M. 알먼드 Edward M. Almond 장군은 한국군이 자기 관할구역에 허락도 없이 병력을 주둔시킨 것에 심기가 상해 유재흥 장군에게 병력 철수를 요구했다. 하지만 이는 생사가 걸린 문제라고 생각한 유재흥 장군은 '우리 3군단의 목숨줄을 우리가 지킨다는데 무슨 문제냐'라고 맞서며 버텼다. 하지만 알먼드 장군은 상급 부대인 8군 사령부에 항의하여 오미재 고개의 한국군 병력을 끝내 철수시켜버렸다.

드디어 5월 16일 오후 4시, 공산군의 제6차 총공세가 시작됐고 중공군 9개 사단은 내린천 좌측의 미 10군단 소속의 한국군 제5사단, 7사단에 공격을 가해왔다. 뒤를 이어 북한군 9개 사단은 우측의 한국군 3사단과 9사단에 맹공격을 개시했다. 무섭게 쏟아 붓는 포탄 공세와 파도와 같은 인해人海 공세에 미 10군단 소속의 한국군 5사단과 7사단은 밀리기 시작했다. 7사단이 중공군에 밀리면서 그 우측 3군단의 9사단 사이의 틈으로 16일 밤 중공군 1개 중대가 30킬로미터 거리를 8시간 만에 질주해 다음 날인 17일 새벽, 전략적 요충지인 오미재 고개를 점령해버렸다.

17일 아침, 나는 3사단 본부 후방 고지에 구축한 진지에서 사단 본부를 내려다보고 있었는데 포병부대가 남쪽으로 이동하더니 남쪽의 산을 향해 포격을 시작했다. 정말 의아했다. 북쪽 인제에서 밀려오는 적과 싸우던 포병부대가 내려와 남쪽을 향해 포를 쏘다니, 이것은 적군이 부대 남쪽에도 있다는 이야기 아닌가. 나중에 알게 된 것이지만 이때 포병부대는 오미재 고개를 점령한 적을 향해 포격한 것이었다. 그런 가운데 우리 중대는 사단 본부 뒤의 작은 길을 따라 동쪽으로 이동해서 적이 어디까지 왔는지 수색하라는 명령을 받았다. 현재는 418번 국도로 확장된 길이다. 우리 중대는 제1소대

를 선두로, 그 뒤를 제2소대와 나의 제3소대가 간격을 두고 조심스
럽게 동쪽으로 이동했다. 첫 전투라 엄청나게 긴장되었다. 현리에
서 약 5킬로미터쯤 왔을 무렵, 선두의 제1소대가 갑자기 뒤돌아서
급히 우리 쪽으로 달려오기 시작했다. 적이 나타난 것이다. 뒤따르
던 제2소대와 우리 3소대는 급히 도로 양측의 작은 언덕으로 뛰어
올라갔다. 능선에 엎드려 내려다보니 달려오는 제1소대 뒤를 적군
이 따라 쫓아오는 것이 보였다. 심장박동이 마구 빨라졌다. 나는 소
대원들을 향해 떨리는 목소리로 사격 명령을 내렸다.

"탕! 탕!" 우리가 발사하는 M1 소총 소리가 요란하게 울리자 적
들은 급히 뒤로 돌아 줄행랑을 치기 시작했다. 달아나던 적들이 부
근에 있던 물레방앗간으로 뛰어드는 것이 보였다. 우리 소대에는
2.36인치 대전차 바주카포가 3문이 있었는데 사수들은 발사 준비
를 하고 있었다. 나는 사수들에게 "발사 준비됐어?" 하고 급히 물
었다. "옛!" 하는 대답이 돌아왔다. "제1문, 물레방앗간에 발사!" 나
의 명령이 떨어지자 "쾅!" 하는 발사 소리가 들리더니 몇 초 후 물

대전차 바주카포

레방앗간 4~5미터 앞에 포
탄이 떨어져 폭발하는 소리
가 들렸다. 사수가 긴장했는
지 아쉽게도 포탄은 물레방
앗간에 못 미쳐 떨어지고 말
았다. 나는 즉시 "제2문 발
사!" 하고 소리쳤다. 수 초 후

에 명중한 포탄이 번쩍 빛을 내면서 폭발했고 물레방앗간이 무너지는 것이 보였다. 긴장하고 숨을 멈추고 있던 소대원들에게서 "와~"하는 함성이 터져 나왔다. 세 번째 포탄도 다시 한번 그곳에 조준했다. 우리는 뒤에 있던 중대 본부의 연락을 받고 사단 본부 쪽으로 철수했다. 이것이 지금도 잊히지 않고 생생히 기억되는 나의 첫 전투였다.

현리로 돌아온 우리는 사단 본부의 후방 고지에 포진하여 동쪽으로부터의 공격에 대비했다. 기록에 의하면 5월 17일 오전에 2개 중대 규모의 적군이 사단 본부 후방까지 침투했었다고 한다. 아군 3사단 주력은 아직 북쪽 가리봉 방면에서 적과 잘 싸우고 있을 때였다. 우리와 만난 적들은 분명히 16일 밤이나 17일 새벽에 아군의 눈을 피해 사단 본부 후방으로 침투한 부대였을 것이다. 우리가 격퇴한 적은 그 일부였던 것 같은데, 우리에게서 받은 타격이 컸는지, 아니면 바주카를 이용한 방어에 겁이 났는지 그날 저녁 우리가 현리를 철수할 때까지 적은 다시 나타나지 않았다. 우리가 적절한 때 수색을 나가 적과 맞서지 않았다면 사단 지휘부가 적의 급습을 받았을지도 모른다.

시간이 지나면서 인제 방면에서 적과 맞서던 아군은 후퇴하여 현리 부근에 계속 모이기 시작했다. 계곡 전체에 불안이 엄습해왔다. 3군단의 2개 사단이 적에게 퇴로를 차단당해 현리 계곡에 포위되고 말았다. 5시쯤 되자 미군 수송기들이 날아와 현리에 군수물자를 낙하산으로 투하하기 시작했다. 어지러이 하늘을 수놓는 낙하산들을 보고 있자니 마음이 더욱 심란했다. 우리가 포위되었다는 것이 더 실감 났다. 일부 낙하산은 현리에 떨어지지 않고 근처 강이나 산에 어지러이 흩어졌다. 그러는 사이에 전선에서 후퇴한 3사단과 9사단의 장병들이 수없이 모여들어 현리 부근은 북적대는 아군으로 더욱 아수라장이 되었다. 당시 전황이 어떻게 돌아가는지, 우리 같은 하급 부대에서는 알 수 없었지만 그럼에도 사태가 심각하다는 것은 알 수 있었다.

해가 저물고 어둠이 현리 일대를 덮기 시작할 때, 우리 대대에 이동 명령이 내려졌다. 지금 생각하면 그때 이미 사단 본부는 현리에서 철수한 후였고 우리가 사단 본부의 후퇴를 엄호한 듯하다. 우리는 현리 남쪽의 용포를 향해 걷기 시작했다. 현리와 용포 사이 약 5킬로미터의 도로는 2개 사단의 크고 작은 온갖 종류의 군용차로 꽉 막혀 있었다. 가끔 구급차가 보였고 그 속에서 부상자들의 신음이 들려왔지만 그들을 돌봐주는 사람은 아무도 없었다. 우리가 뒤로하고 온 현리의 사단 본부 쪽에서는 계속 큰 폭음이 들리고 어두운 하늘로 검은 화염이 치솟았다. 그날 오후 낙하산으로 받은 탄약을 퇴각하면서 폭파하는 소리였다. 도로를 가득 메운 수많은 자동차 사이를 지나 그 옆의 개울가를 걸어서 용포에 도착한 것은 그날 밤 8시경이었다. 우리 중대는 더는 남하하지 못하고 내린천 가에 멈추었다. 남쪽 오미재 고개 쪽에서는 기관총 소리, 소총 소리와 따발총 소리 등이 요란하게 울려댔다. 후에 안 것이지만 아군 2개 연대가 활로를 뚫기 위해 오미재 고개에서 적과 교전하는 소리였다. 그때는 이미 오미재 고개와 그 남쪽 상남리에 중공군 2개 사단이 진출해 있었고 그들의 점령지를 한국군 불과 2개 연대가 탈환하기란 불가능했다. 상황이 어떻게 흘러가는지도 모르고 불안만 가득한 가운데 우리 중대는 내린천 가에서 자기로 했다. 5월 중순이 지났지만, 산속의 시냇가는 몹시 쌀쌀했다. 남쪽 오미재 고개에서 들리던 총소리도 어느새 멈추었다. 온종일의 전투와 행군에 지칠 대로 지친 나는 적들의 포위망 속에서 어느새 잠이 들었다.

다음 날인 18일 아침, "소대장님, 소대장님!" 하고 부르는 연락병의 목소리에 깜짝 놀라 눈을 떴다. 그는 "소대장님, 저것 보세요!" 하고 동남쪽의 방태산을 가리켰다. 내 눈이 의심스러운 광경, 산은 수많은 아군 병사들로 까맣게 뒤덮여 있었다. 마치 개미 떼가 바글거리며 움직이고 있는 것처럼 보였다. 현리에 모여 있던 3사단과 9사단 병력이 방태산을 오르고 있었다. 그 순간, 중대 본부로부터 소대를 인솔하여 방태산 쪽으로 빨리 탈출하라는 명령이 떨어졌다. 매우 급박한 사태가 벌어진 것 같았다. 나는 소대원을 인솔하고 방태산 쪽으로 뛰기 시작했고 산기슭에 도달해서는 소속 불명의 타부대 병사들과 섞여 좁은 산길을 따라 오르기 시작했다. 한 사람이나 겨우 지나갈 만한 좁은 산길을 그 많은 사람이 한꺼번에 오르는 것은 불가능하였다. 병사들은 무질서하게 산길을 벗어나 산비탈을 오르기 시작했다. 그러는 와중에 소대원들은 모두 제각기 흩어져버렸고 나와 함께 있어야 할 선임하사, 향도와 연락병도 보이지 않았다. 나도 이것저것 생각할 겨를 없이 정신없이 산을 오르다 아래를 돌아다보니 오미재 고개에 있던 중공군이 방태산으로 도주하는 아군을 보고 내린천을 건너 쫓아오고 있는 것이 보였다. 나는 더 다급해져서 황망히 뛰다시피 산에 오르기 시작했다.

해발 1,444미터의 방태산은 산기슭에서 정상까지 수평 거리로 10리는 되는 큰 산이었다. 가파른 경사면을 올랐다가 깊은 계곡으로 내려가고 다시 경사면을 오르기를 반복하며 산을 오르는 강행군이 계속되었다. 무거운 철모와 배낭, 소총을 든 완전 군장으로 험준한 산을 오르란 매우 힘들었다. 돌에 걸려 넘어지고 미끄러지면서, 죽을힘을 다해 기진맥진한 상태로 정상에 도착한 것은 정오가 조금 지나서였다. 이제 동남쪽으로 하산하면 적의 포위망을 벗어난다고 생각하니 긴장이 풀려 그 자리에 주저앉고 말았다. 지나가는 병사들을 보니 그중에는 나이나 풍모로 보아 고급 장교들도 섞여 있는 것 같았다. 모두 계급장을 뗀 채였는데, 아마도 적에게 포로가 되었을 경우를 생각해서 그런 것 같았다. 갓 부임한 초급장교 소위였지만 나도 슬그머니 계급장을 떼어서 주머니에 넣었다. 멀리 내려다보이는 현리 계곡 방향에서는 시커먼 연기가 먹구름처럼 하늘로 치솟고 있었다. 아군이 버려두고 온 수많은 장비와 자동차 등이 불타고 있었다. 그 당시 공산군의 전략은, 중공군이 오미재를 점령하고 동시에 북한군은 현리 동북방의 가리봉 일대를 수비하던 3사단을 격파하고 신속히 남하해 방태산 일대를 점령함으로써 3군단을 현리 계곡에 고립시키는 것이었다. 그러나 3사단의 효과적인 저항으로 가리봉 통과가 늦어졌고 험준한 산악지대를 따라 남하하는 것이 어려워 3군단 병력이 방태산을 넘어 탈출할 때까지 북한군은 방태산에 도착하지 못했다.

산릉선에서 한숨을 돌리고 있는데, 동쪽 하늘에서 구름 사이로 두 개의 검은 점이 보이더니 내 쪽으로 다가오며 점점 커졌다. 동해에 있던 미군 항공모함에서 출격한 함재기 그루먼Grumman기였다. 현리 계곡에 우리가 버리고 온 무기들이 적의 수중에 들어가는 것을 막기 위해 폭격하려고 출격한 것이다. 내가 있던 곳에서 북쪽으로 4~5킬로미터 떨어진 점봉산 능선 상공을 통과하자마자 그중 한 대가 갑자기 검은 연기를 뿜으며 산골짝을 향해 곤두박질하면서 사라졌다. 잠시 후에 폭음이 들리더니 검은 연기가 하늘로 치솟았다. 멀지 않은 동해에서 날아온 비행기들은 능선에서 고도를 높이지 않고 날다가 산 정상에 있던 적들이 쏜 탄환에 맞았다. 눈앞에서 미군기가 단숨에 격추되는 것을 보니 과연 이런 상황에서 벗어나 살아날 수 있을까 하는 공포심이 엄습해왔다. 적은 내가 있던 산릉선에서 북쪽 4~5킬로미터까지 온 것이 분명했다. 나는 천근만근 지쳐버린 몸을 벌떡 일으켜 부랴부랴 하산 대열에 끼었다.

수없이 미끄러지고 넘어지면서 가파른 산비탈을 내려가 방태산 동남쪽 산기슭에 도착한 것은 해 질 무렵이었다. 제법 넓은 벌판에 천명은 넘는

그루먼 함재기

아군이 운집해 있었다. 모두 적의 포위망을 탈출했다는 안도감에 탈진한 채였다. 나도 털썩 주저앉아 쉬었는데, 그때 남쪽 언덕에서 아군 트럭 한 대가 급히 우리 쪽으로 내려왔다. 남쪽으로 가던 중에 적군과 마주쳐 부랴부랴 차를 돌려 북쪽으로 도망쳐왔다고 했다. 천신만고 끝에 이제 겨우 적의 포위망을 벗어났나 싶었는데, 그 말을 듣자 모두 순식간에 흩어져 동남쪽 산으로 뛰어 올라가기 시작했다. 나도 그들이 가는 방향으로 뛰었다. 몸은 천근만근인데 그래도 다리가 움직여주는 것이 신기했다. 어느덧 제법 큰 산 개울 옆을 지나가는데 느닷없이 "소대장님" 하는 소리가 들렸다. 깜짝 놀라서 고개를 돌리니 우리 중대 1소대의 향도였다. 내 직속 부하는 아니지만, 그곳에서 만나니 그도 나도 무척 반가웠다.

"고생 많구나" 하며 둘이서 걷기 시작했는데, 철모를 쓰지 않고 손에 들고 있던 나를 보더니 그는 나지막한 소리로 "소대장님, 철모는 무거우니 버리세요" 하는 것이었다. 무기는 생명보다 중요하다는 것이 군의 규율인데, 더욱이 장교인 내가 그 말을 들을 수는 없었다. 그러자 그는 자기가 들어주겠다며 철모를 빼앗았다. 한참 걷다 보니 그의 손에 들렸던 철모는 보이지 않았다. 인솔자를 따라 질서 있게 후퇴하는 것이 아니었으므로 같이 걷는 인원수는 대여섯 명부터 몇십 명까지 줄었다 늘었다 했다. 꽤 밤이 깊어서 어느 화전민 농가에 도착했다. 조심스럽게 다가가니 아무도 없었다. 피곤한 몸을 하룻밤 쉬고 가고 싶었지만, 적에게 발각될 위험이 있어서 우리는 근처의 수풀 속에 화전에서 주어온 수수깡을 깔고 담요를 덮고 누웠다. 새벽부터 죽을힘을 다한 강행군에 감당하기 힘들 만큼 지쳐버린 나는 어느새 잠이 들었다.

다음 날 19일 아침, 우리는 배낭 속 건빵 몇 알로 아침 식사를 대신하고 다시 걷기 시작했다. 산등성을 넘고 계곡의 시냇물로 목을 축여가며 걷고 또 걸었다. 이윽고 좀 평평한 곳에 이르니 흐르는 개울가에 병사 두 명이 축 늘어져 누워 있었다. 그들에게 다가가 적이 뒤에서 쫓아오니 일어나 같이 걷자고 말했는데, 죽으면 죽었지 더는 걸을 수 없다는 것이었다. 자포자기한 모양이었다. 안타까운 마음으로 그들을 뒤로하고 다시 걸었다. 어느덧 우리는 수십 명의 무리와 일행이 되어 있었다. 그중에는 노란 머리의 미군도 한 명 있었는데, 어느 군사 고문단의 일원인 것 같았다. 노란 머리는 헝클어져 있었고 푹 들어간 파란 눈에는 피로와 공포와 초조함이 역력했다. 군복 바지 한쪽은 무엇에 걸렸는지 밑에서 무릎까지 찢어져 있었다. 우리야 조국을 지키기 위해 우리 땅에서 싸우고 있지만, 이역만리 낯선 땅에 와서 우리와 생사를 같이하며 적의 포위망에서 벗어나려고 애쓰는 모습이 애처로웠다.

오후가 되면서 보슬비가 내리기 시작했다. 옷이 비에 젖으니 몸은 무겁고 산길은 매우 미끄러웠다. 어느덧 어둠이 내리기 시작했다. 산을 오르내리며 걷는 동안 아군을 만나 무리는 40~50명으로 늘어났다. 그때 누군가 "여기에 장교님 없습니까? 장교님 계시면 나서주세요!" 하고 어둠 속에서 외쳤다. 그들은 이끌어줄 지휘자가 필요했던 것이다. 40~50명 중에는 분명히 나 외에도 장교가 있었을 텐데, "내가 장교인데 지금부터 모두 나를 따르라"라고 나서는 사람은 나를 비롯해 아무도 없었다. 나 역시 선뜻 나서지 못했다. 나 자신도 주체 못하는 주제에 적의 손에서 벗어나려고 허덕이는 오합지졸 무리를 이끌 자신이 없었다. 아니, 용기가 없었다는 것이 맞다. 그때의 비겁함은 70년이 지난 현재까지도 기억에서 지우려야 지울 수 없는 수치심으로 남아 있다.

어깨를 늘어뜨리고 지친 발걸음을 옮겨 지나쳐 가는 사람들의 희미한 실루엣은 명부冥府의 낯선 고갯길을 오르는 망자亡者의 무리처럼 스산하게 보였다. 그날 밤 어느 산골짜기를 따라 올라가고 있는데 갑자기 옆 언덕에서 따발총 소리가 콩 볶듯이 들려왔다. 우리는 소스라치게 놀라 모두 흩어져 엎드렸다. 이틀을 쉬지 않고 걸었는데도 여전히 적의 수중에서 벗어나지 못했다. 완전 포위에 실패한 적은 방태산을 넘어 도주하는 아군을 추격하고 있었다. 어둠 속에 한참을 숨죽이고 있다가 조심조심 발소리를 죽여서 그곳을 탈출했다. 공포심이 밀려들었다. 적은 사방 어디에나 있었다. 떡갈나무에 바람이 스치는 소리에서도 적의 발걸음 소리가 들렸다. 작은 관목의 수풀은 적의 모습으로 앞을 가로막고 있었다. 함께 걷는 병사들의 발소리에서도 적들의 발소리가 묻어서 따라왔다. 내 안의 적이 슬그머니 깨어나 전신으로 불안을 펌프질하며 조금씩 영혼을 갉아먹고 있었다. 여기저기, 멀리, 가까이에서 총소리는 계속되었다. 밤이 깊어지니 사방은 칠흑 같은 어둠에 싸여 지척을 분간할 수 없었다. 마음으로는 더 내달려야 한다고 생각되었지만, 더는 걸을 수 없다고 판단한 우리 일행은 숲이 우거진 산비탈에 모두 주저앉았다. 땀과 비에 젖어 춥고 피곤했던 나는 지쳐서 쓰러져 누웠다. 이제는 죽는 일만 남은 것 같았다. 누군가 흙만 덮어주면 여기에 오래오래 잠들었다가 내 몸은 흙이 되겠구나 생각하다가 이내 정신이 혼미해지며 스르르 잠이 들어버렸다.

20일 새벽, 서너 시간쯤 눈을 붙였나보다. 꿈속에서 계속 악몽에 시달린 것 같았는데 눈을 떠보니 악몽 같은 현실이 다시 시작되고 있었다. 어젯밤에 같이 있던 일행은 대부분 보이지 않았다. 새벽에 먼저 일어나 떠나버린 것이었다. 나와 남아 있던 7명은 또 남쪽을 향해 걷기 시작했다. 비탈길의 경사는 점점 가팔라졌다. 어디인지는 모르겠지만, 꽤 높은 지대에 와 있는 듯했다. 지금에 와서 지도를 살펴보니 오대산 서쪽 기슭이었던 것 같다. 몹시 배가 고파 배낭에서 건빵 봉지를 꺼내 열어 보니 비를 맞아 눅어 있었다. 입에 건빵 하나를 넣고 씹어보았지만 피곤한 탓인지 삼킬 수가 없었다. 배는 몹시 고픈데도 음식이 목으로 내려가지 않는 것이 이상했다. 그래도 살아야겠다는 마음에 건빵을 입에 넣고 수통의 물을 마시며 억지로 넘겼다. 밤이 깊어지자 더 걸을 수 없게 되어, 산길에서 좀 떨어진 농가에서 잠시 머물렀다. 나는 마음속으로 두 손을 모아 하나님께 기도했다. '나를 버리지 마시고 속히 적의 포위망에서 벗어나게 도와주소서'라는 간단한 기도를 되풀이하다 잠이 들었다.

21일 여명이 틀 무렵, 산행은 계속되었다. 짙은 안개로 덮인 산골짜기를 지나 무거운 발을 움직이며 어느 산마루에 올랐다. 그곳에는 여러 사람이 웅성거리고 있었다. 혹시 적일지 몰라 잔뜩 긴장했는데 자세히 보니 아군이었고, 그중에는 헌병 완장을 찬 사람도 있었다. '아, 이제 적의 포위망에서 벗어나 아군 작전지역에 왔구나' 하고 느낀 순간, 사지에 힘이 빠지면서 그 자리에 주저앉고 말았다. 헌병 완장을 찬 사람이 다가와 소속 부대가 어디냐고 묻고는 상진부리 쪽으로 내려가면 나의 대대가 있을 것이라고 알려주었다. 그 산을 천천히 내려와 상진부리에 도착해 한 농가에 자리 잡은 중대본부를 찾아갔다. 70킬로미터 가까운 험준한 산악을 나흘간 걸어 마침내 적의 포위망을 탈출한 것이다. 중대장과 30~40명의 중대원 모두 나를 반갑게 맞아주었다. 며칠 만에 먹는 밥과 된장찌개는 천하의 일품요리보다 맛있었다. 그때까지 도착한 우리 3소대원들은 반도 안 되었다. 그 후 도착 인원은 조금씩 늘어나기 시작해 22일 저녁까지 살아온 소대원은 25명으로 불어났다. 30명 중 나머지 5명은 끝내 나타나지 않았다. 수습된 25명 중, 소총을 소지한 사람은 나를 포함해 8명밖에 없었다. 사단 직할의 예비 대대라 적의 포위망이 방태산까지 이르기 전에 비교적 빨리 탈출한 우리 중대의 인명 손실은 크지 않아서 120명 중 90명 정도가 탈출에 성공했다. 그러나 소총을 소지하고 있는 병사는 30명 정도였고 대전차포는 한문도 없었다.

5월 22일 오후, 진부리 전방에 적이 출몰했다. 적의 포위망에서 겨우 탈출해온 아군은 긴장과 공포에 휩싸였다. 우리 중대는 하진부 동쪽에서 15킬로미터 남쪽의 정선으로 이동하라는 명령이 내려왔다. 우리는 밤길을 걸어 다시 퇴각을 시작하였다. 중대에 남아 있는 30정의 M1 소총으로 무장한 30명을 앞세우고 남쪽을 향해 달구지 길을 걸었다. 또다시 공포에 사로잡혀 발걸음을 재촉해야 하는 서글픈 도주였다. 언제 어디에서 적이 나타날지 모르는 상황에 잔뜩 겁먹은 발걸음은 더디기만 했다. 새벽 2시경 작은 마을에 도착해 잠시 휴식을 취하고 있는데, 마을 입구에서 경계를 서던 병사가 어둠 속에서 사람 하나를 생포해 데려왔다. 중공군 병사였다. 중국어를 좀 할 줄 아는 병사가 심문했더니 자기는 중공군 선발 대원이며 우리 뒤로 중대 병력의 중공군이 오고 있다고 했다. 하진부에는 아직 3사단 본부가 있을 것인데, 적은 이미 사단 본부 동쪽 후방 수 킬로미터까지 침투해온 것이다. 긴장한 우리는 중대장과 소대장들이 속히 모여 의논을 했다. 마을 옆에 숨었다가 기습해볼까 하는 의견이 있었지만, 문제는 우리 중대에 무기라고는 30정의 소총뿐인데다 더욱이 실탄은 거의 없는 상태라는 것이었다. 중공군과의 전투가 벌어진다면 그것은 전투가 아니라 그냥 일방적인 전멸일 터였다.

우리는 중대장의 결정으로 정선행을 포기하고 황급히 마을을 벗어나 동쪽으로 진로를 바꿔 밤새 산에 올랐다. 서서히 동이 트기 시작할 무렵, 대관령 정상에 도착한 우리는 발밑에 펼쳐진 광경에 한동안 모두가 말을 잃었다. 운해雲海, 끝없는 운해가 펼쳐져 있었다. 멀리 드문드문 산봉우리가 운해 위로 솟아나 있는 광경은 엄숙하기까지 했고, 마치 한 폭의 동양화를 보는 것 같았다. 이 땅에 처음 하늘이 열리고 비가 내리고 바람이 불기를 수십억 년, 길고 긴 세월을 거치면서 산맥이 깎이고 강이 흘러 산하山河가 창조되고 나무와 풀이 자란 위대한 지구의 한 자락이 우리 앞에 펼쳐졌다. 잠깐의 그 장엄한 모습을 뒤로하고 우리는 대관령을 걸어 내려가 저녁 무렵에서야 강릉 외곽에 도착했다. 다음 날 우리 중대는 강릉 남쪽에서 대대와 합류했다.

중공군의 공격은 5월 20일경부터 약화되기 시작했다. 중공군은 대공세 전 일주일가량의 식량과 탄약을 준비해 전투를 시작했는데, 미 공군에 의한 보급 차단으로 전력이 약화된 것이었다. 미 3사단과 187공수 특전여단, 그리고 한국군 예비사단인 8사단은 무너진 전선을 정비하고 23일부터 강력한 반격을 시작해 인제까지 중공군을 다시 밀어 올리기 시작하였다. 미 공군은 융단폭격에 가까운 대규모의 집중적인 폭격으로 적을 섬멸하였다. 얼마나 많이 전사했는지, 북으로 진격하는 아군은 도로에 산처럼 쌓인 적군의 시체를 불도저로 치우지 않으면 전진할 수 없을 정도였다고 한다. 기세등등하게 현리 일대에 전력을 집중하여 하진부까지 밀고 내려왔던 북한군과 중공군은 이 전투에서 8만 5천이라는 막대한 인명 손상을 입고 인제 북쪽으로 패퇴하고 말았다. 이렇게 해서 현리전투는 끝났다. 현리전투는 6·25 전쟁 중 아군의 최대 참패로 기록되었고, 동시에 적도 최대 손실을 입은 전투였다. 붕괴한 국군 3군단은 해체되어 우리 3사단은 1군단 소속으로 재편되었다.

1981년 여름, 현리전투 이후 처음으로 현리를 찾았다. 현리는 많이 변해서 기억 속의 옛 모습은 찾아볼 수 없었다. 30년 전 그곳에서 전개된 일들이 주마등처럼 뇌리를 스쳐갔다. 만감이 교차해서 함께 갔던 아내와 큰딸 앞에서 흐르는 눈물을 주체하지 못했다. 방태산 기슭에는 2만 명의 3군단 병력 중 현리전투로 사라진 7천 명 젊은이들의 영혼을 위로하는 현리전투 위령탑이 세워져 있다. 나는 그 후에도 그곳을 여러 차례 방문해서 유명을 달리한 옛 전우들을 위로했다. 현리에 가면 아직도 방태산 산중을 헤매며 달리고 넘어지고 지쳐서 터덜터덜 걷고 있는 '열아홉 살의 나'를 만날 수 있을 것 같다. 나는 그를 꿈속에서 여러 번 보았다. 그런 꿈들은 대체로 악몽이었다. 2년 전에도 현리를 방문했다. 중공군에게 점령돼 수천의 젊은 목숨을 앗아간 자리, 오미재 고개에는 터널 공사가 한창이었다. 우연히 현리에 주둔하고 있는 육군 부대 소속의 준위 한 사람을 만났다. 이런저런 대화를 나누다 내가 현리전투에 소대장으로 참전했다고 하니, 그는 깜짝 놀라며 말로만 듣던 그 전투에 참여한 사람을 만나는 것은 처음이라면서 반가워했다. 68년 전의 일이니, 이제는 많이 잊히기도 했고 기록에서나 찾아볼 법한 일인데 생존한 전투 참가자를 만난 것이 그에게는 무척 반가운 일인 것 같았다. 그는 이제까지 어떻게 살아오셨냐고 물으며 신기한 듯 나를 바라보았다.

　현리전투를 언급할 때마다 지휘관들의 무능이 회자하곤 한다. 현리전투에서 싸웠던 장교 중에 지금까지 생존한 분은 아마도 몇 분 안 계실 것이다. 비록 초급장교인 소대장이었지만 나도 현장의 말단 지휘관이었기에 현리전투의 패전에 대한 비난에, 모두를 대신하

현리 오마재 정상에 세워진 현리지구전적비와 방태산 기슭에 세워진 현리전투위령비

여 조금이라도 변명을 하고 싶다. 요즘 같으면 상상도 못 할 일이지만, 당시 우리 군은 참모총장부터 군단장, 사단장, 연대장까지 모두 20대 후반에서 30대 초중반의, 전투 경험이라곤 거의 없었던 젊은이들이었다. 해방 후 모든 것이 취약하던 때, 우리는 모두 풍전등화와 같던 조국의 운명 앞에 누구도 대신해줄 수 없는 막중한 책임을 안고 싸웠다. 우리가 상대한 중공군은 1949년 중공이 건국될 때까지 일본군, 장개석의 국민당 정부군을 상대로 10여 년간 산전수전을 다 겪은 노련한 군대였다. 또 6·25 때 남침한 인민군에는 중공군에 속했던 조선족 4만 명이 전입되어 있었다. 이러한 적을 상대로 우리는 목숨을 걸고 나름의 최선을 다했다고 항변하고 싶다.

보병부대 소대장

우리는 강릉 남쪽에서 대전차 대대 본부와 재결합하여 전열을 정비하며 며칠 숨을 돌리고 있었다. 어느 날 밤 대대 본부로 호출돼 가보니 대대 부관 배 중위가 나를 기다리고 있었다. 그는 심각한 얼굴로, 현리전투로 일선 전투부대의 장교들이 많이 희생돼 사단 본부 직할 예비 대대인 대전차 대대의 장교들을 일선 전투부대로 전출시키는데 나도 22연대로 전출된다고 전해주었다. 19살 어린 소대장을 적과 직접 총부리를 마주한 일선 보병부대로 보내야 하니, 마음이 편치 않은 것 같았다. 그는 나를 측은한 눈길로 바라보면서, 나라를 위해 생명을 바쳐 싸우는 것은 군인의 의무지만 그러나 무모한 만용은 삼가고 이 어려운 시기를 지혜롭게 잘 넘기고 살아남아, 기다리는 부모 형제의 품으로 돌아갈 수 있기를 바란다고 했다. 그 말에 눈시울이 뜨거워졌다. 사실 그가 나를 사단 본부 직할의 대전차 대대로 데려갔기 때문에 현리에서 일찍 탈출해 살아남을 수 있었던 것이다. 나는 그동안 특별히 보살펴주어 진심으로 감사하다고 인사하고 그와 헤어졌다. 그다음 날 나는 약 2개월간 생사를 같이한 소대원들과 작별 인사를 나누고 22연대 9중대 3소대장으로 부임해 갔다.

새로 전출되어 간 소대도 현리전투의 여파로 병력이 20명밖에 없었고 그나마 소총을 소지한 병사는 10명도 안 되었다. 며칠 후 신병 10명이 충원되었다. 신병훈련소에서 1개월간 훈련받고 곧바로 전선에 배치된 그들은 매우 허약해 보였고 심지어 어떤 병사는 영양실조에 걸려 있는 것같이 보였다. 나는 앞으로 생사를 함께할 그들을 따뜻한 마음으로 맞이했다. 곧 M1 소총도 보급되면서, 소대는 인원과 장비 면에서 정상적인 보병 소대의 면모를 갖추어갔다. 소대본부는 선임하사인 최복남 중사, 향도 한 명과 연락병 두 명으로 구성되었는데, 모두 나보다 2~4살 나이가 많았다. 처음 대전차 대대에서 한 것처럼 나는 시치미를 떼고 거짓 나이 24세라고 소개했다.

며칠 후 우리 연대는 강릉을 거쳐 동해안을 따라 북쪽으로 이동하여 양양과 속초를 거쳐 설악산 북쪽의, 동서로 길게 뻗은 어느 높은 능선에 배치되었다. 호를 파고 진지를 구축하면서 적의 공격에 대비했지만, 30명 소대원 중 10명은 전투 경험이 전혀 없는 신병들이었기에 만일 적이 공격해온다면 제대로 막아낼 수 있을지 염려스러웠다. 멀리 떨어진 좌측 능선에서는 밤마다 요란한 총소리가 들렸고 예광탄이 유성처럼 하늘을 날아다녔다. 그러나 험준한 지형 때문인지 우리 쪽으로는 적이 나타나지 않았다. 높은 고산 능선의 참호 속 생활은 쉬운 일은 아니었다. 궂은비라도 오면 몸이 떨릴만큼 추웠다. 참호 속에 빗물이 고이면 철모로 흙탕물을 퍼냈다. 오래 계속되는 장맛비에 판초 우의도 소용이 없었다. 천으로 만들어진 군화가 먼저 젖었고 바지가 젖었고 온몸이 흠뻑 젖어버렸다. 보급된 쌀로 반합에 밥은 지을 수 있었으나 반찬은 소금뿐이었다. 오랫동안 씻지 못한 몸과 머리에는 수많은 이가 우글대 괴로웠다.

우리 부대는 10여 일간 그곳에 배치되어 있다가 하산하여 후방으로 이동했다. 우리 중대는 양양 서쪽 설악산 남쪽 기슭에 있는, 해안에서 그리 멀지 않은 작은 마을로 이동했다. 주민들이 모두 피난을 떠난 마을은 텅 비어 있었다. 오랜만에 우리는 지붕 아래서 잠을 잤다. 그곳에 3주간 머물면서 진지를 구축하고 전투 훈련을 했다. 어느 날 설악산에 숨어 있던 인민군 패잔병 다섯 명이 우리가 있는 곳으로 투항했다. 굶주림과 피로에 몹시 쇠약해 있었는데, 발에 동상을 입고 지팡이에 의지해 쩔뚝쩔뚝 걷는 사람도 있었다. 전쟁터의 적이었지만 인간적으로 미워할 이유가 없는 동족이었다.

그 무렵 사단 본부에 군목실이 신설되었으니 예배드리고 싶은 사람은 일요일 날 예배에 참석하라는 통지가 왔다. 소대에서 교인은 나뿐이었기에 일요일 아침 연락병 한 명과 함께 총을 들고 철모를 쓰고, 시골길을 따라 통나무 다리를 건너가며 사단 본부를 찾아갔다. 사단 본부 구석에 세운 천막이 교회라 했다. 고개를 숙이고 들어갔더니 흙바닥에 가마니가 깔려 있었고 그 위에 성경과 찬송가책이 군데군데 놓여 있었다. 가마니에 쭈그리고 앉아서 오랜만에 예배를 드렸다. 그동안 수시로 기도하기는 했지만 이렇게 전쟁터에 세워진 천막 교회에서라도 예배를 드리게 되니 무척 감격스러웠다. 나도 모르게 눈물이 주체할 수 없이 흘러내렸다. 그동안 어려운 고비를 수없이 넘기고 살아남을 수 있게 살펴주신 주님께 감사기도를 올렸다. 또 하루속히 전쟁이 끝나서 집으로 돌아가 그리운 부모님과 형제자매를 다시 만날 수 있게 도와달라고 간절한 기도를 드렸다.

6월 하순, 우리 부대는 고성군의 현내면 마달리의, 해안에서 2~3킬로미터 정도 떨어진 고지에 배치되었다. 좌측 2킬로미터 안쪽에 지금의 남방한계선이 남에서 북으로 지나는 최전선이었다. 우측으로 보이는 동해에는 멀리에서 미 해군의 거대한 군함들이 서서히 움직이고 있었다. 하루는 적의 동태를 알아보라는 상부 명령에 따라 우리 소대가 수색에 나섰다. 소대원 30명은 온몸을 나뭇잎으로 위장하고 산을 내려가 앞으로 진출했다. 낮은 야산이 펼쳐졌고 약 5~6킬로미터 전진할 때까지 적은 보이지 않았다. 작은 동산에 이르러보니 그 밑으로 아담한 농촌 마을이 내려다보였다. 그 동산 능선에 엎드려 마을을 살펴봐도 인기척이 없었다. 그런데 동산 아래 기슭에 황소 한 마리가 눈에 띄었다. 선임하사가 소를 끌고 오겠다고 해서 위험하지 않을까 싶어 주저했더니 그는 자신 있어 하며 소대원 2명을 데리고 동산을 내려가 소에 접근했다. 그 순간 마을 저편 언덕에서 총소리가 요란하게 들리더니 동산을 내려간 선임하사와 소대원들에게 사격이 집중되었다. 나도 사격 명령을 내렸고 그들이 돌아올 때까지 엄호 사격을 계속했다. 고요하던 마을 하늘이 적의 딱 쿵 총소리와 우리의 M1 총소리로 가득 찼다. 돌아온 선임하사는 소를 끌고 오지 못한 것을 못내 아쉬워했다. 나는 적과 더 교전하지 않고 급히 그곳에서 철수했고, 다행히 적들은 우리를 추격하지 않았다. 소를 얻는 데는 실패했지만 적의 소재와 병력을 파악한 것에 만족하고 돌아왔다.

우리 소대장은 예수쟁이

며칠 후 부대는 더 북쪽 송현리 방향으로 진출했다. 동해안으로 난 현재의 7번 국도 거의 끝 부근이고 지금의 해안 북방한계선에서 서남쪽으로 얼마 떨어지지 않은 곳이다. 우리 소대는 능선을 따라 높은 고지를 향해 올라가고 있었는데 옆 능선을 오르던 2소대 쪽에서 갑자기 "꽝!" 하는 소리가 들렸다. 잠시 후 또 한 번의 폭발음이 울렸다. 인민군이 철수하면서 매장하고 간 대인지뢰를 한 병사가 밟아서 폭발하였고, 그것이 적의 포사격인 줄 알았던 다른 병사가 인민군이 파놓고 간 참호로 뛰어들면서 그곳에 매장된 지뢰를 밟아 또다시 폭발한 것이다.

우리 소대는 조심스럽게 능선을 계속 오르다 꽤 넓은 평지에 이르렀다. 살펴보니 왠지 지뢰가 매장된 것 같은 느낌이 들었다. 나는 소대원들에게 꼼짝 말고 그 자리에 서 있으라고 명령하고 중대 본부에 공병을 긴급 요청했다. 잠시 후 두 명의 공병이 도착해 지뢰를 찾기 시작했다. 대인지뢰는 나무상자로 되어 있어서 금속탐지기로는 찾을 수 없다. 공병들은 의심스러운 지점을 가느다란 철봉으로 찔러보면서 지뢰를 찾았는데 우리 소대원들이 서 있던 곳에서 무려 8개를 찾아냈다. 그렇게 많은 지뢰가 매장되어 있었는데 우리 소대원들은 한 명도 다치지 않았다. 순간, 나와 함께 사단 교회에 다녀온 연락병이 소대원들에게 "우리 소대장이 예수쟁이라서 우리는 괜찮아!"라고 외쳤다. 나는 속으로 하나님께 감사했다. 우리는 그 후 적의 저항 없이 그 일대 고지를 점령했다.

포화에 쓰러지다

우리가 포진한 곳 건너편에는 높은 고지대가 펼쳐져 있었고 그 뒤로 금강산에서 시작한 남강이 동해를 향해 흘렀다. 상부에서는 며칠간 내린 비 때문에 강물이 불어 도보로 남강을 도강하기는 힘들 것으로 판단했다. 7월 27일경, 남강 남쪽 일대에 있는 적을 공격해 생포하라는 명령이 내려왔다. 다음 날 이른 아침, 우리 대대는 현재 고성에 있는 평화전망대에서 서쪽으로 3~4킬로미터 떨어진 고지를 향해 전진하기 시작했다. 우리 중대는 최종 공격 목표인 고지에서 뻗어 내려온 산줄기를 조심스럽게 오르기 시작했다. 그 일대는 20~30미터 앞이 안 보일 정도로 안개가 자욱했다. 나의 소대가 선봉에 서서 올라가는데 앞에 가던 소대원 하나가 "엇!" 하고 소리를 질렀다. 급히 달려가 보니 생각지도 않던 것이 눈에 띄었다. 반합 하나에는 뜨끈뜨끈한 밥이, 또 다른 반합에는 호박 된장국이 부글부글 끓고 있었다. 산 밑에 내려와 매복하며 경계 근무를 하던 적병들이 아침밥을 준비하던 중이었으나 본데 짙은 안개 때문에 우리의 접근을 눈치 채지 못했다가 갑자기 소리를 듣고 다 된 밥을 버려둔 채 안개 속으로 달아난 것이다. 반합 옆에는 애호박 두 개가 뒹굴고 있었다. 적이었지만 우리 때문에 정성스레 준비한 아침밥도 못 먹고 도망간 그들에게 미안한 마음이 들었다.

해가 높아지면서 안개는 서서히 걷히고 전망이 더 넓어졌다. 산줄기를 타고 200미터가량을 더 올라가 작은 산봉우리에 도달했다. 그 아래 계곡을 내려갔다가 다시 능선을 따라 올라가야 우리의 공격 목표인 건너편 고지 정상에 도달할 수 있는 지형이었다. 그렇게 계곡을 내려가려는 순간, 계곡 건너편 산에 있던 적들이 맹렬히 사격을 가해왔다. 특히 좌측 언덕 중간쯤의 벙커에서 쏘는 기관총 탄환이 빗발치듯이 날아와 우리 주변에 떨어지면서 흙먼지를 픽픽 일으켰다. 또 어떤 탄환은 바위에 맞아 날카로운 금속성 소리를 내기도 했다. 모두 엎드려 총알 세례를 피하느라 꼼짝달싹할 수가 없었다. 우리 중대에는 그 벙커를 파괴할 만한 무기가 없었다. 현리에서 적이 숨어든 물레방앗간을 부수던 대전차 바주카포가 생각났다. 그때 중대장이 나를 부르는 소리가 들렸다. 포복해 다가갔더니 중대장은 적의 눈에 띄지 않게 소대원들을 인솔하여 산봉우리 후방 좌측 경사면으로 내려가 우회한 다음, 전방의 기관총 벙커를 수류탄으로 폭파하라고 명령했다.

나는 소대원들에게 우리의 임무를 설명하고 그들을 이끌고 봉우리 경사면을 따라 아래로 내려갔다. 그리고 봉우리 모퉁이를 우측으로 돌아 우리 고지와 적의 고지 사이의 계곡으로 숨어 들어갔다. 제1 분대를 선봉에 세우고 그 뒤에 나머지 소대원들을 흩어서 포진시킨 다음, 나는 선임하사와 연락병 둘을 데리고 그 뒤를 따랐다. 다행히 1미터나 되는 긴 풀들이 무성하게 자라고 있어서 우리가 숨어서 전진하기에는 안성맞춤이었다. 우리는 허리를 낮게 굽히고 높은 풀 사이를 헤치면서 벙커가 있는 고지 쪽으로 올라가기 시작했다. 머리 위로는 적의 탄환과 우리 중대가 쏜 탄환이 날아다녔다. 기관총 벙커로부터 100미터가량 떨어진 지점에 이르렀을 때, 갑자기 어디선지 모르게 '쉬~쉬' 하는 소리가 나더니 천지를 진동시키는 폭발 소리가 나면서 주변에 포탄 5~6개가 터졌다. 그중에는 연막탄도 있었는지 흰 연기가 하늘로 솟아올랐다. 그때 옆에 있던 선임하사가 "큰일 났습니다. 빨리 소대를 후퇴시키지 않으면 몰살당합니다" 하고 소리쳤다. 그 말이 끝나자마자 어디선가 다시 '쉬~쉬' 하는 소리가 또 들려왔다. 다급히 납작 엎드려 땅에 얼굴을 대는 순간 '쾅쾅!' 하는 소리가 계곡을 진동시켰다. 몇 초 후 "아악, 소대장님! 소대장님!" 하고 연락병이 울부짖었다. 고개를 들어보니 그의 오른팔이 온통 피투성이었다. 나는 그에게 "빨리 중대 본부로 돌아가!"라고 소리쳤다. 그러고 나서 움직이려는데 허리 주변에 묵직한 통증이 느껴졌다. 엎드린 채로 팔을 뒤로 돌려 손을 대보니 미지근한 액체가 느껴졌다. 내 손바닥이 온통 선혈로 젖어 있었다.

다시 움직이려 한 순간, 또다시 허리에 통증이 느껴졌다. 선임하사를 찾았다. "선임하사, 선임하사!" 하고 불렀지만 대답이 없었다. 조금 전까지도 대화를 나누었는데 그는 대답이 없었다. "소대장님, 왜 그러십니까?" 하면서 다른 연락병 하나가 풀숲을 헤치고 포복으로 다가왔다. 그는 내 허리가 피로 젖은 것을 보고는 "악, 소대장님, 다치셨네요!" 하고 놀라서 소리쳤다. "선임하사 어디에 있어? 빨리 선임하사를 찾아!" 나는 다급하게 소리쳤다. "선임하사님, 선임하사님!" 그도 사방으로 소리쳐 불렀지만 아무 대답이 없었다. 조금 전까지도 내 옆에 있던 선임하사는 포탄에 맞아 즉사한 것 같았다. 풀이 하도 깊어 도저히 그를 찾을 수가 없었다. 부상으로 더는 전투를 계속할 수 없게 된 나는 연락병에게 명령했다. "나는 후방으로 갈 테니 앞에 있는 분대장들에게 알리고 빨리 적의 벙커를 없애버려!" 그러고는 기어서 그 자리에서 빠져나왔다.

내가 있던 곳에는 또다시 포탄이 떨어졌다. 이 모두가 순식간에 벌어졌다. 나는 산비탈을 필사적으로 기어가 봉우리 정상에 있던 중대 본부에 가까스로 도착했다. "중대장님!" 내 외침에 중대 선임하사가 달려와 나를 부축하여 세웠다. "우리 소대원들이 다 폭사당했어!!!" 나는 북받치는 감정을 누르지 못하고 외쳤다. "아닙니다. 소대장님, 3소대가 기관총 벙커에 수류탄을 던져 놈들을 해치웠습니다." 그렇게 말하면서 그는 고지 정상으로 나를 데려가 "저것 보세요. 저 벙커들을 보세요. 3소대가 해치웠어요!!" 하는 것이었다. 나 없이도 우리 소대원들은 용감하게 적 진지로 올라가 기관총 벙커를 파괴했다. 그러나 기운도 없고 정신이 멍해진 나는 그 장면을 제대로 보지도 못한 채 그 자리에서 쓰러져버렸다. 나는 위생병의 응급처치를 받고 그들에게 업혀 산을 내려와 지프차에 실려 사단 본부 위생 텐트로 옮겨졌다.

중위 계급장을 단 젊은 군의관 둘이 내 상처를 살피면서 무어라고 자기들끼리 속삭였지만 그들이 무슨 이야기를 하고 있는지는 알 수 없었다. 그러나 그들의 얼굴에서 내 부상이 가벼운 부상이 아님을 눈치챌 수 있었다. 그중 한 사람이 내게 폭탄 파편이 척추 옆에 깊이 박힌 것 같다고 말해주었다. 내가 매고 있던 군용 혁대는 4센티미터 폭에 0.8센티미터 두께의 것이었는데 파편은 혁대 중간을 관통해 등에 꽂힌 것이었다. 혁대가 아니었다면 그 파편은 몸속으로 더 깊숙이 들어와 나는 생명을 잃었을지도 몰랐다. 또 천만다행으로 척추를 비껴가 바로 우측을 뚫고 들어왔다. 파편이 척추를 쳤다면 생명을 잃었던지 하반신 마비가 되었을 것이다. 불과 1센티미터도 안 되는 차이로 내 운명은 달라졌다. 상처의 아픔은 진통제 효력으로 어느 정도 견딜 만했지만, 산속에 버려두고 온 부하들이 어찌 되었는지가 걱정돼 잠을 이루지 못하고 밤을 지새웠다.

다음 날 아침 지팡이에 의지하며 천막 밖에 나갔다가 뜻밖에 소대원 4명을 만났다. 눈물이 날 만큼 반가웠다. 그들도 깜짝 놀라면서 반가워했다. 그중 하나는 3분대장 김 하사였는데 오른발에 관통상을 입었다. 그의 말로는 포복으로 풀숲을 헤치며 전진하고 있을 때 뒤쪽에서 폭탄이 터졌지만, 개의치 않고 적의 기관총 벙커로 올라가 수류탄 몇 개를 벙커 속에 집어 던졌다는 것이다. 다행히 벙커가 가파른 언덕에 있어서 부하들의 접근 방향은 사각死角지대였기에 적이 눈치채지 못했다. 기관총 벙커를 제압했는데 소대장과 소대 선임하사가 안 보여 의아했지만 그대로 전진하다 부상을 입었다는 것이다. 소대원 하나는 팔에 따발총 탄환이 박혔다. 총알이 피부 바로 밑에 박혀 있어 살갗이 콩알만 한 크기로 볼록 올라와 있었다. 나는 그들에게 선임하사 최 중사를 보았느냐고 물어보았다. 아무도 본 사람이 없었다. 3년 후 휴전이 되자 나는 최 중사의 고향인 원주 문막면 면사무소를 찾아가 그의 병무 기록을 살펴보았다. 행방불명으로 기록되어 있었다. 풀이 무성한 강원도 산골짜기 계곡에서 나와의 짧은 대화 후, 포탄의 폭발에 산화한 것이 분명했다. 그 옆에 있던 내가 부상으로 후송되면서 그의 전사 소식은 상부에 보고되지 않았고 군에서는 후에 그를 행방불명으로 처리했다. 가족을 찾아가 그 사실을 알리는 것이 도리라고 생각했지만, 그의 가족에게 슬픈 소식을 전할 용기가 없었다. 그렇게 하지 못한 죄책감은 오랜 세월이 지난 지금까지도 나를 괴롭히고 있다. '초연이 쓸고 간 깊은 계곡, 깊은 계곡……'으로 시작되는 〈비목〉이란 가곡이 있는데 그 노래 주인공의 무덤에는 비목이라도 세워졌지만, 내 옆에서 쓰러진 최 중사는 이름도 없는 깊은 계곡에서 무덤도 비목도 없이 외로이 잠들어 있다.

그날 아침 군의관은 파편이 깊숙이 박혀 있어 후방 병원에서 수술을 받아야 한다고 했지만 나는 고지에 두고 온 소대원들이 걱정되어서 견딜 수가 없었다. 지난 2개월간 생사를 같이하면서 적과 싸운 전우들이다. 우리는 피로 맺은 동지였고 형제였다. 비록 그들보다 나이는 적었지만, 그들은 나를 상관으로 또 형처럼 따랐다. 그들을 버려두고 나만 후방으로 간다는 것이 몹시 괴로웠다. 나는 군의관들에게 나를 다시 일선으로 보내달라고 울면서 애원했다. 등에 박힌 파편은 빼버리면 되지 않느냐고 항변하면서. 그때의 마음은 간절했고 진심이었다. 그러나 그들은 부상이 심해서 도저히 그럴 수 없으니, 빨리 후방에 가서 파편을 제거해야 한다고 말했다.

결국 그날 오후, 나는 묵호(지금의 동해시)국민학교에 마련된 야전 병원으로 후송되었다. 비교적 경상을 입은 환자들이 야전 병원에서 수술을 받았는데, 나는 여기서도 수술이 불가능하니 다시 후방 육군 병원으로 이송돼야 한다고 했다. 하루는 병실로 쓰던 교실에서 잠을 자다가 소스라치게 놀랐다. 교실 뒤에는 우물이 있었는데 우물 속에 두레박 던지는 소리가 마치 포탄이 터지는 소리처럼 들렸던 것이다. 포탄이 터지는 소리, 심각한 부상, 또 부하들을 잃은 것 등이 트라우마로 발현한 것 같았다. 우물에 두레박 던지는 소리에 계속 놀라는 바람에 도저히 그 병실에는 있을 수 없던 나는 병원에 부탁하여 다른 병실로 옮겼다.

묵호 야전 병원에 입원한 다음 날, 묵호 금융조합에 사람을 보내 '나는 강원도 금융조합연합회 송종주의 아들인데 부상을 당해 묵호 야전 병원에 와 있다'라고 아버지께 알려달라고 부탁했다. 이틀 후 아버지가 찾아오셨다. 4월 초 대구에서 일선으로 떠날 때 뵙고 약 4개월 만의 재회였다. 놀라서 달려오신 아버지는 내 상태를 보고는 안도하며 내 손을 잡으셨다. 생명에는 지장 없이 부상만 입은 것은 그래도 천만다행이라고 말씀하시면서 나를 위로해주셨다.

7장

부산으로 후송

제15육군병원

나는 묵호 야전 병원에서 열흘간 있다가 수송선에 실려 부산으로 후송되었다. 바다는 비교적 고요해서 그전처럼 뱃멀미로 고생하는 어려움은 없었다. 불과 4개월 전, 씩씩한 홍안의 신임 육군 소위로서 트럭을 타고 일선을 향했던 내가 이제는 제대로 걷지도 못하는 부상병이 되어 후방에 후송되는 신세가 된 것이다. 갑판에 나가 넓은 바다를 바라보며 시원한 바닷바람을 쐬고 싶었는데, 창문도 없는 곳에 마련된 갑갑한 병상에 누워 있는 신세가 슬펐다. 부산에 도착해 구급차에 실려 제15육군병원에 입원하였다. 제15육군병원은 부산대학교 의과대학 병원이던 것을 육군이 군 병원으로 쓰고 있었다. 지금은 다시 부산대학교 의과대학 의료원으로 쓰이고 있다. 내가 실려 간 병실은 1층에 있었다. 천장은 높고 사방의 벽은 오랫동안 페인트칠을 하지 않아 지저분했고 전등만 하나 달랑 매달려 있는 음침한 방이었다. 입원 다음 날 부상에 대한 종합 진찰을 받았다. 며칠 후 파편을 제거하는 수술을 받는 것으로 결론이 내려졌다.

병원에서 우연히 춘천중학교 동급생 김종욱을 만났는데, 병원 사무병으로 일하고 있다고 했다. 춘천중학교 1년 선배인 최광수 소위가 같은 병원에 입원하고 있다는 말에 나는 최 소위를 찾아갔다. 선배는 나를 반가이 맞아주었지만, 얼굴에는 슬픈 기색이 가득했다. 그 이유는 곧 알게 되었다. 그는 6·25 전쟁이 발발한 6월에 육군사관학교에 입학했다가 3주 후 전쟁이 시작되자 전선에 투입된 후 육군종합학교에서 장교 교육을 받았다. 이후 강원도 홍천 전투에서 오른팔에 관통상을 당하고 원주 야전 병원에서 임시 치료를 받은 뒤 부산으로 후송되었다. 그런데 경험이 부족한 군의관들이 시술한 깁스가 팔을 너무 심하게 조이는 바람에 혈액 순환이 안 되어 부산까지 이송되는 동안 손가락 조직이 죽어버렸다. 제15육군병원에서

1951년 9월. 제15육군병원 입원실.
손목 절단 수술을 받은 최광수 소위(가운데)와 저자(오른쪽)

다섯 손가락을 제거하는 수술을 받았지만, 손까지 문제가 생겨 며칠 후에는 손목 절단 수술을 받을 예정이었다. 이 세상에 손을 잘라내는 수술을 앞두고 슬퍼하지 않을 사람은 없을 것이다. 손목을 절단하는 날, 나는 그를 수술실까지 따라갔는데 그는 아무 말도 하지 않았다. 약 2시간 후, 그는 수술을 마치고 전신마취 상태로 병실에 돌아왔다. 이윽고 마취에서 깬 그는 손이 없어진 팔을 보면서 슬프게 울었다. 내가 그에게 해줄 수 있는 것은 병원 밖 구멍가게에서 파인애플 통조림을 사다가 먹여주는 것뿐이었다. 수술의 아픔도 있었겠지만, 손을 잃었다는 사실에 서럽게 우는 그의 옆에서 나도 함께 울었다. 가족들이 어디에 피난하고 있는지도 몰랐고, 혼자 외롭게 이 모든 것을 감당하고 있는 그가 안쓰러웠다. 퇴원 후 마산 부근의 전상 군인 요양소에 살고 있다는 이야기를 후에 들었다.

내가 있던 입원실에는 나 말고도 두 사람이 있었다. 한 사람은 어깨에 총상을 입은 육군 소위였고, 또 다른 사람은 일선에서 암벽에서 떨어져 심하게 허리를 다친 대위였다. 중상을 입어서 말도 하지 못한 채 신음하고 있었는데, 점점 상태가 악화되어 결국 혼수상태에 빠졌다. 위생병들의 들것에 실려 나간 그는 다시 돌아오지 못했다.

나의 수술날, 나는 겁을 잔뜩 먹고 긴장하여 수술대에 올라가 엎드렸다. 군의관들은 형광 투시경fluoroscope으로 상처를 들여다보면서 파편의 위치를 찾은 후 수술에 들어갈 수 있다고 하였다. 그런데 한참 동안 파편의 위치를 찾느라 분주하더니, 파편이 몸속 깊이 박혀 위치를 잘 모르겠고 또 척추 바로 옆이라 수술도 불가능하니 그

대로 두고 볼 수밖에 없다며 상처를 봉합하고 말았다. 부상한 곳이 아픈 것은 둘째 치고, 척추 부위에 박힌 파편이 신경을 압박해서인지 소변 조절이 되지 않았다. 시도 때도 없이 내 의지와 상관없이 소변이 나왔다. 또 오른발이 저리고 아프며 허리에 묵직한 통증도 계속되었다. 게다가 몸을 움직이면 몸속 깊은 곳 어딘가에서 통증이 느껴져 걸을 때는 지팡이가 필요했다. 그런데 수술할 수가 없다니 기가 막힐 노릇이었다. 전방의 야전 병원에서 척추 옆에 박힌 파편을 제거해야 한다는 말을 들었을 때부터, 수술하면 치료되는 부상이라고 생각하며 그때까지 희망을 품고 견뎌왔는데 수술 불가란 판정을 받고 보니 절망감이 밀려들었다.

언제까지 이런 상태로 살아야 하나? 평생을 이렇게 불편한 몸을 이끌고 살아야 하는가? 내 장래는 어떻게 될 것인가? 하는 생각들로 머릿속이 복잡해지면서 무척 심란해졌다. 수술은 못 하게 되었지만 입원 후 약 1개월이 지나자 조금씩 걸을 수 있게 되어서 입원 환자 두 명과 부산 시내에 구경을 나갔다. 나는 아연실색할 수밖에 없었다. 전선에서는 많은 병사가 온갖 고생을 하면서 적과 싸우고 매일같이 수많은 병사가 쓰러져가고 있는데, 부산 시내에는 의외로 젊은 사람들이 많았고 사치스러운 생활을 하는 것이 놀라웠다.

육군 원호대

나는 제15육군병원에서 3개월간 입원 치료를 받고 육군 원호대로 전속되었다. 그 당시 병원 치료 후 완쾌된 부상병들은 다시 일선으로 가든지 후방 부대로 발령이 났다. 하지만 완전히 회복되지 못한 사람들의 재활 치료를 위하여 839부대라는 원호 부대가 운영되고 있었다. 우리는 그것을 병신 부대라 불렀다. 나는 대구시에 있었던 장교들을 위한 원호 부대로 보내졌다. 당시 대구의 장교 원호대는 대구 농림학교 교사를 사용하고 있었다. 대구 농림학교는 대구시 동쪽의 한적한 농촌에 있었는데 지금은 번화한 대구시의 일부가 되어 있다. 1952년 1월, 원호 부대 중대장 방에 있던 화로가 과열되어 불이 나는 바람에 우리가 있던 교사가 전소되어 버렸다. 우리는 부산 초량역 앞 산기슭에 있는 조그마한 암자로 이동했다. 그 작은 곳에 300명이 넘는 장교들이 수용되었다. 생사의 경계를 넘나든 사람들이어서 그런지 거칠고 문란한 이들이 많아 함께 생활하는 것이 무척 힘들었다.

어느 날 밤, 동료 장교와 같이 부산진 극장에 영화를 보러 갔다. 만원이어서 빈 좌석이 없었는데 사복 차림의 남자가 젊은 여성과 함께 앉아 있는 것이 눈에 띄었다. 그 당시 상이군인에게는 좌석을 양보하게 되어 있었기에, 좌석 양보를 부탁하려고 다가가 뒤에서 어깨를 가볍게 두드렸다. 그런데 뒤돌아서 나를 본 그는 놀라면서 벌떡 일어나더니 "소대장님!" 하고 거수경례를 했다. 나도 놀라 자세히 보니 부상한 다음 날 야전 병원에서 만났다 헤어진, 우리 소대의 3분대장 김 하사였다. 그는 부산에서 멀지 않은 사천 출신이었는데 이미 제대해서 약혼자와 데이트하던 참이었다. 축하한다고 말해주고, 그를 좌석에 다시 앉혔다. 정말로 뜻밖의 옛 전우와의 재회였다.

1951년 가을. 부산 제15육군병원 입원 당시의 모습. 왼쪽이 저자

그날 밤 잠자리에서는 좀처럼 잠을 이룰 수 없었다. 최전방 고지 전투의 포화 속에서 살아남아 부산에서 극장 나들이한 나 자신, 약혼자와 영화 관람을 하던 김 하사의 모습, 아직도 전선에서 생사의 갈림길을 오가며 전투 중일 나머지 소대원들이 번갈아가며 떠올랐다. 왜 우리는 인간을 죽이는 전쟁을 해야만 하는가, 총부리를 겨누며 상대를 죽이지 않으면 내가 죽는 전쟁은 피할 수 없는 것인가를 생각했다. 이 나라의 지도자와 정치가들은 최전방에서 쓰러져가는 수많은 생명의 귀중함을 조금이라도 알고 있을까를 생각했다. 이유를 불문하고, 전쟁을 일으키는 자들은 단 하나뿐인 생명을 잃은 병사의 관점에서 전쟁의 당위성을 변명할 수 있을까, 하는 생각도 들었다. 제15육군병원에 있을 때도 다리를 잃고, 팔을 잃고, 눈을 잃은 많은 청년을 보며 전쟁의 비참함을 절실히 느꼈다. 나는 판문점에서 진행 중인 휴전 회담

이 하루 속히 종결되어야 한다고 절실히 느꼈다.

대학 진학의 꿈

　　1951년 2월, 부산에 부산 전시연합대학이 생겼다. 부산에 피난 온 각 지방 대학생들을 위한 임시 대학이었다. 후에 서울대학교는 부산 동대신동에 가교사를 짓고 전시연합대학에서 분리되었다. 춘천중학교 친구 몇 명은 부산 전시연합대학이나 동대신동의 서울대학교에 다니고 있었다. 원호대에서 허송세월하던 나는 그들이 몹시 부러웠다. 제대해서 그들처럼 대학에 다니고 싶었다. 부상한 군인 신분이어서 언제 제대할지 기약 없던 때였지만 시간을 허비하지 말고, 입학시험 준비를 해야겠다고 생각했다. 우선 영어 공부를 하기로 마음먹고 4월 중순경 부산 시내에 나가 몇 군데 중고 서점을 뒤져서 일본어로 쓰인 《영어의 종합적 연구 英語の綜合的な研究 (An Extensive Study of English)》라는 책을 구했다. 문법, 해석, 작문 세 가지를 동시에 공부한다는 의미에서 종합적 연구라는 이름이 붙은, 총 590페이지에 이르는 두꺼운 책이었다.

　300여 명의 장교가 북적거리는 좁은 암자에서는 방해받지 않고 조용히 공부할 수 있는 공간이 없었다. 그래서 매일 새벽 원호대 뒷산에 올라가 아침 식사 때까지 2~3시간 영어 공부를 했고 낮에도 틈날 때마다 책에 매달렸다. 매일 목표 없이 하루하루 보내며 힘들어하던 사람들 속에서 어느 날부터 공부를 시작하고 지속해서 몰두하는 모습이 눈에 띄었던 모양이다. 사람들 사이에서 소문이 났는지 나를 대하는 태도와 시선이 조금씩 달라지는 것이 느껴졌다. 어느 날 누군가 책 표지 뒷면에 '송창원 박사'라고 써놓았는데, 더 열심히 공부하여 성공하라는 무언의 응원처럼 생각되었다. 부상으로부터 언제 쾌유할지 모르고 앞날을 꿈꾸기 어려운 처지에 있던, 보잘것없는 내게 박사가 되라고 예언처럼 써주신 그분께 감사한다. 그분의 응원처럼 나는 후에 정말로 이학박사가 되었다. 그 책은 아직도 내 서재의 서가에 꽂혀 있다.

영어 공부를 시작할 때 나의 영어 실력은 형편없었다. 하루에 5페이지 정도 나갈 수 있으면 다행이었다. 처음에는 600페이지에 가까운 그 책을 끝까지 공부하는 데 4개월 걸렸다. 두 번째 공부할 때는 하루에 약 15페이지 정도 마칠 수 있었고, 세 번째에는 30페이지씩 나갈 수 있었다. 6개월여에 걸쳐 책을 세 번 독파하고 나니 영어 실력이 상당히 늘었음을 알 수 있었고, 그 정도면 대학입학시험을 치를 수 있지 않을까 하는 생각이 들었다.

제대

어느 날인가, 조만간 철저한 신체검사를 통해 원호대 장교들을 제대할 사람과 군무에 복귀할 사람들로 분류할 예정이란 소식이 들렸다. 1952년 봄, 대령급 군의관 다섯 명이 도착했다. 전국의 육군 병원 원장들인 것 같았다. 제대할 사람과 다시 군 복무할 사람을 최종적으로 분류하는 것이라서, 그들은 무척 꼼꼼히 진료기록을 살피며 한 사람 한 사람 질문하면서 세밀하게 진찰했다. 나는 며칠 후 육군본부로부터 군에 복무하기 부적합하니 제대 수속을 하라는 통지를 받았다. 그 당시는 처음 입원했던 때에 비해 여러 면에서 차도가 있었다. 소변 조절 장애도 상당히 개선되었고 발 저림도 거의 없어지고 걷는 것도 많이 좋아진 상태였다. 혹시라도 군 복무를 계속하라는 판정이 내려지지 않을까 기대했는데, 결과는 제대 판정이었다. 신체는 많이 회복되었지만 아마도 파편이 박힌 자리가 척추 바로 옆이라 언제든 문제의 소지가 되리라 판단했기 때문일 것이다.

70년 전 강원도 산골짝에서 내 몸에 들어온 불청객은 아직 몸속에 박혀 있다. 파편이 뚫고 들어온 자리는 바로 배꼽의 반대편 등이었는데 지금도 배꼽만 한 크기의 상처가 있다. 우리 아이들이 어릴 때 등의 상처를 보여주면서 아빠는 배꼽이 앞에도 있고 등에도 있다고 하면 두 눈을 동그랗게 뜨면서 의아해했던 모습이 생각난다. 그 파편이 지금은 원래 자리로부터 약 10센티 위로 이동했다. 일상생활에선 그다지 지장 없지만, 공항에서 보안 검색을 할 때면 음향 금속탐지기는 이상 반응이 없는데 X-선대에서는 파편이 나타나는 바람에 검사관들이 몸을 뒤지기 일쑤다. 무엇을 소지했는지 심문하면 구차하게 설명하기 싫어 아무것도 없다고 대답하곤 한다. 요즘도 몇 년마다 나는 X-선 촬영기로 파편의 위치를 점검하는데 그것이 원치 않는 방향으로 움직여 혹시라도 내장을 다칠까 봐 겁이 나서 그러는 것이다. 70년 동안 나의 몸속에 머물고 있는 파편은 이제는 내 몸의 일부라고 느껴진다.

1952년 8월 중순에 제대 명령을 받았다. 전선에서는 아직도 치열한 전투가 계속되고 있었다. 약 2년 동안의 군 복무를 마치고 군복을 벗었을 때, 나는 20살의 청년이었다. 원주에서 피난 생활을 하던 가족 품에 돌아가기 위해 원주행 기차에 올라 의자에 앉아 눈을 감았다. 계급장 없는 학도지원병으로 북진할 때부터 지난 2년간의 일들이 주마등처럼 떠올라 스쳐 지나갔다. 고성 부근의 산속에서 헤어진 소대원들의 얼굴이 떠올랐고, 적진을 향해 진격하다 내 옆에서 산화한 전우들 생각에 눈시울이 뜨거워졌다. 학도병으로, 또 최전방 전투부대의 소대장으로 생사를 넘나들면서 많은 경험을 했고, 많은 것을 배웠고, 많은 것을 느꼈다. 같은 병실에서 죽어가는 젊은이를 보았고 손 절단 수술을 받고 슬피 울던 젊은이도 보았다.

나도 모르게 나는 변해 있었다. 더는 수줍음 많은 중학생이 아니었다. 어려움이 닥치고 앞이 깜깜해도, 실망하지 않고 포기하지 않고 힘차게 헤쳐 나가면 해결의 길이 열린다는 것을 체험했다. 오늘의 불행은 내일의 행운이 될 수도 있다는 것을 배웠다. 이것들은 그 후 삶의 철학이 되었고 생활의 지침이 되었다. 2년간 전장의 포화 속에서 생사를 가름하는 순간마다 위험을 넘기고 이렇게 부모님 품으로 돌아갈 수 있는 것은 하나님의 사랑과 은총 덕분이었다

상이기장 및 6·25
전쟁 참전에 관련하여
수여받은 기장들

호국영웅기장

고 생각했다. 나는 두 손 모아 하나님께 나와 함께해주신 것에 감사
드렸다. 원주 집에 도착해서는 근처 언덕에 있던 천막으로 지은 원
주감리교회를 찾아갔다. 나는 천막 교회의 성가대원이 되었고 그해
크리스마스에는 풍금 반주에 맞춰 할렐루야를 합창했다.

 2010년 대한민국 정부는 6·25 전쟁 발발 60주년 기념으로 아직
생존해 있는 참전 군인들에게 '호국영웅' 기장을 수여했다. 내게도
기장이 수여되어 나는 '호국영웅'이 되었지만, 영웅 칭호를 받을 사
람은 내가 아니라 전선에서 이슬로 사라져간 옛 전우들이다.

국민학교 교사, 그리고 대학 입시 준비

　　1952년 8월, 제대 후 집에 돌아오니 두 살 밑의 아우 학원이는 고등학교 3학년이 되어 있었다. 춘천고등학교를 찾아갔더니 나는 중학교 6학년에 진학하자마자 전쟁이 일어나, 단 25일만 다녔는데도 6년제 중학교를 졸업한 것으로 인정돼 대학 진학 자격이 주어져 있었다. 대학입학시험은 1953년 2월에 있어서, 공부할 시간은 5개월밖에 남지 않았다. 그러나 모두가 어려운 피난 생활에 나만 입시 공부를 한다고 집에 들어앉아 있을 수는 없었다. 여기저기 취직자리를 알아본 결과 다행히도 원주시에서 좀 떨어진 서곡 국민학교 소속의 피난촌 분교 교사로 발령받았다. 그 학교는 원주에서 7~8킬로미터 동남쪽의 시골 마을에 있었다. 치악산국립공원 기슭의 마을에는 무려 200여 가구가 넘는 이북 피난민들이 땅을 파고 위에다 거적 등을 얹고 흙을 덮어, 추위나 비바람만 겨우 막을 정도의 임시 토막土幕집에 살고 있었다.

　내가 부임한 학교 교실도 토막집이었고 교무실은 흙바닥의 온돌방이었다. 학교에는 50대와 40대 남자 교사 두 명과 여자 교사 다섯 명이 근무하고 있었다. 젊은 남자들은 모두 군에 갔기 때문에 남자 교사로는 나이 많은 분들만 계셨다. 부임하던 날 교감 선생님은 "송 선생님은 나를 모르지만 나는 송 선생을 알지요" 하시면서 '어릴 때 내평리의 할아버지 서당에 다녀서 우리 집안을 잘 안다'라고 하셨다. 마침 잘되었다고 생각하고 교감 선생님께 내년 봄 대학 입학시험에 응시하려고 공부하고 있으니 학급 배정에 참고해달라고 부탁했다. 그러자 1학년생은 너무 어려서 다루기 힘들고 고학년생들은 말썽을 부리니 2학년을 담당하라고 하셨다.

아이들은 모두 이북에서 피난 온 아이들이었고 2학년 학생들은 몹시 순진했다. 나는 정성껏 가르치려고 애를 썼다. 또 한편으로는 대학 진학 준비도 서둘렀다. 전공과 학교를 고민하다 서울대학교 화학과에 지원하기로 마음먹었다. 화학을 좋아했고, 또 이미 진학한 춘천중학교 1년 선배 덕분에 서울대학교에 화학과가 있다는 것을 알고 있었기 때문이다. 입학시험은 영어, 화학, 국어, 수학 4과목이 필수과목이었다. 영어는 제대 전에 열심히 공부하기 시작해 얼마간 준비됐다고 생각했지만, 화학, 국어, 수학은 독학으로 준비해야 했다. 화학은 원래 좋아했기 때문에 이해하는 데 문제없이 자습할 수 있었다. 그 당시에는 국어시험에 고어가 포함되어 있어서 성균관대학교 신기철 교수가 쓴 고어학습서로 공부했고, 또 시조해설서 한 권을 구해 시조를 공부했다. 수학은 워낙 기초가 없어서 고민이 많았다.

원주에서 학교까지는 도보로 왕복 2시간 이상이 걸렸다. 대학입학시험 공부에 바빴던 나는 집에서 통근하지 않고 주중에는 학교에서 자취하며 공부했다. 숙직실이 따로 없어서 교무실이 숙직실이었다. 방과 후 다른 선생님들이 퇴근하면 혼자 죽치고 앉아 공부했다. 석유램프를 켜놓고 오랫동안 공부하다 보면 다음 날 콧속이 그을음으로 새까매졌다. 추운 겨울밤 아궁이에 불을 많이 지피면, 초

저녁에는 앉기 힘들 정도로 뜨
겁다가 차차 싸늘하게 식어가
는 방에서 이불을 뒤집어쓰고
앉아 공부하다가 잠들었다. 아
침에는 다른 선생님들이 출근
하기 전에 아침밥을 만들어 먹
고 방을 정리했다. 이렇게 고단

서곡국민학교 피난민수용소 분교 모습.
뒤에 보이는 건물이 교무실 겸 숙직실이었다.

한 생활을 계속하다 보면 마음 한구석에 의문이 들곤 했다. 왜 이렇
게 고생하지? 열심히 일해서 훌륭한 국민학교 선생이 되면 어때?
이 고생을 하면서 꼭 대학을 가야 해? 대학에 가더라도 1~2년 쉬다
가 갈 수도 있잖아? 이러한 의문들이 때때로 마음을 흔들었지만 그
럴 때마다 약해지는 마음을 나무랐고 더욱 분발하자고 다짐했다.

주말에도 집에서 열심히 공부하는 모습에 어머니와 아버지는 대
견해하셨다. 나는 아우 학원이와 같이 대학에 진학할 예정이었는
데, 대학생 두 명을 뒷바라지하기란 그 당시 피난 나온 봉급생활자
이셨던 아버지께 막대한 부담이 될 것이 뻔했다. 하지만 아버지는
어떻게든지 학비는 마련할 테니 열심히 공부해서 합격하라고 말씀
하셨다. 지금도 그렇게 격려해주신 아버지를 생각하면 감사한 마음
에 가슴이 뭉클해진다.

제3부

과학도의 꿈, 그리고 시작

8장

대학과 대학원 시절

서울대학교 화학과에 입학

드디어 1953년 2월, 대학입학시험을 치렀다. 춘천고등학교에서 1등을 한 학원이는 연세대학교 정외과에 무시험으로 합격했다. 나는 부산에서 피난살이 하던 친구의 천막집에 머물면서 부산 동대신동에 있던 서울대학교 임시교사에서 입학시험을 치렀다. 영어, 국어, 화학 문제는 그리 어렵지 않았지만 수학 문제들은 무척 어려웠다. 4과목의 필기시험을 보고 면접시험을 치렀다. 면접시험에서 교수 한 분이 radioactivity라는 단어가 들어 있는 문장을 번역해보라고 하셨다. 나는 퀴리 부인 전기를 읽었고 원자탄에 관심이 많았기에 radioactivity의 뜻을 알고 있었다. 그 당시 중고등학교 교과서에 radioactivity라는 단어는 없었고 가르치지도 않았다. 질문한 교수님은 내 대답에 만족한 듯한 표정이셨다.

시험을 치른 지 며칠 후, 부산의 중학교 친구로부터 합격이라는 전보가 날아왔다. 해방 전 중학교 1학년 때는 태평양 전쟁 뒷바라지로 거의 공부하지 못했고, 8·15 광복 후에는 혼돈으로, 그리고 6

학년 때는 고작 한 달만 학교에 다니다 6·25 전쟁 때문에 공부할 수 없었다. 따라서 6년간의 중학교 과정 중 학교에 다닌 것은 고작 4년뿐이었다. 그런 내가 제대로 학업을 마친 다른 수험생들과 경쟁해 서울대학교에 합격했다는 소식에 나는 기뻤다. 합격할 자신이 없어서 춘천농과대학(현재 강원대학의 전신)에도 지원했는데 그곳도 합격했다. 나는 서울대학교에, 동생 학원이는 연세대학교에, 형제 둘이 동시에 합격했다는 소문은 바닥이 좁은 원주시에서 큰 화젯거리가 되었다.

겨울학기를 마지막으로 서곡국민학교를 사임했다. 짧은 기간이었지만 학생들에게 정이 많이 들었다. 그리고 처음으로 교단에 선 내게 많은 도움을 준 선배 선생님들과의 작별도 아쉬웠다. 학교를 떠나던 날, 한 학생의 어머니가 학교에 찾아오셔서 자기 아이를 잘 가르쳐줘 감사하다고 인사하면서 양담배(미국 담배를 그 당시는 양담배라고 불렀다) 두 갑을 선물로 주셨다. 말할 수 없이 힘든 피난 생활에 비싼 양담배를 사서 떠나는 선생에게 선물로 주시는 그 어머니의 마음에 가슴이 뭉클했다. 나는 담배를 피우지 않았지만, 그 선물을 감사하게 받았다.

1953년 4월 초순 입학을 앞두고 짐을 꾸려서 학원이와 같이 부산행 기차를 탔다. 피난민으로 가득 찬 부산은 주거지가 절대 부족했다. 우리는 송도 언덕에 있는 작은 방에 부엌이 하나 있는 집을 구했다. 집이라기보다는 산비탈을 'ㄴ' 자로 파서 그 위에 지붕을 씌워서 지은 토굴 움막이었다. 뒷벽은 산을 깎은 흙벽이었고 앞 벽은 파낸 흙을 쌓아서 만든 토담으로 되어 있었다. 전망만큼은 무척 좋아서 부산항이 보이고 멀리 영도가 보이는 명당자리였다. 지금은 개발이 되어 값비싼 고급 주택들이 많이 들어섰지만, 당시 그 일대는 토막집과 판잣집이 가득한 흔히 말하는 달동네였다. 그곳에서 나는 동대신동의 서울대학교에 다녔다. 나무판자로 지어진 교실에서 강의를 들었다. 책상은 2~3미터 길이의 나무판자로 만들었고 긴 나무로 된 의자에 대여섯 명이 함께 앉았다. 실험 실습은 엄두도 내지 못했다. 동생이 다니던 연세대학교는 영도에서 천막을 치고 강의를 시작했다가 후에 나무판자로 교사를 새로 지었다.

6월 말쯤이었다. 장마가 한창이었는데 한밤중에 '꽝!' 하는 소리에 깜짝 놀라 잠에서 깼더니 산비탈을 깎아 만든 흙벽이 터지고 거기서 큰 물줄기가 방으로 쏟아져 들어오고 있었다. 장맛비로 수압이 높아진 지하수가 산을 깎아 만든 방의 흙벽을 뚫고 쏟아진 것이다. 방으로 콸콸 쏟아져 들어온 물줄기는 부엌을 통과해 산 아래로 흘러갔다. 참 당황스러웠지만 몇 시간 후에는 물줄기가 멈추었다. 그곳에서 7월 중순 여름방학이 시작될 때까지 살았다. 그때까지도 전선에서는 전쟁이 계속되고 있었다. 특히 강원도 북방의 금화, 평강, 철원 일대의 '철의 삼각 지대'에서는 피비린내 나는 고지 쟁탈전이 계속되고 있었다.

1951년 7월 10일, 내가 동해안 최전선에서 부상하기 약 2주 전에 휴전 협상이 시작되었다. 5월의 춘계공세로 한반도 중부 일대를 깊숙이 장악하고 서울을 동남쪽으로부터 공략하려던 시도가 현리전투를 끝으로 실패하자 중공은 휴전 협상을 원했다. 이후 여러 이유로 몇 번 중단되었다 재개되면서 2년여의 우여곡절 끝에 1953년 7월 27일에서야 휴전협정이 체결되었다. 한반도는 원래의 38도선이 아닌 새로운 분단선인 휴전선을 사이에 두고 남북으로 다시 분단되었다. 나는 부상으로 끝까지 올라가지 못했으나 우리 부대가 탈환한 동해안의 고지가 휴전선 최북방에 있다. 수많은 인명 피해를 냈고 이산가족을 낳았으며 전쟁고아와 전쟁미망인을 남기고 국토 대부분이 황폐해버린 3년여의 피비린내 나는 6·25 전쟁은 그렇게 끝났다. 한반도의 적화통일이라는 북의 야욕으로 시작된 전쟁은 북을 돕기 위한 중공군의 개입과 대한민국을 돕는 미국을 비롯한 16개의 UN 회원국 군대가 참여한 미증유의 국제전으로 비화하여 이 좁은 한반도에서 치러졌다.

그해 9월에는 서울이 수복되고 학교도 서울로 옮겨왔다. 서울은 문자 그대로 완전히 파괴된 폐허였다. 동숭동에 있는 서울 문리대 캠퍼스는 일제 강점기 때인 경성제국대학 시절부터 쓰던 건물로 대학 본부와 대학원 본부도 그곳에 있었다. 6·25 때는 잠시 미군 5공군 본부가 들어와 있었다. 서울 종합대학교는 이미 언급한 것처럼 일제시대 경성제국대학의 후신인 경성대학과 서울에 있던 여러 전문학교를 합병해 만들었다. 서울대학교가 설립될 때, 경성대학의 문학부와 이학부를 합하여 문리과대학(문리대)이 만들어졌다. 따라서 문리대는 옛날의 유서 깊은 경성제국대학의 직계 후신인 셈이어서 흔히들 서울문리대를 '대학의 대학'이라고 불렀다. 6·25 전까지 이학부 교사는 청량리에 있었는데 전쟁으로 파괴되어 이학부도 동숭동 캠퍼스로 옮겨왔다. 그러나 실험실 관계로 이학부는 문리대 옆에 있던 중앙공업연구소의 일부를 쓰게 되었고, 화학과의 학생 실험도 중앙공업연구소 실험실을 사용했다. 문리대 건물은 다행히 전화戰禍를 피해 남아 있었지만, 내부시설은 많이 파괴되어 있었다. 그러나 교정의 수목들은 전쟁의 아픔을 모르는 듯, 봄이면 개나리꽃, 라일락꽃 그리고 조금 늦게 목련화들이 교정을 수놓았고, 가을이면 짙은 노란색의 은행나무 잎이 교정을 뒤덮었다.

1953년 서울 수복 후 개강했을 때, 문리대 이학부의 대부분의 교수님은 교수로서의 경험이 짧은 젊은 분들이 많았다. 우리가 입학했을 당시 화학과에는 5명의 교수와 2~3명의 시간강사가 계셨는데 이분들은 모두 학부만 졸업한 분들이었다. 그마저도 우리가 입학한 후에는 외국으로 유학을 떠나셨다. 따라서 대학원 학생이나 타 대학의 교수들이 시간강사로 와서 강의하는 일이 많았다. 화학과는 일반화학, 물리화학, 분석화학, 무기화학 등이 전공 필수 과목이었고 그 외에 자연 과학에 속하는 강의를 몇 개 들어야 했다. 1학년 때 일반화학 교과서로 노벨상을 탄 라이너스 폴링Linus Pauling이 쓴 영어 원서《General Chemistry》를 사용했는데 화학 자체도 이해하기 힘든 데다 그것을 영어로 쓴 책으로 공부한다는 것은 쉬운 일이 아니었다. 중간시험을 보는 날, 몇몇 학생들이 일본말로 번역된 책을 가진 것을 보고 놀랐다. 영어 원서로 공부한 나는 결국 중간시험을 망치고 말았다. 하지만 학기말 시험에는 나도 일본어로 번역된 책을 구해서 열심히 공부해 A 학점을 받았다. 2학년에 수강한 분석화학은 매우 힘들었다. 콜토프I. M. Kolthoff가 쓴 분석화학 교과서를 주로 사용했는데 이따금 독일어로 쓰인 실험책을 쓰기도 했다. 그로부터 약 17년 후 미네소타대학에서 일하게 되었을 때, 콜토프 박사가 미네소타 화학과 교수라는 것을 처음 알았는데 그때까지도 그분은 강의하고 있었다.

분석화학 담당 C 교수는 매우 심보가 좋지 않은 분이었다. 일부러 어렵게 강의해 권위를 세우려 한다는 소문도 돌았다. 미혼이었던 그는 여학생에게는 매우 관대하고 남학생에게는 맹견처럼 대했다. 그의 미움을 받아 화학과에 있지 못하고 타과로 전과한 선배들도 있었다. 나 역시 미움의 대상이 되어 분석화학 강의와 실험을 수강하는 1년 내내 고생했다.

겨울 방학이 끝나고 2학기 첫 실험 시간이었다. 첫날이라서 실험은 없었고, 자기 실험대 청소가 끝나면 나가도 무방했다. C 교수는 실험실 한구석에 있던 큰 화로에 숯불을 피워놓고 여학생들과 큰 소리로 웃으며 잡담하고 있었다. 나는 할 일을 끝내고 실험실 한구석에 앉아 전주에 나온 〈타임Time〉 지를 읽고 있었다. 그런데 C 교수가 갑자기 뚜벅뚜벅 걸어오더니 그 〈타임〉 지를 내 손에서 빼앗았다. 그 잡지를 좀 보려고 하나 생각했는데 뜻밖에도 그는 잡지를 쫙쫙 찢더니 콘크리트 바닥에 집어 던지고 실험실을 나가버렸다. 나뿐만 아니라 실험실에 있던 모든 급우가 그의 돌발행동에 깜짝 놀랐다. 도저히 이해할 수 없는 일이었고, 그건 지금 생각해도 마찬가지다. 그가 갈기갈기 찢어 바닥에 집어 던지고 간 〈타임〉 지 조각들을 엎드려서 모으는데 화가 치솟았다. 교수를 쫓아가 붙들고 왜 그랬느냐고 따지고 싶은 마음이 솟구쳤지만 이를 악물고 참고 참았다. 그는 교수였고 나는 그의 학생이기 때문이다. 그는 1년 후 미국으로 유학을 떠나서 그의 얼굴을 더 보지 않아도 되었다. 그러나 그 모습은 그 후 10여 년간 이따금 꿈에까지 나타나 나를 괴롭혔다. 후에 미국에서 박사학위를 받은 뒤에도, C 교수 때문에 대학을 졸업하지 못하는 꿈을 꾸었다. 그에게서 그렇게 모욕적인 행패를 당한 후 그에 대한 반감으로, 돈이 없어서 점심을 굶는 일이 있어도 자주 〈타임〉 지를 사서 읽었고 67년이 지난 현재까지도 매주 구독하고 있다. 그 일을 계기로 〈타임〉 지를 계속 읽은 덕분에 후에 국비 원자력 유학생 선발시험에 합격해서 미국에 유학 올 수 있었다. 이 일은 전화위복이 되어 내 생애에 매우 중요한 분기점이 되었는데 이에 대해서는 후에 다시 언급하겠다.

그 당시 서울대학교 문리대는 미국의 Liberal Art College와 성격이 비슷해서 전공 외에 다른 과목도 많이 수강하는 것을 권장했다. 덕분에 문학부 강의도 수강할 수 있어서 좋았다. 문리대 종교학과 학생으로 후일 서울 영락교회 담임목사가 되신 박조준 목사님과 기독교사를 같이 수강하기도 했다. 종교학과의 신사훈 교수님이 주관하신 교내 예배에도 이따금 참석했다. 교육개론, 문학개론 등을 수강했고 독일어 강좌도 몇 학기 수강했으며 헤르만 헤세Hermann Karl Hesse의 시와 소설, 테오도르 슈토름Theodor Storm이 쓴《임멘 호수

Immensee》등을 강독했다. 짬짬이 시간을 내서 독서도 했는데 독일어를 좀 이해하게 된 후에는 중학교 때 읽었던 괴테 J. W. Von Goethe의 《젊은 베르테르의 슬픔 Die Leiden des Jungen Werthers》을 사전을 뒤져가며 독일어 원서로 읽었다. 이러한 독일어 공부는 후일 석사학위와 박사학위 획득에 도움이 되었다. 일본어로 번역된 프랑스 작가 앙드레 지드 Andre Gide의 《좁은 문 La Porte Etroite》, 《전원 교향곡 La Symponie Pastorale》등도 읽었다. 《전원 교향곡》은 영화로 제작되어 내가 대학에 다닐 때 서울에서 상영되었다. 우리말로 번역된 루마니아의 작가 게오르규 C V Cheorghiu가 쓴 《25시 La Vingt Cinguie me Heure》도 읽었는데 전쟁과 인종차별로 인해 한 인생이 파멸되는 비극적 이야기였다. 소설 주인공의 인생에 동정은 갔지만, 6·25의 악몽에서 아직 깨어나지 못하던 당시의 한국에는 그 소설의 주인공보다 더 불행한 인생들이 무수히 많은 것이 슬픈 현실이었다.

1957년 서울대학교 문리대 화학과 11기 졸업생 일동. 둘째 줄 중앙에 모자 쓰신 세 분 중
왼쪽부터 장세희 교수님, 장세헌 교수님, 방희재 교수님이다. 뒷줄 오른쪽에서 7번째가 저자

대학원 석사 논문

졸업이 다가오면서 나는 진로를 고민하기 시작했다. 남학생 동기 몇 명은 군에 소집되어 육·해·공군 사관학교의 교관이 되었다. 또 삼성이나 럭키 금성사, 화장품 회사 등에 취직한 친구들도 있었다. 대학교수가 되어 과학인으로 살고 싶었던 나는 대학원에 진학하기로 마음먹었다. 그러나 서울대학교에는 이미 많은 선배가 대학원에 진학해 있었고, 대학원을 마친다 해도 서울대학에서 교수가 되기는 힘들 것 같았다. 그때 고려대학 화학과에서 대학원 1기생을 뽑는다는 소식을 들었다. 고려대 화학과에는 서울 문리대 화학과 출신의 교수님이 두 분 계셨고, 서울대 화학과의 김시중 선배도 조교로 있었다. 후에 과기부 장관이 된 분이다. 새로 생긴 대학원에 1기로 들어가면 졸업 후 그곳에 남아 장차 교수가 될 기회가 있을 것 같아 나는 고려대 화학과 대학원 1기생으로 입학했다.

고려대 대학원생이 되었지만, 서울대학교 화학과의 조교로도 임명되었다. 미국 유학에서 돌아온 이종진 교수님의 생화학연구실 조교가 되어 의예과 학생 실험을 봐주는 일도 맡았다. 그 당시 서울대학교 화학과에는 조교들이 여럿 있었지만 유급 조교 자리는 2개뿐이었는데 교수님의 알선으로 그중 하나를 차지할 수 있었다. 나는 2년간의 대학원 생활을 그야말로 눈코 뜰 새 없이 바쁘게 지냈다. 낮에는 서울대와 고려대의 화학과 학부 학생 실험 조교, 서울대 의예과 1학년 화학 실험 조교를 했고, 밤에는 주로 석사 논문을 위한

1958년 고려대학교 대학원생 시절.
정지영 동급생(왼쪽)과 저자. 뒤에 보이는
목조 건물이 이학부 임시교사였다.

실험을 했다. 아들 셋을 동시에 대학과 대학원에 보내고 계신 아버지 월급만 바라보기가 죄송해서, 일주일에 두 번 서대문 근처의 인창고등학교 야간부 화학 교사로도 일했다. 야간부 학생들은 낮에는 일하고 밤에 학교에 오는 학생들이어서 몹시 피곤해 보였다. 나는 불우한 환경에서도 공부하려고 애쓰는 그들에게 정성껏 강의

하려고 노력했다.

그 당시 고대 이학부는 주 캠퍼스 남쪽 한편에 있었고 목조 임시교사가 3동 있었는데 그중 하나를 화학과가 쓰고 있었다. 이제 석사 과정 연구를 위해 실험을 시작해야 했는데, 논문 주제를 고심하던 중에 당시 서울대학교 화학과 대학원에서 녹두에 관한 연구를 하고 있어서 그것을 참고하기로 했다. 고려대학 화학과 조교로 있던 김시중 선배는 그때 녹두 단백질의 전기영동Electrophoresis 분석 실험을 하고 있었다. 녹두는 발아해 숙주나물이 되는 과정에서 녹두 단백질이 분해돼 아미노산이 된다. 나는 그것이 다른 종류의 새 단백질로 합성되는 과정에 아미노산이 어떻게 변화되는지를 규명해보기로 했다. 녹두에는 20개 이상의 아미노산이 있는데 이 많은 종류의 아미노산 변동을 추적하려면 당시 해외에서 개발된 페이퍼

크로마토그래피paper chromatography라는 실험 방법을 쓰는 것이 좋을 것 같았다. 크로마토그래피는 1차원 페이퍼 크로마토그래피와 2차원 페이퍼 크로마토그래피가 있는데 20여 개의 아미노산을 분석하려면 2차원 페이퍼 크로마토그래피를 사용해야 했다. 문제는 그 당시 한국에는 2차원 페이퍼 크로마토그래피를 할 수 있는 사람이 없었다. 나는 외국 학술지를 읽으면서 실험 계획을 세웠다. 물론 학교 실험실에는 실험에 필요한 장비가 없어서 종로에 있는 유리 가공공장에 부탁해 사비를 들여 장비를 장만했다. 녹두를 물에 불려 햇빛이 없는 곳에서 발아시킨 것을 갈아 아미노산을 물로 추출했다. 그 추출물을 2차원 페이퍼 크로마토그래피로 분리, 분석하는 실험을 되풀이했는데 좀처럼 좋은 결과를 얻을 수 없었다. 논문에 쓰여 있는 대로 실험해도 무슨 이유에서인지 원하는 결과는 나오지 않았다.

어느 날 아침, 아미노산들이 분리되어 있을 여과지를 용기에서 조심스럽게 꺼내 인큐베이터에서 말린 후 아미노산을 분홍색으로 염색하는 닌하이드린을 뿌렸다. 그랬더니 놀랍게도 20개가 넘는 아미노산들이 깨끗이 분리되어 나타났다. 실험에 성공했다! 창문을 통해 들어오는 아침 햇살에 비친, 깨끗이 분리된 많은 아미노산을 보고 나는 무척 감격했다. 그 후 몇십 년 동안 연구 생활을 하고 있지만, 그때만큼 연구 결과에 감격하고 흥분한 적은 없었다. 드디어 나는 생체 속 유리 아미노산을 2차원 페이퍼 크로마토그래피를 이용하여 깨끗이 분리할 수 있는 기술을 국내 최초로 습득한 것이었다. 계속된 실험에서 녹두 속 아미노산의 종류와 양이 발아 전,

발아 후, 그리고 하루, 이틀, 사흘 또 닷새째 변화하는 것을 밝혀내었다. 또 발아 전에는 없었던 글루타메이트와 아스파라진이라는 2~3개의 다른 아미노산의 결합체(펩타이드)가 생기는 것도 발견했다. 나는 실험 결과를 2편의 논문으로 만들어 대한화학회지에 발표했다. 내 논문이 발표된 지 10년 후에 서울대학교 의과대학 생화학과의 박상철 교수는 내가 숙주나물에서 관찰했듯이 콩나물에서 아스파라진이 형성되는 것을 관찰했고, 아스파라진을 이용한 숙취 해소제를 만들었다. 술을 마신 다음 날 아침에 콩나물이 들어간 해장국을 먹는 이유를 실험으로 검증한 셈이다. 후에 언급하겠지만 2차원 페이퍼 크로마토그래피를 이용한 아미노산 분리 연구는 나의 아내 주재강과 만나는 계기가 된다.

녹두 아미노산 연구 외에, 나는 이종진 교수님의 지시에 따라 단백질과 요오드(옥소)의 결합 과정을 베크만 광학 분석기Beckmann spectrophotometer를 이용하여 연구했다. 그 당시 한국에는 베크만 광학 분석기가 3대 있었는데 한 대는 서울의과대학의 생화학 교실에 있었고 한 대는 국방과학연구소에, 나머지 한 대는 중앙공업연구소에 있었다. 다행히 중앙공업연구소에 들어온 광학 분석기는 화학과 1년 선배인 이원해 선배가 책임지고 있었는데 내가 사용해도 좋다고 허가해주었다. 덕분에 나는 광학 분석기를 이용한 단백질과 요오드 결합 과정 연구에 성공했고, 그 결과를 대한화학회지에 발표했다. 대학원 과정 2년 동안, 대한화학회지에 논문 3편을 싣게 된 것이다.

원자력과의 인연

　　1950년대 중반부터 정부는 원자력의 잠재력을 인지하고 1956년 3월 문교부 기술 교육국에 원자력 과를 신설했다. 또한 고등학교에서도 원자력을 가르치기로 했다. 1958년 봄, 이종진 교수님은 고등학교에서 사용할 원자력학 교과서를 함께 저술하자고 말씀하셨다. 미국 캔자스 대학에 유학하고 귀국 후 대학원에서 방사성 동위원소를 강의했을 때, 유독 열심히 듣던 나를 보시곤 원자력에 관심이 많다고 생각하신 것 같았다. 나는 고등학교 때부터 원자력과 방사성 동위원소에 관심이 많았고 또 퀴리 부인의 전기도 읽었기에 이종진 교수님의 강의를 누구보다 잘 이해하고 있었다. 그러니 주저할 것도 없이 교수님의 제안을 받아들이고 수입 서적만 취급하는 '국제서림'이라는 서점에 가서 영어나 일본어로 쓰인 원자력 관련서를 몇 권 구해왔다. 이후부터 거의 한 달 동안 출판사 숙직실에 틀어박혀 교과서를 집필했다. 고등학생용이니 깊은 이론은 지양하되, 원자력학의 아주 기본적인 원리를 이해하기 쉽게 서술했다. 그 책은 문교부에 채택돼 전국의 고등학교 교과서로 쓰게 되었다. 이렇게 나는 원자력과 인연을 맺었고, 이 인연은 몇 달 후 치러진 원자력 국비 유학생 선발시험에 합격하는 데 큰 도움이 되었다.

국비 원자력 유학장학생 선발시험 합격

　　1959년에 정부는 공릉에 있던 서울대학교 공과대학 교사 한 곳에 원자력 연구소를 차리고 연구 요원을 모집하였다. 그러나 한국에는 원자력을 연구할 인재가 거의 없었으므로, 해외로 유학을 보내기로 하고 제1차 국비 원자력 유학장학생을 모집했다. 유학비용 전액이 국비로 지급되는 유학이라니, 꿈같은 기회였다. 그전에도 정부 지원으로 미국에 유학 다녀온 사람들이 있었지만, 그들의 유학자금은 한국 정부에서 지출된 것이 아니라 미국이나 외국 기관에서 지원받은 것이었다. 고려대의 한만운 교수님은 유학생 선발시험에 지원해보라고 권하셨는데 나는 도저히 자신이 없어 기권하겠다고 말씀드렸다. 며칠 후 교정에서 교수님을 만났을 때, 응시원서는 제출했느냐고 물으셨다. 안 했다고 말씀드렸더니 교수님은 버럭 하시며 원서 제출 비용이 없으면 당신이 주겠노라며 지갑을 꺼내셨다. 순간 당황한 나는 돈이 없어서가 아니라 그냥 주저하고 있었다고, 바로 응시해보겠다고 말씀드렸다. 사실 그때까지는 가능성이 희박하다고 생각해 응시할 생각이 없었는데, 그날 교수님을 뵙고 나니 응시조차 안 하면 역정 내고 책망하실 것 같아서, 그 길로 원서를 제출하고 시험을 치르기로 했다.

　시험에는 모두 150명 정도가 지원했는데 그중에는 화학과 선배들도 있었고 모 대학의 강사, 조교수급의 쟁쟁한 분들도 많았다. 시험과목은 전공과목, 영어, 기초 원자물리학이었다. 전공인 화학 시험문제는 그리 어렵지 않았다. 그런데 영어 시험지를 받아보고 나는 깜짝 놀랐다. 2주 전 읽은 〈타임〉지에 실렸던 과학 기사를 번역하라는 문제가 나왔던 것이다. 기사 내용은 미국의 항공우주 로켓 실험에 대한 것이었다. 당시는 소련에서 먼저 스푸트니크라는 우주 로켓을 발사했고, 그것에 깜짝 놀란 미국이 우주에 로켓을 쏘아 올리려고 노력하던 때였다. 그런 내용이었는데 불과 2주일 전에 사전을 찾아가며 꼼꼼히 읽었던 터라 번역은 그리 어렵지 않았다. 150명 응시자 중 나처럼 그 기사를 미리 읽은 사람이 없었다면 아마도 내 답안이 최고 점수를 받았을 것이다. 원자물리학 문제에는 5개의 질문이 있었다. 몇 달 전에 고등학교 교과서를 집필하느라 원자물리학의 기초개념은 파악해둔 바 있어 답하는 데는 그리 어렵지 않았다.

드디어 시험 결과 발표일. 혹시나 하는 마음으로 발표 장소에 가보니 15명의 합격자 중 내 이름이 있었다! 두근대는 마음으로 다시 보아도 '송창원'이라는 이름이 또렷이 적혀 있다. 화학에 3명, 생물학에 3명, 물리학에 3명, 의학에 3명, 공학에 3명 모두 15명의 합격자가 발표되었다. 국비 장학생이 되어 외국으로 유학을 간다고 생각하니 꿈만 같았고 가슴이 쿵쾅거렸다. 합격의 행운이 찾아온 것은 C 교수로부터 당한 모욕적 사건 이후 〈타임〉지를 계속 구독했고, 고등학교 원자력학 교과서 집필을 위한 공부가 축적되었기 때문이다. 나도 모르게 이미 시험 준비를 해왔던 것이랄까.

다음 날 합격자들은 문교부 원자력과에 모여 담당자로부터 앞으로 밟게 될 절차 등의 설명을 들었다. 설명인즉, 왕복 여비는 물론 1년 동안의 학교 등록비, 생활비가 지급될 테니, 공산국가를 제외한 희망 국가, 희망 대학, 희망 학과에 가서 공부하되 반드시 원자력과 관련된 공부를 해야 한다고 했다. 또한 정부의 재정지원은 1년간이며 1년 후에는 반드시 돌아와 원자력연구소에서 일해야 한다는 것이었다. 우리는 각자 원하는 대학의 입학 준비를 시작했다. 의학 분야에서 선발된 김재호는 경북대학 의과대학을 수석으로 졸업한 수재였다. 그는 아이오와 대학University of Iowa 의과대학의 방사선 연구소Radiation Research Laboratory에서 입학 허가를 받았는데 그곳에서는 방사선생물학에 관한 연구가 활발히 진행되고 있는 것 같다고 말해주었다. 그 대학의 생화학과 대학원에 가서 생화학을 공부하면서 방사선 연구소의 강의도 들으면 좋겠다는 생각이 들었다. 나는 아이오와 대학 대학원의 생화학과에 지원했다. 한만운 교수님께 추천장을 부탁드리니, 송창원은 한국에서 최초로 2차원 페이퍼 크로마토그래피를 사용해 연구했고, 또한 처음으로 광학 분석기로 연구해서 석사과정 2년 동안 논문을 3편이나 발표한 우수한 학생이라고 써주셨다. 그런 강력한 추천장과 정부가 비용을 지원하는 장학생을 마다할 리 없었다. 즉시 아이오와 대학은 대학원 학생으로 받겠다는 통지를 보내왔다. 나는 유학생에게 발부되는 F1 비자를 받기 위해 미국 대사관에서 실시하는 영어 시험을 치르고 비자를 발급받았다. 국비 유학생 15명 중 약 10명은 미국을 택했고, 나머지는 영국, 프랑스, 독일 등지로 갔다. 그때 독일로 유학 간 채영복은 후에 화학연구소장을 거쳐 과기부 장관을 역임했다.

결혼

　　미국 유학이 결정된 것은 1959년 4월인가 5월쯤이었다. 이제 집안에서는 내 결혼 이야기가 나오기 시작했다. 연세대학 정외과에서 학부와 대학원(석사과정)을 졸업한 동생 학원이는 군 복무를 마치고 그 당시 외무부에 다니고 있었다. 학원이는 이화여자대학을 졸업한 여자 친구와 오랫동안 교제 중이었는데 그쪽 집안에서는 군 복무도 마치고 취직도 했으니 결혼을 독촉하고 있었다. 어머니는 형보다 동생이 먼저 결혼할 수는 없으니, 네가 빨리 결혼을 하든지 약혼이라도 하면 학원이가 결혼할 수 있겠다고 말씀하셨다. 결혼은 유학을 마치고 와서 생각해보려던 나는 좀 난감해졌다. 그러나 학원이를 위해서 어머니의 말씀대로 유학 전 약혼이라도 해야겠다고 마음먹었다.

　1958년 가을, 서울대 화학과 동창 모임이 있었는데 그 자리에서 권동숙 선배를 만났다. 1년 선배인 그분은 이화여자대학교 화학과 조교로 근무하고 있었다. 이화여대 대학원생들도 페이퍼 크로마토그래피를 사용해 연구하는 중인데 잘 안 되어 고생하고 있으니 내가 도와줄 수 있겠냐고 그분이 물으셔서, 나는 흔쾌히 그러마고 대답했다. 며칠 후, 이화여대 대학원 학생 세 명이 내 실험실을 찾아왔다. 한 사람은 미혼인 주재강이고 나머지 두 분은 기혼인 정명숙과 최성자였는데 셋은 절친한 친구 사이였다. 후에 정명숙은 이화여대 교수로 정년퇴직했고 남편인 민영빈 씨는 '시사영어사'라는 조그마한 회사를 인수해 YBM이라는 굴지의 기업으로 키웠다. 최성자의 남편 윤기중 씨는 연세대학교 통계학과 교수로 재직했는데 두 분의 아들은 한국의 43대 검찰총장이 되었다.

그들의 방문이 계기가 되어 주재강을 비롯해 이화여대 약학과 대학원생들 몇 명의 2차원 페이퍼 크로마토그래피 실험을 돕게 되었다. 그 당시 이화여대는 매년 5월 봄 축제에서 메이퀸May Queen을 선발하고 대관식을 거행하는 것이 유명했다. 주재강은 대학 4학년 때 화학과 대표로 선정된 메이퀸 후보였다. 실험을 돕는 사이, 그녀가 원만한 성격이라는 것도 알게 되었다. 그녀의 집은 원효로 용산 경찰서 뒤편 언덕에 있었는데, 그 당시 서울은 상수도 수압이 낮아서 지대가 높은 곳에서는 수돗물이 자주 끊겼다. 수돗물이 안 나오면 그녀는 나이 어린 식모를 돕기 위해 낮은 곳에 있던 공동 수도로 내려가 물동이에 물을 받아 머리에 이고 날랐다. 대학원 학생이면서 물동이로 물을 나르는 여자라면 우리 집 맏며느리가 될 자격이 있다는 생각에, 나는 어머니께 주재강을 보여드리기로 마음먹었다. 주재강과 서대문 부근의 다방에서 만나기로 약속한 날, 어머니는 약속 시각 전에 도착해서 나의 뒤편에 자리를 잡으셨다. 얼마 후 도착한 주재강은 아무것도 모른 채 나와 마주앉아 이야기를 나누었다. 정면에서 제대로 관찰하셨던 어머니는 주재강이 마음에 드셨던지 그날 밤 혼담을 진행했으면 좋겠다고 말씀하셨다. 공교롭게도 주재강의 부친은 내 아버지의 직장 동료이시기도 했다. 어른들끼리 말씀이 오가면서 본격적인 혼담이 시작되었다. 1959년 6월 초, 나와 주재강은 서울 시청 앞에 있던 중식당 아서원에서 약혼했고, 결혼은 내가 미국 유학을 마치고 돌아온 후에 하기로 했다. 내가 약혼한 지 한 달 후인 7월 초에 학원이도 결혼식을 올렸다. 그런데 갑자기 주재강의 집에서 내가 유학을 떠나기 전에 결혼하는 것이 좋겠다는 말이 나왔는데, 혹시 미국에 가서 변심이라도 할까 봐 걱정되셨던 모양이다. 우리는 부랴부랴 결혼 준비를 서둘렀고, 약혼 두 달 후인 8월 14일에 결혼식을 올렸다. 그 후 2주의 짧은 신혼 생활을 보내고 나는 홀로 미국 유학길에 올랐다.

1959년 8월, 주재강과의 결혼식 사진

9장

미국으로 떠나다

아이오와를 향해

1959년 9월 1일, 미국으로 출발하는 날이 왔다. 그 당시 한국에서 국제공항은 김포공항이 유일했는데, 공항 청사라고 해봐야 요즘의 시골 버스 정류장 정도로 초라했다. 비행기 타고 해외로 나가는 일은 드문 시절이어서 당시의 관례대로 온 가족은 물론 친척들과 많은 친구를 포함한 몇십 명의 환승객이 공항에 나와 나를 환송했다. 2주 전에 결혼하고 나를 떠나보내는 아내는 가족과 친구들에 둘러싸인 채 담담한 얼굴로 나를 바라보았다. 나는 아이오와 대학에 함께 가는 김재호, 그리고 캘리포니아 버클리 대학에 가는 유태준과 동행했다. 1959년에는 서울에서 미국까지 직항 노선이 없어서 도쿄까지는 캐세이 퍼시픽Cathay Pacific의 비행기를 탔고, 도쿄에서 하와이를 거쳐 샌프란시스코까지는 팬아메리카Pan America의 프로펠러 비행기를 탔다. 서울에서 목적지인 아이오와 시티Iowa City(시의 이름)까지의 왕복 비행기 요금은 950달러였다. 요즘의 서울과 미국의 왕복 요금이 약 1,500달러임을 고려하면 60년 전에 950

달러는 무척 비싼 가격이다. 그 당시 한국인의 1년 평균 개인소득이 80달러 정도였으니 왕복 비행요금은 10년 치 이상에 해당하는 거금이었다.

나는 도쿄에 도착해서 무척 놀랐다. 2차 대전 때 미군의 공습으로 심하게 파괴되었던 도쿄는 10여 년 동안에 많이 복구되어 서울과는 판이하게 화려한 도시로 변모해 있었다. 패전 후 5년 만에 발발한 6·25 전쟁에서, 전쟁 물자를 일본에서 조달했던 미국은 막대한 비용을 지급했는데 이것은 전후 피폐해진 일본 산업의 재건에 결정적인 역할을 하였다.

도쿄에서 하룻밤을 자고 하와이로 날아가서 또 하루를 묵었다. 아침을 먹으러 호텔 식당에 가서 메뉴를 들여다보았지만, 거기에 나열된 음식은 모두 생소한 것들이어서 무엇을 주문해야 할지 알수가 없었다. 일단 파인애플을 반으로 쪼개고 그 안에 여러 가지 과일들을 섞어 넣은 것이 맛있어 보여서 나와 김재호는 그것을 주문했다. 유태준은 우리가 주문한 과일 음식 위에 두세 숟가락 정도의 흰색 덩어리를 얹어놓은 것을 주문하였다. 드디어 주문한 음식이 나왔다. 과일 위에 얹힌 흰 덩어리를 달콤한 아이스크림쯤으로 생각했던 유태준은 그것을 한 숟가락 떠서 입에 넣자마자 얼굴을 찡그렸다. 그것은 달콤한 아이스크림이 아니라 처음 먹어보는 코티지치즈Cottage Cheese였다. 나는 지금도 코티지치즈를 보면 그것을 처음 맛보고 질색하던 유태준의 얼굴이 생각난다. 그는 지금 하와이에서 은퇴 생활을 하고 있다고 들었다. 코티지치즈를 즐기고 있는지는 모를 일이다.

우리는 하와이에서 샌프란시스코로 가서 하루를 묵었고, 그다음 날 유태준의 목적지인 버클리까지 함께 동행했다. 공부 잘하라고 작별 인사를 하고 돌아서는데, 그의 눈에 눈물이 고여 있었다. 아마도 같이 온 친구들이 떠난 후 낯선 곳에서 감당하게 될 미래가 몹시 불안했기 때문이었을 것이다. 의과대학을 갓 졸업하고 생애 처음 이국땅에 혼자 남게 된 그 심정을 이해할 수 있을 것 같았다. 샌프란시스코에서 아이오와 시티까지 가려면 여러 곳을 거쳐야 했다. 우리는 샌프란시스코에서 유타주 솔트 레이크 시티Salt Lake City로 가서 하루를 잤다. 솔트 레이크 시티에는 서울대 화학과의 장세헌 교수님이 유타 대학University of Utah에서 유학 중이셨다. 8.15 광복 후 잠시 서울대학교 화학과 교수와 문리대 학장을 지내신 이태규 박사가 유타 대학의 화학과 교수로 계셨다. 그 댁에 가서 음식 대접도 받고, 또 유명한 몰몬mormon 교회와 염수로 되어 있는 솔트 레이크 Salt Lake도 구경하였다. 그다음 날에는 오마하Omaha를 거쳐 아이오와의 디모인Des Moines에 도착했다. 그곳에서 자고 다음 날 버스를 타고 아이오와 시티로 향했다. 서울에서 아이오와 시티까지 오는데 도쿄, 하와이, 샌프란시스코, 솔트 레이크 시티, 디모인 등 다섯 군데에서 하룻밤씩을 묵어야 하는 장거리 여행이었다. 디모인에서 아이오와 시티까지 가는 동안 버스에서 내다보는 풍경은 참으로 인상적이었다. 사방이 그야말로 눈이 닿는 곳 끝까지 옥수수밭이었다. 이따금 나무가 자라는 낮은 언덕이 있고 소나 돼지가 한가히 거닐거나 누워 있는 목장 옆 농가가 보였지만 그 외는 오로지 넓고 넓은 옥수수밭뿐이었다.

창밖으로 펼쳐지는 아이오와의 풍경을 보면서 문득 드보르작 Dovrak의 교향곡 〈신세계〉(심포니 9, 신세계로부터)가 떠올랐다. 1957년 경 매주 토요일 오전이면 신세계백화점 4층에서 음악 감상회가 열렸는데, 내가 갔던 날은 유홍열 교수님이 해설과 함께 드보르작의 〈신세계〉교향곡을 들려주셨다. 체코슬로바키아의 작곡가 드보르작이 미국 중서부를 여행할 때 그 광활한 풍경에 감명받아 작곡한 교향곡이 〈신세계〉라는 내용이다. 나는 버스 안에서 바깥 풍경을 바라보며 드보르작이 감명받은 곳이 이런 곳이 아니었을까 상상했다. 후에 그 상상이 맞았다는 것을 알게 되었다. 드보르작은 1892년 뉴욕 내셔널 음악원의 원장으로 초청받아 미국에 왔다. 그는 1893년 여름, 체코슬로바키아 이민자들이 세운 마을인 아이오와 동북부 스필빌Spillville을 찾아가 친지들과 함께 몇 달간 여름휴가를 보내며 향수를 달랬다. 그때 고향에 대한 그리움과 미국(신세계)에서 받은 인상과 감흥을 담아서 작곡한 것이 〈신세계〉다. 우리 귀에 익숙한 '꿈속에 그려라. 그리운 고향'으로 시작되는 가사의 노래 '그리운 고향 Going Home'은 〈신세계〉 2악장 라르고의 주요 멜로디를 편곡한 것이다. 현악사중주 아메리칸 콰르텟American Quartet(in F)도 드보르작이 아이오와를 방문 중에 작곡한 곡이다.

아이오와 시티에 도착하니 버스 정거장에 한국인 학생이 우리를 기다리고 있었다. 아이오와 대학 담당자에게 미리 연락해두어서 우리를 맞으러 나온 것인데 버스에서 내리자 대뜸 "당신들이 한국에서 온 사람들이요?" 하고 묻는 바람에 좀 당황했다. 당시에 '당신'이라는 말은 누구와 싸울 때나 상대를 부르는 말이지 처음 만나는 사람에게는 잘 쓰지 않는 호칭이었다. 그는 고등학교 때 미국으로 유학 온 고인호 씨였는데 한국말이 서툴러서 영어의 you를 직역해 그렇게 부른 것이다. 그분은 후에 장로교 목사가 되셨고 오랜 목회 생활을 마치고 현재는 LA에서 은퇴 생활을 하고 계신다. 우리는 그분의 안내로 아이오와 대학의 기숙사에 들어가서 짐을 풀고 잠시 쉬었다가 저녁 식사를 하러 고인호 씨와 대학병원의 카페테리아에 갔다. 식판을 들고 닭고기가 있는 곳에 서니 배식하는 이가 "Dark or white?"라고 질문했다. 그 질문이 어떤 의미인지 몰라 주춤했더니 고인호 씨가 닭의 다리 부분을 원하느냐 가슴 부분을 원하느냐를 묻는 말이라고 설명했다. 그래서 "White"라고 말하니 가슴살을 식판에 담아주었다. 우유도 한 팩 받았는데 그 당시에는 카톤팩의 봉합 기술이 발달하지 않아서 입구에 스테이플러를 하나씩 찍어서 밀봉했다. 그 스테이플러를 나이프로 열려고 애쓰는 모습을 본 미국 사람이 다가와 우유팩 상부 옆쪽을 두 손 엄지손가락으로 간단히 열어주었다.

우물 안 개구리

아이오와에 도착한 다음 날 의과대학의 생화학과를 찾아갔다. 젊고 예쁘장한 여비서가 반색하면서 학과장인 불Bull 교수님 방으로 안내했다. 불 교수는 반가운 얼굴로 나를 환영한다고 말하는 것 같았는데, 나는 그의 말을 전혀 알아들을 수 없었다. 이유는 분명했다. 나는 영어를 열심히 읽기만 했지 미국에 오기 전까지 미국 사람과 한 번도 영어로 대화해본 적이 없다. 대사관에서 비자를 받기 위해 영어 시험을 치렀지만 그것도 필기시험이었다. 영어 공부는 문법, 해석, 작문 그리고 회화 네 가지를 합한 사위일체四位一體의 공부인데 나의 공부에는 회화가 빠져 있었던 것이다. 지금 생각해보면 그런 영어 실력으로 미국에서 공부하겠다는 포부를 가진 것 자체가 무지와 무모한 용감함 때문이었다.

생화학과에서는 첫 학기에 생화학 강의는 듣지 말고 생화학 실험만 수강하라고 했다. 내 입학 지원서를 보니 생화학은 대학에서 배웠고 대학원에서도 생화학 전공으로 전부 A 학점을 받은 실력이니 강의는 들을 필요가 없다고, 다만 한국에서 실험은 많이 못했을 테니 실험만 수강하라는 것이다. 그렇게 실험에만 참여했는데, 실험을 담당한 조교수가 내 실력이 형편없다는 것을 알고 과장에게 보고해 생화학 강의도 들으라는 지시가 내려졌다. 그곳에서 가르치는 생화학 강의는 서울대학 화학과에서 배운 생화학과는 전혀 달랐다. 서울에서 배운 생화학은 유기화학과 농업화학이 혼합된 것인데, 의과대학의 생화학은 유기물질의 생체 내 대사에 관한 것이었다. 강의 내용이 전혀 귀에 들어오지 않고 한숨만 나왔다. 결국 밤새도록 열심히 교과서를 읽으며 공부하는 수밖에 없었다. 그러다 보니 때로 교과서에 없는 강의 내용이 시험에 나오면 답을 쓸 수 없어서 전전긍긍했다. 실험도 열심히 했지만, 워낙 실험 방법이 달랐고 한국에선 본 적도 없던 기구들을 사용했기 때문에 어려웠다. 하지만 재미있었다. 대학원생 각자에게는 연구 프로젝트가 하나씩 주어졌는데 나는 밤새도록 그 실험에 매달려 좋은 성적을 받았다. 방사선 연구소Radiation Research Laboratory의 일반 방사선생물학General Radiation Biology 강의는 세포나 신체 여러 장기에 미치는 방사선 영향에 관한 내용이었다. 생물학이라고는 서울대학에서 겨우 식물생리학을 두 학기 수강한 것이 전부였으니 생물학 기초가 부족한 나에게 방사선생물학은 더더욱 힘든 과목이었다.

하루에 6시간 이상 자본 적 없이, 정신없이 학과 공부를 따라가다 보니 어느새 1년이 지나갔다. 한국 정부와 약속한 귀국 날짜가 다가오고 있었다. 당시 나는 내가 학문적으로 얼마나 부족한지를 깊이 깨닫고 있었다. 한국에서는 자부심 넘치는 '대학 중의 대학'이라는 서울 문리대 졸업생이자 교수님들의 신망을 한 몸에 받아, 고려대학교 대학원에 다니면서도 서울대학교의 유급 조교 자리를 차지했던 나였다. 또한 고등학교 원자력 교과서의 집필자였고, 연구에도 매진해서 석사 졸업까지 논문을 3편이나 발표했으며 타 대학의 대학원생 실험도 도왔던 만큼, 학문적 자부심에 있어선 자신 있었다. 게다가 분야에서 3명만 선발해 국비로 유학을 보내주는 시험에도 거뜬히 합격했지 않았나. 누가 봐도 빼어난 실력을 갖췄다고 말할 수 있던 나였지만, 미국에 유학 나와 공부해보니 나는 우물 안의 개구리였음을 깨닫게 되었다. 우물에서 나와 세상을 살펴보면서 부족함을 절감했고, 공부하고 알아야 할 것들이 너무 많다는 것을 분명히 깨달았다.

무식한 사람은 자기가 무엇을 모른다는 것을 모른다. 그리스의 역사가 투키디데스Thucydides는 '무식하면 용감하다 Ignorance is bold'라고 말한 바 있다. 중국의 공자는 제자 자로에게 '아는 것을 안다고 하고 모르는 것을 모른다고 하는 것이 아는 것이다知之爲知之 不知爲不知 是知也'라고 배움의 기초에 대해서 말씀하신 바 있다. 나 또한 미국에 와서 무엇을 좀 알게 된 후에야 내가 모르는 것이 너무나 많다는 것을 알았다. 학문적인 능력과 지식수준을 객관적으로 파악하게 된 나는 한국 정부에 솔직하게 편지를 썼다. '꼭 돌아오라면 돌아가겠지만, 1년간 배운 것만으로는 귀국한다 해도 제대로 일하기 힘들 것 같다. 아무래도 더 공부가 필요하니 미국 체류 연장을 허락해주기를 요청한다'라는 내용이었다. 다행히 정부에서는 학비는 계속해서 지원할 수 없지만, 본인이 학비를 해결하며 공부를 계속하겠다면 체류 연장을 허가해주겠다는 통지가 왔다.

방사선생물학연구소

나의 박사학위 지도교수인
Titus Evans 박사

정부의 원자력 장학금을 받아 방사선과 관련된 공부를 하고 오기로 약속한 나는 생화학과에 적을 두고 공부하면서 방사선생물학도 수강한 바 있었다. 하지만 이 새로운 학문을 깊게 공부하려면 전공을 아예 방사선생물학으로 바꾸는 것이 좋을 것 같았다. 그래서 방사선 연구소 소장인 타이터스 에번스Titus Evans 교수를 찾아가 상의하면서 전과를 승낙해줄 것을 부탁드렸다. 그는 쾌히 승낙했을 뿐만 아니라 나를 연구조교로 임명하고 한 달에 180달러의 장학금까지 주겠다고 말씀하셨다.

인류는 2차 대전 막바지에 일본에 투하된 원자탄을 통해 원자력의 위력에 눈을 뜨기 시작했고, 이로써 원자력의 시대가 본격적으로 열렸다. 원자력의 평화적 이용을 적극적으로 모색하면서 원자력을 이용해 전기를 생산하는 원자력 발전이 가능해졌고, 방사성 동위원소는 여러 산업 분야에 이용되기 시작하였다. 오랫동안 진단용으로 사용된 X-선이 암의 치료에 널리 쓰이고, 방사성 동위원소도 여러 질병의 진단 및 치료에 사용되기 시작했다. 그러다 보니 방사선이 생체에 미치는 영향도 관심을 끌어 이를 연구하는 방사선생물학이라는 새로운 학문이 생겼다.

나의 지도교수인 에번스 교수는 방사선생물학의 선구자로서 처음에는 초파리를 사용해 방사선이 유전자에 미치는 영향을 연구했다. 1944년경 뉴욕 컬럼비아 대학에 재직할 때는 미 정부에서 극비리에 진행 중이던 원자탄개발사업인 맨해튼 프로젝트Manhattan Project에 방사선생물학자로 참여하기도 했다. 1948년에 아이오와 대학교로 옮겨와 방사선 연구소를 만들었고 1975년 68세로 별세할 때까지 연구소 소장으로 재직하셨다. 현재 70여 년의 역사를 가진 Radiation Research Society의 창설위원으로 창설 총회를 아이오와 시티에서 개최했으며 방사선생물학계의 권위 있는 학술지인 〈Radiation Research〉도 창간하여 18년간 책임 편집인으로 수고하셨다. 아이오와 대학에서는 방사성 동위원소를 사용하는 핵의학을 시작하는 등 방사선생물학의 초석을 다졌다. 당시 방사선생물학의 메카와 같았던 아이오와 대학에서 그분의 대학원생이 된 것이 내게는 행운이었고, 나는 이를 큰 영광으로 생각한다. 그분의 도움이 없었더라면 '현재의 나'는 없었을 것이다.

나는 방사선생물학을 전공하기에는 생물학 쪽의 기초지식이 터무니없이 부족했기에 학부생들이 택하는 생물학 계열의 과목을 수강하기로 했다. 그 후 1년에 걸쳐서 인체 생물학, 유전학, 면역학, 내분비학 등의 강의를 들었다. 어떤 과목은 100~200명의 학부 학생들이 수강하고 있었는데 그들과 경쟁하면서 좋은 성적을 얻기란 엄청난 도전이었다. 그 당시의 강의 중에 '방사성 동위원소의 생물학적 사용'에서 배운 내용은 후에 내 연구에 큰 도움이 되었다. 앞

국비 원자력 유학생으로 아이오와 대학교 방사선연구소에 함께 유학 온 친구인
김재호 박사와 부인(오른쪽 첫번째와 두 번째). 2019년, 아이오와 유학
60주년 기념으로 라스베이거스에서 사흘간 함께 휴가를 보냈다.

서 소개했지만 방사선연구소에는 나와 같이 원자력 유학생으로 온
김재호가 있었다. 경북대학교 의과대학을 수석으로 졸업한 수재였
으니, 화학을 공부한 나보다 방사선생물학이 쉬운 것 같았고 결과
적으로 그의 도움을 많이 받았다. 김재호는 아이오와에서 박사학위
를 취득한 후 방사선 치료 전문의가 되었고 디트로이트에 있는 헨
리 포드 Henry Ford 병원의 방사선치료과 과장을 오랫동안 역임했다.
임상의로 환자를 돌보면서도 방사선생물학 연구를 은퇴할 때까지
계속했고 나와도 논문을 몇 편 공조했다.

갑상선 연구

목의 앞쪽에 딱딱하게 만져지는 갑상선은 우리 몸의 중요한 장기 중 하나다. 갑상선은 갑상선 호르몬을 만들어내고 저장하는 중요한 역할을 한다. 갑상선 호르몬은 우리 몸의 성장 과정에 필수적이며 체온 유지, 근육의 긴장과 강도, 심장박동 조절, 기타 호르몬의 생선 및 분비, 나아가 정서 상태 조절에까지 중요한 역할을 한다. 따라서 우리 몸속에는 적당한 양의 갑상선 호르몬이 유지되어야 하는데 갑상선에 이상이 생기면 갑상선 분비가 과다하거나 부족해져서 몸에 여러 가지 이상이 생긴다. 갑상선에 생기는 갑상선암은 다른 암과 달리 젊은이, 특히 여성에게 많이 생긴다. 갑상선 호르몬은 요오드Iodine가 많이 들어가 있는 물질인데 지도교수인 에번스 박사는 방사성 동위원소 요오드를 이용한 갑상선의 기능 상태를 진단하는 방법을 개발했고 아이오와 대학병원의 갑상선 기능 검사실장을 맡고 있었다.

임신 초기의 태아는 갑상선이 발달하기 전까지 모체의 갑상선 호르몬으로 성장한다. 에번스 교수는 태아가 자라는 과정에서 언제 갑상선이 형성되며 언제 갑상선 호르몬이 분비되는지를 연구하고 있었다. 그 당시에 낙태는 그리 어렵지 않아서 아이오와 의과대학 병원에서는 1년에 10건 이상의 낙태 수술이 이루어지고 있었다. 나는 에번스 교수와 같이 병원에서 보내온 태아의 갑상선을 조직학적·생화학적으로 조사하면서 태아의 갑상선 형성과 기능 발달을 성공적으로 규명해 그 결과 논문을 학술지에 발표했다. 이 논문이 내가 미국에 와서 발표한 첫 번째 논문이다.

박사학위 논문은 전신 방사선 조사가 갑상선 기능에 미치는 영향을 연구하는 것이었다. 전신이 방사선에 노출되면 몸의 대사가 변하고 따라서 대사와 직접 관계가 있는 갑상선 기능도 변할 것이라고 가정했다. 생쥐의 전신을 여러 가지 양의 방사선으로 조사한 후, 방사성 동위원소 I-131을 주입하여 갑상선에 집결되는 I-131의 양을 측정했다. 또 갑상선에 집결된 I-131이 갑상선 호르몬이 되어 갑상선에서 배출되는 속도를 측정했다. 나는 '전신 방사선 조사는 갑상선 호르몬 형성을 늦출 뿐만 아니라 이의 방출을 늦춘다'라는 결과를 얻었다. 이것으로 박사학위 논문을 쓰고 〈Radiation Research〉지에 발표했다. 그 당시 아이오와 대학교 대학원 규정에 따르면 박사 후보생은 박사과정 논문을 쓰기 전에 Comprehensive Examination이라는 예비시험을 통과해야 했다. 후보생의 전공뿐만 아니라 여러 분야에서 박사학위에 걸맞은 정도의 지식을 가졌는지를 테스트하는 과정이다. 내 전공은 방사선생물학이었지만 시험에는 생화학, 생물물리학Biophysics, 방사선물리학, 세포학 등 다양한 분야의 문제가 포함되어 있었다. 나는 이틀간의 필기시험을 보고 합격해 구두시험을 치렀다. 2시간이 넘도록 5명의 교수로부터 주어지는 다양한 질문에 대답해야 했다. 구두시험이 끝난 후, 방 바깥에서 결과를 기다리고 있었는데 약 10분 뒤 에번스 교수가 나와 웃는 얼굴로 손을 내밀며 "Congratulation!"이라고 축하해주셨다. 예비시험을 통과한 나는 정식으로 박사 후보생이 되었다. 그날 밤 몇몇 친구들이 찾아와 축하해주었다.

아내와의 재회

내가 미국에서 분투하는 사이, 아내는 결혼 후 친정에서 지냈다. 1주에 한 번 시댁인 우리 집에 들렀고, 후에 들은 것이지만, 우리 집에서는 식사 때 시아버지와 겸상하는 귀빈 대접을 받았다고 한다. 아내는 이화여자대학에서 석사 과정을 마친 다음 화학과 조교로 근무했다. 내가 귀국 대신 박사과정을 밟게 되자 아내도 미국으로 오기 위한 수속을 시작했다. 그리하여 아이오와 대학 의과대학 대학원 영양학과에서 입학 허가를 받았다. 그리고 그 당시의 필수 관문인 문교부의 유학생 자격시험과 미 대사관의 영어시험도 통과했다. 1961년 8월 하순, 아내가 미국에 온다며 시애틀을 거쳐 시카고에 도착하는 날짜와 시간을 항공우편으로 알려왔다. 아내가 시카고에 도착하기로 한 날 아침, 나는 아이오와 시티에서 출발해 아내의 도착 예정 시간 2시간 전부터 시카고 공항에서 기다렸다. 이윽고 아내가 타고 온다던 비행기가 도착했다. 두근거리는 가슴으로 기다리는데 어쩐 일인지 모든 탑승자가 나올 때까지 아내는 끝내 나타나지 않았다. 항공사에 문의해도 자기들도 모른다는 것이었다. 도착한 비행기 탑승자 명단에 아내 이름은 없다는 대답뿐이었다.

무척이나 답답하고 걱정됐지만 아이오와 시티로 돌아가는 수밖에 없었다. 그날 초저녁에 아내에게서 전화가 왔다. 비행기가 연착되는 바람에 예정보다 늦게 도착해 시애틀에서 비행기를 놓쳤고, 그래서 다음 날 아침 7시에 시카고 공항에 도착한다고 했다. 당시차도 없던 나는 아침 7시까지 시카고로 갈 방법이 없었다. 생각 끝에 항공사에 전화해서 '주재강이라는 동양 여자가 시애틀에서 오는 비행기로 아침 7시에 도착하면 그 사람을 시카고 힐튼 호텔에 투숙시켜달라'라고 부탁했다.

다음 날 아침 일찍 기차를 타고 시카고로 갔다. 힐튼 호텔을 찾아가 카운터에 주재강이라는 사람이 투숙해 있느냐고 물었더니 오전에 항공사 직원이 데려왔고, 방 번호는 2~뭐라고 했다. 나는 2층에 있는 객실인 줄 알고 계단을 뛰어올라갔더니, 객실은 없고 큰 회의장만 있었는데 벽에는 대형 케네디 John F. Kennedy 사진이 걸려 있었다. 며칠 전 민주당 전당대회가 열렸고 케네디가 대통령 후보로 추대된 장소였다. 나는 다시 카운터로 뛰어 내려가 방 번호를 물었는데 2층이 아니라 20층이었다. 엘리베이터로 20층에 올라가 알려준 방문을 두들겼다. 잠시 후 문이 열리고 아내가 그곳에 서 있었다. 결혼 2주 만에 헤어졌던 아내와의 2년 만의 재회였다. 나를 본 아내는 눈물을 흘리기 시작했다. 2년 만에 남편을 만난 기쁨과 미국의 낯선 호텔방에 홀로 갇혀 있다가 나를 만난 안도감 때문이었을 것이다.

아이오와 시티에서 우리는 작은 에피션시efficiency 아파트를 구해서 두 번째 신혼 생활을 시작했다. 요즘 말하는 원룸 아파트였다. 방에는 소파가 하나 있었는데 펼치면 침대가 되었다. 우리는 그 아파트에서 1년만 살고 학교가 마련한 학생 부부들이 사는 아파트촌으로 이사했다. 태평양 전쟁 중 군용으로 지은 임시 건물이지만 거실과 침실이 따로 분리된 제법 넓은 집이었다. 무엇보다 학교 건물이어서 월세가 싸고 난방은 무료였다.

아내의 석사 논문

아내는 의과대학 영양학과 대학원생이 되었고 유급 조교가 되었다. 나보다 2년 늦게 미국에 온 아내는 공부하는 데 도움이 필요했다. 나도 공부하느라 바빴지만, 가능한 한 아내의 가사일과 공부를 도우려고 노력했다. 그 당시 한국 정부는 부부가 함께 외국에 나가는 것을 허용하지 않았다. 한국에 돌아오지 않을 것을 염려했기 때문이다. 그런 제약 때문에 혹시 아내도 미국에 오게 될지 몰라 우리는 혼인신고를 하지 않았었다. 그래서 아내는 독신 유학생으로 유학 수속을 했고 F1 학생비자로 미국에 왔는데 이것이 화근이 되었다.

1963년 아내가 임신했을 때, 지도교수의 권고에 따라 1학기 동안 휴학하기로 하고 가을학기는 등록하지 않았다. 그랬더니 어느 날

네브래스카주 오마하시에 있는 이민국 직원이 나타나 아내의 여권을 몰수해갔다. 며칠 후 F1 학생비자 소지자가 학교에 다니고 있지 않으니 곧 미국을 떠나라는 통지가 날아왔다. 학생 가족에게 발부되는 F2 비자라면 학생이 공부하는 동안 함께 있을 수 있지만, 아내는 F1 비자 소지자이면서 학교에 등록을 안 했으니 미국을 떠나야 한다는 것이다. 난감한 노릇이었다. 다행히 아내의 지도교수가 나서주어서 문제가 해결되었다. 학교를 아주 그만둔 것이 아니고 임신 때문에 1학기 동안만 쉬는 것이라는 해명의 편지를 이민국에 보내준 것이다. 당시는 지금처럼 외국인 학생이 많지 않아 이민국은 모든 유학생의 동태를 알고 있었고, 심지어 어떤 한국 남녀 학생이 교제하고 있는지까지 파악하고 있었다.

이후에도 학교의 외국인 학생 담당자는 이민국에 일일이 보고를 했을 것이다. 아내는 그다음 학기에 등록하고 공부를 계속하여 1964년에 석사학위를 받았다. 석사 논문의 주제는 임신 중에 일어나는 칼슘의 신진대사에 대한 연구였다. 임신 말기가 되면 임신부의 소변 속 칼슘양이 현저히 감소하는데 그 원인은 자라나는 태아의 골격 형성에 칼슘이 쓰이기 때문이다. 아내는 또 김치 속의 비타민 C 함유량의 변화에 관해서도 연구했다. 김치가 숙성됨에 따라 비타민 C 함유량이 5배까지 증가했다가 김치가 시어 산성이 되면 그 양이 급속히 감소한다는 것을 밝혀내었다.

10장
아이오와 시티의 추억

유학생 생활

　　아이오와 시티에서 공부하던 시절은 지금처럼 이메일이나 휴대전화가 있었던 것도 아니어서 한국과의 연락은 주로 항공우편으로만 가능했다. 항공우편은 도착하기까지 보통 8~10일은 걸렸다. 미국과 한국 간의 전화는 해저케이블을 이용했고 전화국에 신청하면 수일 후에야 통화가 가능했다. 크리스마스 때에는 전화 사용자가 많아서 통화 신청을 하고 일주일은 기다려야 했다. 미국에서 공부하며 때때로 아버지, 어머니, 동생들 생각도 많이 났지만 나를 극진히 사랑해주신 할머니가 너무 그리웠다. 미국에 온 지 몇 개월 안 된 어느 날, 아버지의 편지로 할머니께서 돌아가셨다는 소식을 들었다. 나는 기숙사 방문을 잠그고 소리 내어 울었다. 낯선 외국에서 외롭게 지내던 내게 할머니의 소천 소식은 청천벽력과 같았다.

　　아이오와 시티에 도착해서 얼마 되지 않았을 때, 거리를 지나다 'Park'라고 쓰인 것을 보았다. Park는 공원이라고 알고 있었는데, 공원치고는 너무나 지저분한 곳에 차까지 몇 대 주차된 것이 보였다. 나중에 알고 보니 그곳은 내가 생각했던 공원이 아니라 주차장이었다. 이런 식의 해프닝은 적지 않다. 남자 기숙사 라운지 한구석에 '파우더 룸Powder Room'이라고 쓰인 곳이 있었는데, 뭐하는 곳일까 싶었다. 같이 있던 김재호와 나는 호기심이 발동해 들어가 보니 뜻밖에도 여자 화장실이었다. 지금은 한국도 화장실이라고 부르지만, 우리가 한국을 떠나올 때는 변소라고 불렀다. 요즘 한국에 가서 젊은이들에게 간혹 변소가 어디 있느냐고 물으면 우리 질문을 이해하지 못하는 경우가 많다. 1970년대까지도 미국의 드럭 스토어Drug Store는 약만 파는 곳이 아니었다. 햄버거 등 간단한 음식을 만들어 팔았고 아이스크림도 팔았다. 하루는 김재호와 함께 아이스크림을 사 먹으려고 학교 근처의 드럭 스토어에 갔다. 메뉴에 밀크셰이크라는 것이 있어서 호기심에 주문했더니 큰 스테인리스 용기에 아이스크림과 우유를 섞은 것을 주었다. 하도 양이 많아서 우리는 반도 못 먹었다.

1960년대 대부분의 미국대학 건물에는 냉방시설이 안 되어 있었고, 일반 가정이나 우리가 살던 아파트도 마찬가지였다. 무더운 여름밤에는 친구들과 함께 냉방시설을 갖춘 영화관에 가서 피서하곤 했다. 아이오와 시티의 처음 1년은 대학기숙사에서 김재호와 같은 방에서 생활했다. 그다음 1년은 마이클 김이라는 한국 학생과 김재호와 나, 셋이서 아파트를 얻어 자취했다. 두 사람은 요리에 매우 서툴렀다. 반면, 나는 서곡국민학교 교사를 할 때 숙직실에서 자취

1961년 자취하던 시절. 오른쪽부터 김재호, 저자 그리고 마이크 김

했고, 부산에서 서울대학교에 다닐 때 수 개월간 자취를 했으므로 그들에 비해 음식 만드는 것에 익숙했다. 김재호는 국수는 잘 만들어 우리는 국수 먹을 기회가 많았다. 그 당시 아이오와 시티에서는 한국 식재료를 구할 수 없었고, 간장은 식료품점에서 팔던 중국 간장을 사 먹어야 했다. 한번은 시카고에 있던 일본 식료품점에 일본 기코망 간장을 주문했더니 운송료가 간장 가격보다 더 비쌌다. 배추도 구할 수 없어서 양배추를 가지고 가끔 김치를 담가 먹었다. 독일 음식 중에 양배추를 잘게 썰어서 김치처럼 발효시킨 사우어크라우트가 있었는데 우리는 그것에 파와 마늘, 고춧가루를 섞어 버무려서 김치 대신 먹기도 했다.

1961년에 아내가 오기 전까지, 아이오와 시티에는 열댓 명의 한국 학생들이 있었는데 여학생도 두 명 있었다. 아내가 옴으로써 처음으로 아이오와 시티에 한국인 부부가 생겼고, 주말이면 많은 한국 학생들이 우리 집에 몰려와 불고기를 굽고 김치를 먹으며 이국

아이오와에서 만난 사람들. 앞줄 오른쪽부터 윤후정(후에 이화여대 총장 역임),
Mrs. R Young(이화여대 영어회화 교수), 하애자(후에 추계예술대학교 교수 역임),
조종호(후에 이화여대 교수 역임). 뒷줄은 저자와 아내

땅에서의 외로움을 달랬다. 요즘은 전기밥솥도 있고, 한국산 라면
과 냉동식품 등을 비롯한 한식 식재료를 구하기도 쉬워서 유학생
들이 별 어려움 없이 생활할 수 있지만, 그 당시 공부하느라 정신없
던 유학생들은 세 끼 식사를 해결하기가 그리 쉽지 않았다.

도둑맞은 음반

하루는 학교에서 돌아와 보니 아파트 문이 훤히 열려
있고 아파트 내의 분위기가 어쩐지 이상했다. 살펴보니 책상 위에
쌓여 있던 50여 장의 음반이 안 보였다. 미국에 도착해서부터 차곡
차곡 사 모았던 나의 애장품, 스테레오 음반들이었다.

1948년에 LP 음반이 나오면서 종전의 SP 음반을 대치하기 시작했다. 한국은 1950년 초에 KBS가 LP 음반을 사용하기 시작했다. 1958년에 스테레오Stereo 음반이 나왔는데 내가 미국에 온 1959년까지도 서울에는 볼 수가 없었다. 아이오와 시티에 도착해서 처음 스테레오 음반을 본 나는 당장 콜롬비아 레코드사 회원이 되어 한 달에 두 장씩 수집하기 시작했다. 50장의 음반은 그렇게 모은 것이었다. 6·25 전쟁 중에 원산 벼룩시장에서 산 SP 음반, 차이콥스키의 비창을 청평 농가의 부엌 아궁이에 버렸던 것이 내내 아쉬웠던 나는 그 곡의 스테레오 음반도 사두었는데 다른 음반 50여 장과 함께 또 잃어버리고 말았다. 스테레오 음반 플레이어가 없었기 때문에 한 번도 들어보지 못하고 그저 애지중지 수집만 해둔 것들이었다. 경찰에 도난 신고를 했지만, 소용없는 노릇이었다. 그 후 나는 다시 음반을 열심히 모아 도난당한 것들을 대체했다.

그로부터 9년이 지난 1970년, 버지니아주 리치먼드의 의과대학에서 일하고 있을 때 뜻밖에도 아이오와의 감리교회 목사님으로부터 항공우편이 날아왔다. 편지 내용인즉, 한 남자가 찾아와 과거의 죄를 고백했는데 그중 하나가 송창원의 아파트에 침입해서 음반을 훔친 것으로, 그 죗값을 갚고 싶어 한다고 했다. 그러니 어떻게 갚으면 좋은지 알려달라고 했다. 도난당했을 때는 무척 분개했지만 훔쳐 간 이가 9년간 양심의 가책에 시달리다 결국 회개하고 대가를 보상하겠다고 나섰다는 소식은 감동적이었다. 뭐라고 대답해야 할지 몰라 답장을 미루고 있었더니 다시 편지가 왔다. 내가 원하는 처벌을 알려달라는 독촉 편지였다. 그래서 나는 잃어버린 음반은 다 대체되었으니 음반을 돌려줄 필요는 없고, 다만 그가 회개하고 용서받았다는 마음의 평화를 갖도록 100달러만 보내달라는 내용으로 답신을 했다. 도둑맞은 음반들을 다시 사려면 적어도 400달러는 필요했을 터였다. 며칠 후 목사의 이름으로 된 100달러 수표가 도착했다.

음반을 도둑맞은 후 나는 다시 열심히 음반을 사 모았다. 새로 산 음반을 감상하기 위해서는 턴테이블과 앰프 외에도 스피커가 필요했다. 턴테이블과 스피커는 적당한 가격의 것을 샀지만 앰프는 내 손으로 만들기로 했다. 중학생 시절 광석수신기를 만들어 방송을 들었고, 진공관 라디오를 만들어보고 싶다는 꿈을 꾸었었다. 원산 벼룩시장에서 진공관 라디오 제작서를 샀다가 청평에서 SP 음반과 함께 버린 적이 있었기에, 그때 이루지 못한 꿈을 위해 진공관이 들어가는 앰프를 손수 만들어보기로 했다. 다행히 그것을 만드는 데 필요한 설계도와 부품 일체가 들어 있는 세트가 판매되고 있었다. 나는 그것을 구매해 다소 시간 여유가 있던 여름방학 때 3일간에 걸쳐 작업했다. 각 부품과 3개의 진공관을 연결하는 데는 무려 200여 곳의 납땜이 필요했다. 사흘 동안 땀을 뻘뻘 흘리면서 드디어 조립을 마쳤다. 내 손으로 만든 앰프가 과연 제대로 작동할 것인가, 궁금해하며 긴장된 마음으로 스위치를 누르는 순간 스피커에서 은은한 음악이 흘러나오기 시작했다. 나는 몹시 흥분했고 감격했다. 3일간을 끙끙대며 그 일에 매달려 있던 나를 옆에서 지켜본 아내도 음악 소리가 나오자 좋아하며 내 솜씨를 칭찬했다. 그때의 감격스러운 기억은 지금도 생생하다. 내가 만든 소중한 앰프는 그 후 20년간 아름다운 음악을 들려주었다.

첫딸 페기가 태어나다

1964년 1월 8일, 우리 부부의 첫 아이 페기Peggy가 태어났다.

1월 7일 밤, 산기가 시작돼 아내를 차에 태우고 대학병원으로 향했다. 그리 춥지는 않았지만 함박눈이 쏟아져 내리고 있었다. 평상시라면 15분이면 도착할 수 있는 곳인데 그날 밤은 눈 때문에 병원 부근까지 가는 데만 30분이 걸렸다. 그런데 자동차 바퀴에 이상이 생긴 것 같았다. 나가 보니 뒷바퀴 하나가 완전히 바람이 빠져 있었다. 급한 길에 별 도리가 없어서 그냥 그 차를 끌고 눈 속을 헤치며 달려서 병원에 도착했다. 12시 못 미쳐서 병원에 도착했지만 아이는 아침 6시쯤에서나 첫울음을 터뜨렸다. 신생아답지 않게 까만 머리가 제법 자란 튼튼한 여아였다. 출생신고를 하는데 부모는 한국인이지만 아이는 '미국 땅에서 태어났으니 미국인'이라는 말을 들으니 좀 억울한 마음이 들었다. 왠지 한국 사람인 내 아이를 미국에 빼앗긴다는 느낌이랄까. 아이의 한국 이름은 송은영으로, 영어 이름은 아내의 지도교수 애칭을 따라 페기Peggy(본명은 Margaret)로 지었다. 지금은 두 딸의 엄마인 페기는 샌프란시스코에서 변호사로 일하고 있다.

감격의 졸업식

　　1964년 5월 말, 아내와 나는 각각 석사와 박사학위를 받으며 같이 졸업했다. 학부와 대학원의 합동 졸업식에는 3,000명이 넘는 가족들이 참석했다. 박사학위를 받는 졸업생들은 한 명씩 강단에 올라가 총장으로부터 박사학위 증명서를 받았다. 나도 방사선생물학 전공으로 박사학위 증명서를 받았다. 우리가 아이오와 대학에서 학업을 마칠 수 있었던 것은 많은 사람의 도움이 있어서 가능했는데 그중에서도 나의 지도교수 타이터스 에반즈 박사와 아내의 지도교수 마가렛 올슨Margaret Oleson 박사의 도움이 컸다. 서울에 계신 아버지로부터 우리의 졸업을 축하한다는 편지도 도착했다. 진심으로 기뻐하시는 아버지의 마음속을 읽을 수 있는 편지였다. 할아버지가 한학을 하셨던 분이라 그런지 아버지는 학문에 대한 이해가 깊으셨고, 나의 학문에 대한 열정을 누구보다 더 잘 이해하고 뒷바라지하며 격려해주신 분이다.

1964년 5월. 아이오와 대학에서 나는
박사학위를, 아내는 석사학위를 받았다.
그때 페기는 생후 5개월이었다.

아이오와를 떠나며

　　　　졸업을 몇 달 앞두고, 나는 한국에 돌아갈지 아니면 미
국에 머물 것인지를 고민하기 시작했다. 원자력 유학생으로 장학금
을 받고 왔지만, 미국에 온 지 얼마 안 되어 4·19 혁명으로 이승만
정권이 무너졌고, 그 후 새로 들어선 한국 정부는 원자력에 관심이
많지 않아서 우리 원자력 유학생들과도 연락이 거의 끊기다시피
한 상황이었다. 그래도 원자력 연구소에 문의해보니 내가 돌아가도
일할 자리는 없을 것 같았다. 서울대학교 화학과 은사이신 이종진
교수님, 장세헌 교수님 그리고 고려대학의 한만운 교수님께 편지로
졸업 후의 진로에 대해 여쭈었다. 다들 가능하면 미국에 머물러서
더 공부하고 일하는 것이 좋지 않겠느냐 하셨다. 반드시 한국에 돌
아와서 일하는 것만이 애국은 아니라고, 미국에서 일하면서 학문적

업적을 남기는 것도 애국의 길이 아니겠느냐는 말씀이셨다. 그분들의 말씀이 옳았다. 그 당시 한국의 개인소득은 1년에 100달러 정도였다. 그렇게 빈곤한 경제 상황에서 연구비 마련은 턱없이 어려울 테니, 미국에서 미국의 연구비로 내가 하고 싶은 연구를 하면 좋지 않겠는가 하는 생각이 들었다.

나는 당분간이라도 더 머물기로 하고 직장을 알아보았다. 네브래스카 대학과 루이지애나 대학에서 채용 제의를 받았고, 필라델피아의 아인슈타인 메디컬센터Einstein Medical Center에서도 채용하겠다는 답을 받았다. 여태껏 아이오와의 시골 한가운데 있는, 인구 3만의 아이오와 시티에서 공부했으니 이번에는 큰 도시에서 살아보고 싶었던 나는 아인슈타인 메디컬센터의 제의를 받아들였다. 그 당시는 이민법이 지금보다 훨씬 더 엄격해서, 네브래스카에 있던 이민국의 허가 없이는 직장을 구했다 해도 아이오와 시티를 떠나면 안 되었다. 아인슈타인 메디컬센터에서 나를 고용한다는 증명서와 동시에 내가 할 일이 미국에 유익한 것이라는 설명서를 제출한 후에야 필라델피아로 가도 좋다는 허가를 받았다.

그동안 50달러에 사서 쓰고 있던 닷지Dodge 고물 자동차를 친구에게 거저 주고 크라이슬러에서 만든 스테이션 왜건Station Wagon을 600달러에 구매했다. 스테이션 왜건은 요즘의 SUV와 유사하다. 나는 뒷좌석에 옷과 책 등의 짐을 가득 싣고, 6개월 된 딸 페기를 안은 아내를 옆자리에 태워 그동안 정든 아이오와 시티를 떠났다. 5년 전에 불안하기 그지없는 마음으로 태평양을 건너와 정착한 곳,

아내와 장래를 꿈꾸며 함께 공부한 곳, 또 첫째 아이 페기가 태어난 곳인 아이오와 시티를 떠나면서 나는 감개무량했다. 시카고를 지나 오하이오 턴파이크Turnpike(유료고속도로)와 펜실베이니아 유료도로를 달려서 3일 후 우리는 필라델피아에 도착했다. 모텔에 묵으면서 아파트를 물색하다가 다행히 직장인 아인슈타인 메디컬센터와 가까운 곳에 아담하고 깨끗한, 침실 두 개짜리 아파트를 구했다.

제4부

과학자 송창원

11장

필라델피아의
아인슈타인 메디컬센터

방사선이 피부혈관에 미치는 영향 연구

필라델피아에 도착한 후 바로 아인슈타인 메디컬센터에 연락해놓고, 새로운 환경에 적응할 준비를 하면서 일주일을 보냈다. 아인슈타인 메디컬센터, 콜만 연구소Collman Research Institute의 피부연구실Experimental Dermatology Laboratory이 내가 일할 곳이다. 그곳의 책임자는 조셉 타바치닉 Joseph Tabachnick 박사였다. 50대의 러시아계 유대인으로 버클리 대학University of California, Berkeley에서 생화학 전공으로 박사학위를 받은 분으로 백색 기니피그guinea pig를 이용해 방사선 조사가 피부에 미치는 영향을 연구하고 있었다. 기니피그는 쥐보다 약간 크며 몸길이가 약 20~25센티미터 되는 순한 애완용 동물인데 실험에도 쓰였다. 타바치닉 박사는 기니피그의 피부에 방사선을 쪼이면 피부에 가수분해효소hydrolase가 많이 증가하는 것을 관찰했는데, 내게 어떻게 해서 이런 현상이 관찰되는지 밝히라는 연구 과제를 주었다.

우리 몸속의 혈액은 혈관을 타고 전신을 돈다. 혈액 속 영양분이

나 산소는 신체의 여러 장기, 예를 들면 피부의 혈관을 빠져나와 피부 세포에 도달해 세포가 생존하는 데 쓰인다. 혈액에는 영양분만 있는 것이 아니라 적혈구, 백혈구, 기타 크기가 큰 물질도 많은데 이들은 평상시에는 혈관 벽을 통과하지 못한다. 비유하자면 평상시 혈관 벽에 좁쌀 같은 작은 물질이나 통과할 만한 구멍이 있다면 그보다 큰 물질은 통과할 수가 없다. 그러나 혈관 벽이 손상돼 콩알도 통과할 만한 큰 구멍이 생겼다면 어찌 될까. 평상시라면 불가능했을 큰 물질도 혈관 벽을 통과할 수 있게 된다. 즉 혈관을 빠져나가는 것이다. 혈액 속에 있는 가수분해효소는 평상시 혈관 벽을 투과하지 못하는 큰 단백질이다. 나는 피부가 방사선에 조사되면, 피부의 혈관 벽이 손상돼 가수분해효소가 통과할 수 있는 구멍이 생기고, 그래서 효소가 피부로 새어 나오는 것이 아닌가 생각했다. 나는 여러 가지 크기의 물질을 혈액에 주입하고 혈관 벽을 통과해 피부로 스며 나오는 물질들의 양을 측정함으로써 피부 혈관의 투과성을 측정하는 방법을 고안했다.

이 방법으로 방사선 조사는 혈관 벽의 투과성을 현저히 증가시킨다는 사실을 밝혀냈으며, 방사선에 조사된 피부 속에 혈중에만 존재하는 가수분해효소가 증가하는 이유는 혈관 벽의 투과성이 증가했기 때문이라는 결론을 내렸다. 그때까지는 방사선을 조사한 혈관을 현미경으로 관찰하여 '방사선은 혈관에 상해를 입힌다'라는 것은 보고되어 있었으나 방사선 조사로 혈관의 투과성이 증가하는 것을 나처럼 정량적으로 측정한 보고는 없었다. 나는 곧 실험 결과를 정리해 〈Radiation Research〉 지에 발표했다. 이렇게 해서 방사선이 생체 혈관에 미치는 영향에 관한 연구의 첫발을 내딛었다. 그로부터 이 분야는 50년이 넘도록 일생을 걸고 매달린 주제가 되었다.

논문을 쓰면서, 영어로 논문을 쓴다는 것이 새삼 얼마나 어려운 작업인지를 절감했다. 더욱이 내 상관인 타바치닉 박사는 누가 실험을 했든 간에 논문을 쓴 사람이 제1저자가 되어야 한다고 했다. 그 말은 내 아이디어로 실험을 진행해서 결과를 얻었어도 자기가 논문을 쓰면 자기가 제1저자라는 말이다. 이제 나는 영어로 논문 쓰는 방법을 공부해야 했다. 그래서 논문 쓰는 방법에 관한 책들을 사서 공부했고, 밤마다 실험실에 나와 실험을 계속하면서도 영어 공부를 내려놓지 않았다. 외국어, 특히 영어로 이루어진 현대과학을 한국어로 배우고 한국어를 사용하며 연구하는 한국 과학자가 영어로 과학 논문을 쓰는 과정은 당연히 험난하다. 그렇다고 영어가 모국어인 미국인들 모두가 영어로 논문을 잘 쓰는 건 아니다. 후에 미네소타 대학에 근무할 때의 일인데, 모 유명 대학에서 박사학위를 받고 내 연구실 연구원으로 온 미국인 C 박사는 논문 쓰는 것이 몹시 서툴렀다. 그래서 내가 갖고 있던 논문 작성법에 관한 책들을 읽어보라고 주었더니 아주 불쾌해했다. '한국인이 감히 영어가 모국어인 내게 그런 책을 읽으라는 것이냐'라고 생각한 것이 분명했다. 하지만 얼마 후 C 박사는 그 책들을 돌려주면서 책을 빌려줘 감사했다면서 배울 것이 많아 자기도 주문했다고 했다. 나는 그의 논문 작성 능력이 현저히 향상된 것을 알았다. 그는 그 후 모 제약

회사 사장이 되었다.

피부 줄기세포의 DNA 합성연구

인간의 몸을 감싸고 있는 피부는 몸의 수분과 체온을 유지하며 외부 유해물질의 침투를 막고 태양광 속의 해로운 자외선으로부터 보호하는 중요한 역할을 한다. 인간의 피부 두께는 나이와 신체 부위에 따라 많은 차이가 있지만 평균적으로 1.2밀리미터 정도밖에 안 된다. 피부의 제일 상부층을 표피층이라 부르는데 표피층 세포는 계속 노화돼 피부로부터 떨어져 나간다. 이들 세포를 대체하기 위해 표피층 최하부에 있는 세포들은 일종의 줄기세포 역할을 하며 세포 분열해 새로운 세포를 만든다. 평상시에는 피부 표면에서 떨어져 나가는 세포와 줄기세포가 분열해 새로 만든 세포의 수가 같아서 피부 두께가 일정하게 유지된다. 줄기세포 하나가 분열하여 두 개의 세포가 되려면 세포 분열 전에 DNA의 양이 두 배로 합성되어야 한다. 피부가 방사선에 조사되면 많은 피부 세포들이 죽게 되는데, 그러면 죽은 세포를 대치하고 상해를 회복하려고 피부 줄기세포들의 세포분열 속도가 빨라진다.

나는 피부 줄기세포의 분열이 빨라졌을 때 DNA의 합성 속도는 어떻게 변하는지가 궁금했다. 그때까지 체내 세포 속의 DNA 합성 속도를 측정하는 방법은 알려진 것이 없었다. 나는 DNA 합성에 필수적인 물질들이 DNA 속에 축적되는 양을 시간별로 측정함으로써 합성 속도를 측정하는 방법을 고안했다. 이 방법을 사용해서 기니피그 피부 줄기세포의 DNA 합성 기간을 측정했더니 약 8시간이었다. 이후, 기니피그의 피부를 방사선으로 조사하여 줄기세포의 분열이 8~10일에서 2~3일로 빨라졌을 때도 DNA의 합성 속도가 여전히 8시간을 유지하는 것을 관찰했다. '피부가 방사선에 조사되면 피부 줄기세포 분열 주기는 빨라지지만, 줄기세포의 DNA의 합성 속도는 변화가 없다'라는 결과를 〈네이처Nature〉 지에 투고했더니 곧바로 실어주었다(Epidermal Cell Population Kinetics in Albino Guinea-pig skin, Chang Won Song & Joseph Tabachnick, Nature, Volume 217, Pages 650-651, 1968). 아마도 체내 세포의 DNA 합성 속도 측정법을 최초로 제시했고, 성장하고 분열하고 사멸하는 세포 주기 연구에 큰 도움이 되는 결과를 보여주었기에 그렇게 콧대 높은 잡지가 군말 없이 게재해준 것 같았다.

〈네이처〉 지는 특정 분야의 연구논문만 게재하는 전문 잡지가 아니라 전 세계의 다양한 과학 분야에서 매주 가장 주목받는 중요한 연구를 채택해 싣는 주간 종합과학 잡지다. 수많은 분야에서 다양한 논문들이 앞 다투어 투고되고 선별되므로 게재되기가 무척 어렵다. 평생 연구에 몰두했어도 〈네이처〉에 논문 한 편 실리기 어려운 것이 현실이다. 한때는 한국에서 제출된 논문이 〈네이처〉에 실리면 일간신문에 보도되기도 했을 정도다. 내 논문이 단번에 〈네이처〉 지에 발표되자 연구소 소장도 축하전화를 했다. 논문에는 저자들과 소속기관의 이름이 함께 들어가기 때문에 연구소 평판이 좋아질 수 있는 계기도 되니 소장도 기뻤던 것 같다. 영국 런던 대학의 마틴 브라운Martin Brown이라는 사람에게서 편지가 왔는데 자신은 방사선이 피부세포에 미치는 영향을 생쥐의 귀 피부를 이용해 연구 중인데 내 연구 결과가 큰 도움이 될 것이라는 내용이었다. 후에 스탠퍼드 대학교 방사선생물학 교수가 된 그는 60년이 지난 지금까지도 나와 학문적 친구로 교류하고 있다. 다만 그와는 학문적인 문제로 자주 충돌했다. 후에 언급하겠지만 현재도 고선량의 방사선으로 암을 치료할 때의 생물학적 기전에 대한 이론으로 그와 일전을 벌이고 있다.

얼마 전 서울에 갔을 때, 독일에 있던 한국분이 1969년에 〈네이처〉 지에 논문을 발표했는데 그 논문이 〈네이처〉 지에 게재된 한국인 최초의 논문이라고 이야기하는 것을 들었다. 내 논문이 실린 것이 1968년이니, 한국에서 들은 이야기가 맞는 것이라면, 그보다 1년 앞선 내 논문이 한국인 최초의 사례가 아닌가 생각된다.

필라델피아에서의 추억

밤낮으로 공부에 매달렸고, 그런 한편으로 학위를 받을 수 있을까 하는 불안에 시달리던 아이오와에서의 생활과는 달리, 필라델피아에서의 삶은 정신적으로 여유로웠고 하고 싶은 연구를 마음껏 할 수 있는 시간이었다. 필라델피아는 아이오와하고는 사뭇 다른 곳이다. 아이오와의 주민은 대부분이 독일이나 북유럽에서 이주해온 백인이지만, 필라델피아는 여러 나라에서 이민 온 다양한 사람들과 흑인들이 많은 도시다. 이탈리아계 후손이 많아서 큰 이탈리안 상점에 이탈리아 음식점도 많았다. 독일계도 많이 살아서 저먼타운German Town도 있었다. 미국 독립전쟁 때 많은 독일인이 영국 용병으로 건너와 조지 워싱턴이 이끄는 독립군에 대항해 싸웠고, 독립전쟁 후에 정착하여 살아온 곳이 저먼타운이다. 그런가 하면 중국인도 제법 많아서 시내 한가운데 차이나타운이 있다. 그 당시에는 한국 식료품점이 아직 없을 때여서 우리는 차이나타운에 가서 식료품을 구매했다.

폭설이 내렸던 어느 겨울날, 필라델피아는 이틀간 교통이 마비돼 버스 운행도 멈췄다. 이틀을 집에 갇혔다가 저녁때 바람을 쐬려고 자동차에 가족을 태우고 시내에 나갔다. 신호등이 바뀌기를 기다리며 모퉁이에 정차해 있는데 백인 할머니 한 분이 자동차 창문을 두드리는 것이었다. 창을 내리고 왜 그러시냐고 물으니, 이틀 전 친구 집에 놀러갔다가 눈에 갇혀서 이제야 집에 가는 참인데, 버스가 복잡하니 자기 집까지 데려다줄 수 있겠느냐는 부탁이었다. 그러마고 할머니를 태우고 출발하니 할머니는 불쑥 네 세탁소는 어디에 있냐고 물었다. 무슨 말인지 알아듣지 못해서 "익스큐즈 미?" 하고 반문했더니 재차 너의 세탁소가 어디에 있느냐는 질문이다. 미 대륙에 철도가 건설될 때 철도 노동자로 온 중국인의 후예는 세탁소를 많이 운영했는데, 필라델피아에서도 대부분의 세탁소는 중국인들 것이었다. 그래서 그 할머니도 내가 중국인 세탁소 주인인 줄 알았던 것이다.

필라델피아는 미국에서 제일 오래된 주요 도시의 하나며 1776년에 미국 독립선언을 한 곳으로 독립기념관이 이곳에 있다. 그 외에도 역사적으로 유서 깊은 곳들이 많다. 미국의 수도는 독립선언 직후 잠깐 동안은 뉴욕시였다가 그 후 워싱턴 DC로 결정되었지만 정부와 의회 건물이 다 세워질 때까지 10년간은 필라델피아가 임시수도였다. 또한 필라델피아는 문화적으로도 다른 대도시에 비해 손색없다. 유명한 필라델피아 심포니 오케스트라와 어디에도 뒤지지 않는 웅대한 미술관이 있는 도시다. 듀폰 가족이 만든 유명한 정원인 롱우드 가든Longwood Garden과 조지 워싱턴이 이끌던 미국 독립군이 영국군과 일전을 벌였던 밸리 포지Valley Forge라는 넓은 공원이 있다. 게다가 의과대학이 다섯 곳(Univ. of Pennsylvania, Jefferson Medical School, Hahnemann Medical School, Temple University Medical School, Women's Medical School)이나 있는, 그야말로 미국의 메디컬센터다.

내가 1964년에 필라델피아에 왔을 때는 한국인이 200~300명도 안 되었다. 대개가 학생이거나 유학을 마치고 직장 생활을 하는 사람들이었고 연수차 온 의사 몇 명이 있었다. 내가 근무하는 아인슈타인 메디컬센터에는 한국인 의사가 2~3명, 한국인 간호사가 7명이 있었다. 나와 아내는 그들이 느꼈을 이국에서의 외로움을 위로해주고 싶었다. 그래서 자주 집에 초대해 식사를 함께했고, 북쪽의 포코노Pocono로 캠핑하러 다녔고, 애틀랜틱시티 쪽 바다로 낚시도 다녔다.

한국 여간호사 한 명이 사망했을 때는 병원에서 비용을 댈 테니 장례식 절차는 내가 주관해달라는 부탁도 받았다. 그래서 한인들이 모여 장례식을 치르고 필라델피아 교외의 묘지에 안장하기까지의 과정을 챙겼었다. 또 내가 자동차 운전을 가르쳐 운전면허를 받은 사람이 자그마치 8명이다. 이렇게 지내다 보니 필라델피아의 교민들 사이에서 '명예영사'라는 별명을 얻었다. 그때 춘천중학교 1년 선배인 유병팔 박사를 만났는데, 펜실베이니아 여자의과대학의 생리학과 조교수로 계셨다. 한국인이 많지 않던 시기에 이국땅에서 나와 같이 의학 연구에 종사하는 선배를 만나니 몹시 반가웠다. 선배는 후에 텍사스 주립대학교 생리학 교수로 재직하면서 인간 노화 현상의 세계적인 권위자가 되었다. 앞에서 6·25 때 내가 학도병으로 있던 7연대 정훈부대가 한만韓滿국경까지 진격했다가 그 부대에 있던 여고생 다섯 명 중 세 명은 돌아오지 못했다는 얘기를 한적이 있다. 그 세 명 중 한 사람이 유병팔 박사의 누이동생이다. 서울대 화학과 동기인 김동환 박사도 필라델피아 교외에 살고 있어서 자주 만났다. 그는 제약회사에서 근무하다가 후에 포항공대 교수로 오랫동안 재직했고 현재는 은퇴하여 플로리다에 살고 있다.

1967년에 발효된 새로운 이민법에 따라, 필라델피아에도 한국 이민자가 많아졌고 한인교회도 생겼다. 1968년 필라델피아에 처음 한인교회가 창립될 때는 나도 힘을 보탰다. 교회가 만들어지기까지

1969년 필라델피아에서. 왼쪽 아이가 페기(5세)이고
오른쪽이 타이터스(4세)다.

는 뉴저지에 거주하던 현봉학 박사가 이끌던 성경공부반이 모태가
되었다. 현봉학 박사는 영화 〈국제시장〉에 나오듯이, 6·25 전쟁 때
함흥철수작전에서 알먼드 미 10군단장에게 부탁하여 98,000명의
피난민을 미 군함에 싣고 부산까지 올 수 있게 한 분이다. 교회 창
립 멤버에는 현봉학 박사, 연세대학교 의과대학 출신으로 템플대학
교 의과대학에 계시던 백운기 박사와 갈성철 박사, 그리고 펜실베
이니아 대학교의 정치학 교수 이정식 박사가 있다. 나는 초창기에
교회 재정 책임을 맡았다. 펜실베이니아 대학 근처의 태버나클 교
회Tabernacle Church를 빌려 주일 오후마다 예배를 드렸는데 교회 이름
은 태버나클 한인 연합교회로 지었다. 창립 예배 설교는 당시 프린

스턴 신학교에 유학 중이던 박조준 목사님(후에 영락교회 당회장)께서 해주셨다. 처음에는 70~80명 정도의 신자가 모였는데 후에는 신도 수가 1,000여 명이 넘는 교회로 성장했다.

　나의 둘째 아우 상원이는 펜실베이니아 대학병원 병리과 레지던트가 되어서 우리 집과 가까운 곳에 살았는데, 외국에서 형제가 가까이 살면서 서로 의지할 수 있으니 여러 모로 좋았다. 우리는 필라델피아에서 둘째 아이 영진이를 얻었다. 아이의 영어 이름은 아이오와의 지도교수였던 타이터스 에번스Titus Evans 교수님의 이름을 따라 타이터스라고 지었다. 타이터스가 태어나고 6개월쯤 되었을 때 우리 집 길 건너에 살던 한국분이 우리 아이들을 봐줄 수 있다고 해서, 아내는 템플 대학Temple University 병원의 내분비학과에 연구원으로 취직했다. 오랫동안의 연구 경험을 살리고 보수도 괜찮아서 취직하기로 했지만, 두 어린아이가 있는 주부로서 직장 생활을 한다는 것은 결코 쉽지 않았다. 그러나 아내는 연구실 생활에 매우 만족해했고 1969년에 리치먼드로 이사할 때까지 직장에 다녔다. 후에 미네소타에 가서는 노만데일 주니어 칼리지Normandale Junior College 의 화학과에서 1년간 학생들 실험 감독을 하고 미네소타 대학병원의 내과연구실에서 10년간 연구원으로 일했다. 그 후에는 오랫동안 영어를 못하는 한국 노인들의 통역을 했다. 외향적 성격의 아내는 바깥에서 직장 생활을 하는 것을 좋아했다.

12장
리치먼드의 MCV

버지니아 의과대학으로 옮기다

아인슈타인 메디컬센터에서의 연구는 순조로웠다. 방사선 조사가 혈관에 미치는 영향에 관한 연구와 내가 독자적으로 시작한 세포 주기 연구 등도 잘 진행되었다. 그러나 나는 더 큰 곳에 가서 과학인으로의 꿈을 이루고 싶었다. 가능하면 대학에서 강의도 하며 학생들과 어울려 연구하기를 바랐다. 그러던 중 1969년 봄에 버지니아 의과대학Medical College of Virginia(MCV) 방사선과에 방사선생물학 교수 자리가 있으니 와서 면접하고 세미나를 해달라는 요청을 받았다.

초청을 수락하긴 했는데 걱정이었다. 학회 등에서 15분가량의 짧은 연구 발표는 몇 번 해보았지만, 한 시간 동안이나, 그것도 취직을 위한 세미나를 영어로 진행한다는 것은 상당한 압박이다. 나는 원고를 작성하고 그것을 모두 외워 아내 앞에서 강의 연습을 몇 번 했다. 약속된 날 아침 MCV의 방사선과를 찾아갔다. 면접을 마치고 세미나 시간이 되어 30~40명이 기다리고 있는 방으로 안내되었다.

좀 떨렸지만 의연하려고 노력했다. 여기서 발표하는, 방사선이 혈관에 미치는 영향에 관해서는 내가 세상에서 제일 잘 알고 있고 여기에 있는 사람들보다 훨씬 많이 알고 있으니 겁내지 말라고 나 자신에게 타이르며 강의를 시작했다. 방사선 치료부의 책임자는 시모어 허버트 레빗Seymour Herbert Levitt 교수였다. 그는 신장암이 방사선 치료가 잘 안 되는 이유는 혈관 기능이 좋지 않아 혈액 순환이 더디고 산소 공급이 부족해져 방사선에 대한 암세포의 저항성이 높아지기 때문이라고 생각했다.

세미나는 성공적인 것 같았다. 레빗 교수는 나의 피부 혈관에 대한 연구 경험을 바탕으로 암의 혈관 연구를 할 수 있겠냐고 물었고 나는 가능하다고 자신 있게 대답했다. 3일 후 그는 전화를 걸어와 나를 조교수로 채용하고 싶다며 과분한 연봉도 제시했다. 사임 의사를 전하니 아인슈타인 메디컬센터는 연봉 인상 등을 제안하며 나의 사직을 만류하였다. 여러 가지로 고민되기는 했다. 동생과 서로 의지하고 살다가 헤어져야 하는 것도 매우 아쉬웠다. 하지만 나는 장래를 위해 5년간 살면서 정든 필라델피아를 떠나 리치먼드시의 버지니아 의과대학으로 가기로 결심했다.

1969년 여름, 나는 MCV의 방사선생물학 조교수로 임명받고 버지니아주의 리치먼드시로 이사했다. 리치먼드시는 수도인 워싱턴 DC에서 약 100마일 남쪽에 있는 작은 도시다. 그러나 한때 미국 남부에서는 가장 중요한 도시였으며 1775년에 패트릭 헨리Patrick Henry 가 '자유가 아니면 죽음을 달라'라고 외친 곳이다. 이 유명한 선언은 미국 독립운동의 불씨가 되었다. 리치먼드시는 남북전쟁(1861년~1865년) 동안 남부의 수도였으며 내가 일하게 된 MCV는 남부 대통령의 관저가 있던 곳이었다. 나의 실험실은 오래된 건물 2층에 있었고 1층은 학교 경찰이 쓰고 있었다. 1969년 당시 리치먼드시의 인구는 약 25만 명이 조금 안 되었고 한국 사람은 15명 정도가 살았다. 나는 리치먼드시 중심부에 있던 MCV에서 암의 방사선 치료에 관련된 연구를 시작했다.

나를 채용한 레빗 교수는 40대 초반의 젊은 교수였다. MCV의 방사선 치료 책임자로 있다가 1970년에 미네소타 대학으로 옮겨 2017년 작고할 때까지 그곳에서 근무했다. 레빗 교수는 임상 의사였지만 기초학에도 관심이 많아서 나를 채용했다. 학문에 관심이 많았고, 50대 초반에 수천 명 회원으로 구성된 북미방사선 치료학회American Society of Therapeutic Radiology(ASTRO)의 회장을 맡았다. 또 미국라듐학회American Radium Society 회장, 북미방사선학회Radiological Society of North America 회장 등 여러 학회의 회장을 역임했고 무수한 상을 받았다. 국제적으로도 활발하게 활동하여 서울대학을 비롯해 외국 여러 대학의 초빙교수나 명예교수이기도 했다. 내가 MCV에 부임한 때부터 그가 작고할 때까지, 나는 48년 동안을 그와 함께 일했다. 나의 상사였지만 우리는 매우 가까운 친구였고, 그는 나를 유능한 방사선생물학자로 생각하고 신임했다. 남들이 부러워할 만큼 우리는 각별히 친한 사이였다.

암의 발현과 치료

MCV에서 레빗 교수와 암의 방사선 치료에 대해 연구하기로 했으니, 암의 발현과 그 치료에 대해 간단히 설명할 필요가 있을 것 같다.

현대 인류의 4대 사망 원인 질환을 순서대로 꼽아보자면 심혈관질환, 암, 당뇨, 만성 폐질환이다. 한국인의 사망 원인 1위는 암으로, 최근 한국인 사망자의 25~30퍼센트가량이 암으로 사망한다. 이중 폐암으로 인한 사망이 가장 많고, 간암, 대장암, 위암, 췌장암이 그 뒤를 잇는다. 암이 생기는 원인은 유전적인 것과 후천적인 것이 있다. 유전적이란, 태어날 때부터 몸 어떤 부위에 암을 유발할 수 있는 유전자를 갖고 있다는 말인데, 이 유전자가 활성화되면 정상세포가 암세포로 변하는 것이다. 후천적이란, 정상세포가 외부 자극으로 유전자에 변화가 생겨 암세포로 변하는 것을 말한다. 간암이나 자궁암과 같이 바이러스에 감염돼 발생하기도 하고 위암처럼 박테리아 감염이 주원인인 경우도 있다. 담배 연기는 폐암의 원인이 되고, 드물게는 기생충에 의해 위장 계통에 암이 발생하기도 한다. 태양광선에 포함된 자외선은 피부암의 원인이 될 수 있다.

암은 몸속 어떤 조직에서도 발생할 수 있다. 여러 조직 속의 세포들은 조직의 특성에 따라 맡은 소임을 수행한다. 예를 들자면 갑상선 조직의 갑상선 세포들은 갑상선 호르몬을 만들며, 췌장의 췌장 세포들은 혈당조절에 필수적인 인슐린을 만들어내고, 간의 간세포들은 온몸에 필요한 영양소들의 신진대사에 관여한다. 이들 세포는 속해 있는 조직의 특성에 따라 성장하고 분화하며, 정해진 일정 기간마다 세포분열을 하고, 또 정해진 수명을 살다가 사멸하여 장기별 총 세포 수의 균형이 유지된다. 앞서 언급한 여러 가지 이유로 세포 유전자에 이상이 생기면, 정상세포는 암세포로 변하고 자기 역할을 하지 못한 채 멋대로 세포분열을 계속하면서 사멸하지 않아 결과적으로 암이 된다. 암이 커지면 암 일부가 떨어져 나가 혈관이나 림프샘을 타고 전신을 떠돌다가 다른 장기에 들어가 증식해서 새로운 암을 만든다. 이런 현상을 암의 전이라고 부른다. 예를 들면 간에서 생긴 암이 폐나 뇌로 전이돼 그곳에서 암으로 자란다. 많은 조직의 암은 고형 상태로, 즉 암 덩어리로 자라지만 혈액세포가 암세포로 변하면 암세포는 온몸의 혈액 속에서 자란다. 우리가 흔히 부르는 백혈병이 그런 예다.

방사선 치료 및 방사선생물학

근래에 와서 암 치료법은 대단히 발달해서 암환자의 생존율이 계속 증가하는 추세다. 중요한 암 치료법으로는 외과 수술, 항암 약물 치료, 방사선 치료가 있다. 수술이나 약물 치료는 몇천 년 전부터 암 치료에 사용돼왔지만, 방사선 치료의 역사는 100년도 되지 않는다. 그러나 현재 미국에서는 암환자의 60~70퍼센트가 방사선 치료만 받든지 또는 수술, 항암제 치료 또는 온열 치료나 면역 치료와 병행한 방사선 치료를 받는다. 방사선 치료는 1895년 독일의 물리학자 뢴트겐이 X-선을 발견함으로써 가능해졌다. 뢴트겐은 진공관 속에서 전자의 특성 변화를 연구하다가 진공관에서 그때까지 알려지지 않은 방사선이 나오는 것을 우연히 발견하고 X-선이라고 명명하였다. X-선으로 인체의 내부 장기, 예를 들면 손의 뼈를 볼 수 있는 신기한 현상에 매혹된 물리학자들은 실험을 계속하다 방사선을 많이 쪼이면 피부에 상해가 일어나는 것을 발견했다. 즉 방사선이 생물학적 작용을 한다는 것을 발견한 것이다. 그 후 얼마 되지 않아서 방사선을 이용한 암 치료 가능성이 연구되었다. 방사선은 암세포를 죽이지만, 정상세포도 죽이고 또 암세포로 변화시키는 위험성이 있다.

뢴트겐이 X-선을 발견하고 3년 후인 1898년, 마리 퀴리와 남편 피에르 퀴리는 피치블렌드pitchblende라는 광석에서 X-선과 비슷한 방사선이 나오는 것을 신기하게 생각해 그것을 분석한 결과, 피치블렌드 속에는 폴로늄Polonium과 라듐Radium 두 가지의 방사성 동위원소가 있음을 알아냈다. 프랑스에 유학 와 연구 중이었지만 폴란드 사람인 마리 퀴리는 제일 먼저 발견된 방사성 동위원소를 조국 폴란드의 이름을 따서 폴로늄이라고 명명했다. 이들 방사성 동위원소에서 자연적으로 나오는 방사선을 감마선이라고 부른다. 즉 X-선은 인공적으로 만든 방사선이고 감마선은 자연적으로 발생하는 방사선이다. 동위원소의 종류에 따라 에너지가 다른 감마선이 방출

된다. X-선과 감마선의 발견은 의학에 혁명을 일으켰다. 하지만 불행하게도 마리 퀴리와 함께 연구하던 딸 이레네 퀴리 두 사람은 방사선에 의한 백혈병으로 사망했다. 방사능 연구의 공로로 마리 퀴리는 노벨상을 2회 수상했고, 이레네 퀴리도 노벨상을 수상했다.

1930년경부터 뢴트겐이 발견한 X선과 퀴리 가족이 발견한 라듐에서 나오는 감마선으로 암을 치료하기 시작했는데, 1950년대부터는 방사선으로 암을 치료하는 방사선치료학이 확립되면서 많은 암환자가 방사선 치료를 받게 되었다. X-선이나 감마선 같은 방사선은 암세포를 죽이지만 반면 정상세포를 암세포로 전환시키는 문제가 있다. 그러므로 선택적으로 암을 사멸시키고 정상세포에 악영향을 피할 수 있는 효율적인 치료법이 끊임없이 개발되고 있다.

암세포는 정상세포보다 빨리 분열하기 때문에 방사선에 민감하다. 그러나 암세포가 산소 공급을 충분히 받지 못하면 방사선에 2~3배 강해진다. 여러 이유로 고형암 속의 혈류가 나빠져 산소 공급에 문제가 생기면, 많은 암세포는 산소 결핍 상태가 돼 방사선에 강해진다. 방사선의 선량과 에너지, 그리고 생물학적 환경이 세포 사멸에 미치는 영향을 규명함으로써 정상 조직의 상해는 최소화하고 암세포의 사망은 최대화하여 방사선 치료 효과를 높이는 방법은 계속 연구되어왔다.

1950~1970년대에는 코발트 60(Co-60)과 같은 방사성 동위원소에서 나오는 감마선을 이용해서 암을 치료했다. 이 방법은 캐나다에서 개발되었는데 미국에서는 미네소타 대학병원이 최초로 이 방

법으로 암을 치료하기 시작했다. 그 후 방사선물리학과 컴퓨터 기술의 발달로 선형가속기Linear Accelerator가 등장해 다양한 에너지의 전자선이나 X-선을 만들 수 있게 됨으로써 몸 깊숙이 생긴 암도 방사선으로 치료하는 것이 가능해졌다. 근래에 와서는 눈부신 기술 발달로 방사선 수술Stereotactic Radiation Surgery, 또 정위방사선 치료Stereotactic Body Radiation Therapy라는 삼차원 입체 조형 치료법 등이 개발되었다. 이로써 암 주위의 정상 조직에 상해를 일으키지 않고 암 조직만 고선량의 방사선으로 집중적으로 조사할 수 있게 되었다. 또 중성자나 양성자, 탄소 입자 등을 사용하는 중입자 치료법이 개발되고 치료에 쓰이기 시작했다. 지난 반세기 동안 방사선 치료 기술은 눈부신 발전을 거듭해왔는데 앞으로도 지금은 상상할 수 없는 발전이 이루어질 것이다.

암의 혈관 연구

MCV에 갈 때 래빗 교수와의 약속대로, 나는 암 속 혈관에 미치는 방사선의 영향을 연구했고 거의 50년이 지난 현재까지도 암의 혈관 상태가 암 치료 효과에 미치는 연구를 계속하고 있다. 당시 많은 연구자들은 조직병리학적 방법으로 방사선에 의한 암 혈관 변화를 연구했는데 나는 암 혈관의 기능을 정량적으로 측정할 필요가 있다고 생각했다. 아인슈타인 메디컬센터에 있을 때,

피부 혈관의 투과성을 측정하는 방법을 고안했다는 이야기는 이미 한 바 있다. 보충하자면, 방사선으로 조사된 혈관이 상해를 입으면 혈관의 투과성뿐만 아니라 혈관이 수축하든지 팽창해서 혈관 속 혈류량도 변할 것이라는 생각이 출발점이었다. 그것에서 혈류량 측정법을 고안했고 그리하여 혈관의 투과성과 혈류량을 동시에 측정할 수 있게 되었다. 내가 50년 전에 개발한 이 방법은 그 후에 발표된 많은 고가의 방법들보다 훨씬 정확히 암의 혈류량과 투과성을 측정할 수 있는 것이라고 확신한다.

MCV에서 연구를 시작하면서 국립암연구소의 구리노 박사에게서 'Walker 256'이라고 불리는 암세포를 분양받아왔다. 이 암세포를 쥐 다리의 피하(피부와 근육 사이)에 이식하고 그것이 대략 0.8센티미터쯤 자랐을 때 X-선을 조사한 후 암 속의 혈류량과 혈관의 투과성을 측정했다. 결과는 매우 흥미로웠다. 암을 저선량으로 조사했을 때는 혈관에 큰 변화가 없었는데, 조사량을 좀 높이면 암의 혈류는 약간 감소했고 고선량으로 조사하면 암 속의 혈류가 현저히 감소하는 것이 관찰되었다. 암 혈관의 침투성은 방사선 조사 후 몇 시간 동안은 증가했다. 반면 피부나 근육 같은 정상 조직의 혈관은 방사선에 매우 강해서 고선량으로 조사해도 혈류가 증가하고 침투성도 증가하는 것이 관찰되었다. 즉, 암의 혈관은 방사선에 의해서 쉽게 파괴되는 반면 정상 조직의 혈관은 고선량의 방사선을 조사해도 상해가 바로 나타나지 않는다는 결론을 얻었다. 또 하나의 중요한 발견은 방사선 조사를 하지 않아도 암 혈관은 정상 조직의 혈관보다 투과성이 매우 높다는 것이다. 내가 이 사실을 발표하기 전까지 암 혈관의 투과성을 정량적으로 측정한 사람은 아무도 없었다. 그런데 암 혈관의 투과성은 암 치료에 매우 중요하다. 항암약물은 혈관 밖으로 새어 나가 암세포를 죽이는데, 혈관의 투과성이 높을수록 많은 약물이 혈관을 빠져나가 암세포를 죽일 수 있는 것이다.

나는 MCV에서 시작한 암 혈관에 대한 방사선의 영향 연구 결과에 매우 흥분돼 더욱 실험에 열중하고 있었다. 그런데 어느 날 레빗 교수가 부르더니, 미니애폴리스Minneapolis에 있는 미네소타 대학 University of Minnesota으로 이직하게 되었으니 나도 함께 가자고 제의를 했다. 미네소타 대학에서 방사선치료과를 신설하여 초대 과장으로 레빗 교수를 초빙했다는 것이었다. 내가 MCV로 간 지 1년 되는 1970년 여름의 일이었다. 또다시 이사해야 하는 것이 좀 망설여졌다. 그러나 MCV보다 큰 대학에 가서 더 좋은 환경에서 연구하는 것도 나쁘지 않다고 생각되었고, 레빗 교수의 간곡한 제안도 있고 하여 나도 그를 따라 미네소타 대학으로 옮기기로 했다.

레빗 교수와 저자

리치먼드의 추억

유서 깊은 도시답게 리치먼드에는 남북전쟁 당시의 건물들이 남아 있다. 봄이면 온 천지가 흰색, 분홍색, 빨간색의 독우드Dogwood 꽃으로 뒤덮이는 장관이 펼쳐진다. 리치먼드에서 서쪽으로 3시간쯤의 거리에 셰넌도어 국립공원Shenandoah National Park이 있어서 가족을 데리고 봄과 가을 두 번 가보았다. 1,000미터 높이가 넘는 산맥 정상에 넓은 자동차 길이 남북으로 100킬로미터 넘게 이어져 있어서 그 길에서 양쪽으로 내려다보이는 광경은 실로 장관이다. 그곳에 서서 발밑에 펼쳐지는 광경을 내려다보니 문득 6·25전쟁 당시 많은 산 정상에 섰던 기억이 났다. 그 높은 셰넌도어 산정山頂에 조개껍질이 많다는 것이 신기했다. 그 산들이 한때는 바다 밑에 있었다는 얘기겠지. 백만 년 후에도 이 산은 여기에 존재할까? 그때 사람의 삶은 어떠할까? 하는 부질없는 생각을 혼자 해보았다.

리치먼드 사람들은 아이오와나 필라델피아 사람들보다 다소 배타적이고 속된 말로 콧대가 높은 것 같다. 언어 습관도 아이오와나 필라델피아와 좀 다른 것들이 있다. 다른 지역에서는 타인이 자기를 부르면 보통은 "예스Yes" 하고 대답하는데 리치먼드에서는 반드시 "예스, 써어Yes, Sir"라고 대답한다. 옆집 아이가 집 앞에서 놀고 있는데 아버지가 집에 들어오라고 이름을 부르니 아이가 큰 소리로 "예스, 써어…" 하고 대답하는 광경에 놀란 적이 있었다. 또 아이들이 아버지를 부를 때는 "대디"라고 부르지 않고 "써어…" 하고 부른다. 흑인 노예들이 주인에게 대답할 때 쓰던 말투가 그때까지 남아 있는 것 같았다.

인종차별이 심한 버지니아는 특히 흑인들이 차별을 많이 당하는 곳이다. 나는 앞에서 얘기한 음반 도둑에게서 받은 100달러를 어디에 쓸까 궁리하다 연구실 사람들에게 점심을 사기로 했다. 그들에게 뜻하지 않게 생긴 100달러의 유래를 이야기해주고 그 돈으로 점심을 사겠다고 했더니 다들 환호성을 지르며 좋아했다. 점심시간이 되어 나갈 채비를 하는데, 그중 리치먼드 토박이인 젊은 백인 의사가 내게 오더니 방 한쪽에 서 있는 흑인 여성을 가리키며 저 여자도 같이 가느냐고 묻는 것이었다. 물론 그렇다고 대답했더니 그러면 자기는 안 가겠다면서, 필요에 의해 흑인과 같이 일하고 있지만 바깥에서 함께 식사하고 싶지는 않다는 대답이 돌아왔다. 리치먼드에 사는 다수의 백인은 200여 년 전 리치먼드에서 멀지 않은 동쪽 항구인 노퍽Norfolk과 햄프턴Hampton을 통해 영국에서 미국으로 이민 온 사람들의 후손이다. 따라서 미국의 주인이라는 자부심이 매우 강하고 인종차별도 심하다. 미국에는 DAR(Daughters of the American Revolution)이라는 강력한 여성 단체가 있는데, 미국이 영국으로부터 독립할 때 활동한 사람들의 여자 후손만 가입할 수 있는 조직이다. 내가 살던 동네의 부인들 대다수가 DAR 회원이었는데 이들의 인종차별 의식은 대단했다.

나의 동물실험실에는 흰색과 검은색 생쥐 두 종류가 있었는데 유전적으로 다르기 때문에 각각 다른 케이지에 기르고 있었다. 그런데 어느 날, 흰 쥐 3마리와 검은 쥐 3마리가 같은 케이지에 있는 것을 발견했다. 실험실에서 일하던 흑인 고등학교 학생에게 어떻게된 일이냐고 물으니 흰 쥐와 검은 쥐가 함께 살 수 있는지 알고 싶어 자기가 그랬다고 대답했다. 나는 흰 쥐에서 자라는 암은 검은 쥐에서는 안 자라고, 마찬가지로 검은 쥐에서 자라는 암도 흰 쥐에서는 자라지 않는다고 설명해주면서 그러니 흰 쥐와 검은 쥐를 같이 둘 수 없다고, 쥐들을 원래의 케이지로 데려다놓으라고 조용히 타일렀다.

리치먼드의 환경을 말해주는 에피소드는 더 있다. 미네소타에 와서 집을 산 뒤 가옥세 통지서를 받고 깜짝 놀랄 수밖에 없었는데, 리치먼드의 10배가 되는 금액이 나왔기 때문이다. 그 이유는 곧 알게 되었다. 미네소타의 가옥세가 많은 것이 아니라 리치먼드의 가옥세가 적었던 것. 각 지역의 공립학교는 가옥세로 유지되는데, 리치먼드에서 공립학교는 흑인 아이들이 다니는 곳이고 백인 아이들은 대부분 사립학교에 다녔다. 그런 이유로 리치먼드의 백인들은 공립학교를 위해 세금을 많이 내는 것을 반대했다. 반면, 미네소타는 세금이 많지만 그만큼 공립학교의 수준이 높아서 굳이 사립학교에 보낼 필요가 없었으므로 백인 아이들과 흑인 아이들과 같이 공립학교에 다녔다.

그러나 리치먼드 토박이들에게 따뜻한 면이 전혀 없는 것은 아니다. 리치먼드 교외에 집을 사서 이사한 날이었다. 이삿짐 정리를 하느라 정신없는데 초인종이 울렸다. 새로 이사 온 집에 누가 찾아왔을까 하면서 현관문을 열었더니 중년의 백인 부부가 손에 무엇인가를 들고 서 있었다. 옆집 사는 사람들이라고 자기소개를 하면서 우리를 환영한다며 갓 구운 뜨끈뜨끈한 사과 파이를 건넸다. 고마워하는 우리에게 그들은 그곳의 오랜 관습을 귀띔해주었다. 옛날에 영국에서 새로운 이민자가 도착하면 먼저 와 살던 사람들이 새로 도착한 이에게 음식을 만들어주면서 환영했다는 것이다. 그것이 전통이 되어 지금도 옆집에 이사를 오면 음식을 건네는 것이라 했다. 그 전통에서도 흑인은 예외였지만, 머나먼 동양에서 태평양을 건너온 우리는 괜찮았나보다. 리치먼드의 주택은 만족스러운 구조로 되어 있었고 넓은 뜰도 있어서 좋았는데 1년도 안 살고 처분하는 것이 아쉬웠다. 리치먼드에서는 둘째 딸이자 셋째 아이인 레베카Rebecca가 태어났다.

13장

미네소타 대학교

미네소타 대학으로

레빗 교수는 1969년 6월 말에 미네소타로 떠났는데, 나는 집도 팔고 이사 준비도 해야 하니 가을에나 가겠다고 양해를 구했다. 1969년 11월, 우선 혼자 미니애폴리스에 와서 한 달가량 연구실 정비를 하면서 살 집을 물색하고 구입했다. 다음 해 1월에 리치먼드에 가서 아내와 페기와 타이터스, 그리고 막내 레베카까지, 다섯 명의 가족과 기르던 강아지 한 마리를 태우고 3일간의 장거리 운전 끝에 미니애폴리스에 도착했다. 그로부터 현재까지 50년을 미네소타 대학에 근무하며 살고 있다.

미네소타주는 남으로는 내가 대학원 시절 공부하던 아이오와주, 북으로는 캐나다와 접경하고 있으며 동쪽에는 위스콘신, 서쪽에는 노스다코타North Dakota와 사우스다코타South Dakota주가 있다. 울창한 숲 사이에 1만 개 이상의 호수가 있으며 미국에서 가장 긴 강인 미시시피Mississippi강이 미네소타 북부에서 시작해 미니애폴리스를 거쳐 남쪽의 멕시코만까지 3,734킬로미터를 흘러간다. 서울에서 부산 간 거리의 약 9배에 달하는 긴 강이다. 미니애폴리스는 주의 수도인 세인트폴St. Paul의 바로 서쪽에 인접해 있어서 두 도시를 트윈시티Twin Cities 즉 쌍둥이시라고 부른다. 미네소타의 메이저리그 프로야구팀은 미네소타 트윈스Minnesota Twins이고 공항은 트윈시티 에어포트Twin Cities Air Port(또는 MSP)라고 부른다. 현재 미네소타의 인구는 대략 6백만 명인데 이 중 380만 명이 트윈시티와 인근 도시에 거주한다.

미네소타 대학은 1851년에 주립대학으로 설립되었고 학생 수가 5만여 명에 이르는 종합대학교다. 미국 중서부의 빅10 대학 중 하나이자 미국 내 학술순위는 30위를 오르내리는 우수한 학교다. 미네소타 대학은 미시시피강을 사이에 두고 동쪽 캠퍼스와 서쪽 캠퍼스로 나뉘어 있다. 의과대학은 미시시피강이 내려다보이는 동쪽 언덕에 있고, 농과대학은 학교 본부에서 4~5킬로미터 동쪽, 도시에서 좀 떨어진 곳에 있다. 내가 부임했을 때 의과대학에는 신경병리학 교실에 성주호 교수님, 면역학과에 김윤범 조교수님, 이비인후과에 전성균 조교수님이 계셨다. 특히 성주호 교수님의 연구실은 내 연구실 바로 옆에 있어서 도움을 많이 받았다. 방사선치료과에는

1980년 초반부터 20여 년간 내 비서였던 Margaret Evans. 매우 유능한 여성으로 충실한 사무 보조원이었다.

내 손아래 동서인 김태환 박사가 수련의로 있었다. 미네소타 대학의 방사선치료과는 임상, 방사선 생물, 방사선 물리, 이렇게 세 부로 구성되었고 과장인 레빗 교수가 임상, 내가 방사선생물부, 그리고 무어R. Moore 교수가 방사선물리부의 책임자가 되었다. 후에 후아잇 칸Faiz Khan 교수가 방사선물리부의 책임자가 되었는데 그는 세계적으로 널리 알려진 방사선 치료물리학 교과서를 집필하여 유명해졌다.

나의 실험실은 MCV 실험실보다 10배 컸고 여러 가지 실험 장비도 갖춰져 있었다. 또 방사선생물학 연구 전용의 X-선 발생 장치도 있었다. 그리고 미네소타 대학에 올 때 약속받은 연구비 착수금도 받았고 우선 3명의 연구원과 1명의 사무비서도 고용해주었다. 또 실험을 위한 암실도 제공했다. 이렇듯 양호한 환경에서 본격적인 방사선생물학 연구를 시작할 수 있었다. 방사선치료과 수련의와 생물물리학Biophysics 대학원 학생을 위한 강의도 시작하였다. 1년에 1학기 동안, 1주에 3시간씩 강의하기를 1971년부터 2010년까지 40년간 계속했다. 방사선 치료 전문의가 되려면 방사선생물학이 필수 과목인데, 내 강의를 듣고 방사선 치료 의사가 된 사람들이 아마도 100명은 넘을 것이다.

암 속의 환경 연구

　　미네소타 대학에 옮겨와서도 MCV에서 하던 암 혈관 연구를 계속했다. 고형암 속에는 암세포만 있는 것이 아니라 암이 자라는 데 필수적인 영양분 전달을 위한 혈관이 있고, 암세포의 증식을 돕는 세포나 조직이 있고, 면역세포처럼 암세포의 생존과 증식을 막는 조직도 있다. 고형암 속의 환경은 큰 도시에 비유할 수 있다. 도시 주민이 생존하기 위해서는 공기를 호흡하고 음식을 먹고, 식량을 운반할 도로가 있고 상수도와 하수도뿐만 아니라 전기나 가스 공급이 있어야 한다. 암 속의 주민이라 할 암세포도 생존하려면 산소가 필요하고 여러 영양소가 있어야 하고 이들을 운반하는 피가 필요하고 피가 지나가는 도로인 혈관이 있어야 한다.

　몸에 암이 처음 생겼을 때는 암세포들이 주변 정상 조직의 혈관을 통해 영양소와 산소를 공급받는다. 그러다 암세포 수가 증가하고 암의 크기가 커지면 암 조직 자체의 혈관이 형성된다. 암세포는 급속히 분열해서 증가하는데 혈관 형성은 그 속도에 못 미칠 때가 많다. 말하자면 인구는 빨리 늘어나는데 도로 건설은 느린 것이다. 그리하여 암 속을 흐르는 혈류가 충분하지 못하게 되면, 혈류에 의한 산소 공급도 부족해져서 암세포는 산소 결핍 상태가 된다. 산소 결핍 상태의 세포는 산소를 충분히 공급받는 정상 조직의 세포보다 방사선에 3배나 강하다. 다시 말하면, 혈류 부족으로 인한 고형암 속의 산소 부족 환경은 암세포의 방사선 저항성을 높이고 결과적으로 방사선 치료 효과를 떨어뜨린다. 따라서 어떻게 하면 암 속의 산소 공급을 증가시켜 암의 방사선 민감도를 높일 것인가가 과거 반세기 동안의 방사선생물학과 방사선 치료 분야의 주요 연구 과제였다.

종전의 방사선 치료는 매일 소량의 방사선으로 30~50번에 걸쳐 암을 조사한다. 그렇게 하는 이유는 암의 혈관 상해를 막아서 암세포로 산소 공급이 잘되기 때문이다. 또한 그렇게 하면 정상 조직의 상해도 막을 수 있다. 앞에서 잠깐 얘기했지만 나는 리치먼드의 MCV에서 고선량의 방사선으로 암을 조사했을 때 암의 혈관이 파괴되는 것을 관찰한 바 있다. 미네소타 대학에 옮겨온 후에도 방사선이 암의 혈관에 미치는 연구를 계속하면서 재미있는 현상을 발견했다. 심장의 혈관이 막히면 심장 세포가 상해되고 심장마비가 일어나는 것처럼, 방사선을 다량 조사해 고형암 속 혈관이 파괴되고 혈류가 멈추면, 암세포들은 산소를 비롯한 영양분의 공급을 못받아 괴사하였다.

하지만 내 연구는 쓸데없는 것이라는 비난이 나왔고 연구비 지원도 끊어질 지경에 이르렀다. 그래서 고선량의 방사선 조사로 인한 혈관 상해에 대한 연구는 그만두기로 결정했다. 후에 언급하겠지만 그때의 나의 연구 결과가, 40년 뒤에 부각된 고선량 방사선을 사용하는 방사선 수술, 그리고 정위방사선 치료의 높은 치료 효과를 이해하기 위한 실마리가 될 줄은 아무도 예상하지 못했다.

이런 얘기를 풀어놓다 보니, 이제는 고인이 된 방사선생물학의 여왕 주리 데네캠프Jury Denecamp 박사가 생각난다. 그녀는 영국 런던대학의 교수였으며 그레이 연구소Gray Laboratory 소속의 세계적인 방사선생물학자였다. 매우 명석하고 박식한 분이었는데 학회에서 유창한 영국식 영어 발음으로 거침없이 자기 의견을 말할 때는 모두가 기가 눌려 조용해지곤 했다. 그녀는 암의 방사선 민감도를 높이는 연구를 하다가 암 혈관이 암의 성장이나 방사선 치료에 중요한 역할을 한다는 것에 주목하고, 런던 지역의 방사선 치료 의사들, 방사선생물학에 관심 있는 사람들과 혈관연구회를 조직하고 한 달에 한 번씩 연구 모임을 했다.

1983년, 데네캠프 박사는 나를 그레이 연구소로 초청하여 암 혈관에 대해 알고 있는 모든 것을 이야기해달라고 했다. 나는 1주간 그곳에 머물면서 5회에 걸쳐 그 내용을 강의했다. 데네캠프 박사는, 암이 커지면 혈관도 자라야 하므로 혈관 내피세포가 세포분열을 계속한다는 것에 주목했다. 혈관 내피세포의 세포분열 과정을 저하시킴으로써 암의 혈관 형성을 방해해 암 성장을 지연시키는 방법을 모색하기 시작했을 때, 그녀는 불행하게도 유방암으로 세상을 떠났다. 평생 암 연구를 하다 암으로 생을 마친 동료 연구자를 보며 마음이 아팠다. 더욱이 혈관이 암 치료에 중요한 역할을 한다는, 나와 같은 생각을 갖고 계셨던 분이기에 더 안타까웠다. 그분의 집에 식사 초대를 받아 갔을 때, 뒤편 정원에 키가 1미터쯤 되는 소나무 한 그루가 있었다. 아랫부분이 뒤틀려 있는 모양이 이상해서 어찌된 영문인지 물으니 일본인 교수가 선물한 소나무 분재가 불

쌓해서 옮겨 심었더니 저렇게 잘 자란다는 설명이었다. 인간을 포함한 생물의 생존과 성장, 기능에 환경이 얼마나 지대한 영향을 미치는지를 알려주는 장면이 아니었을까.

세포는 산소 공급이 부족한 환경에서는 포도당이 많아야 생존할 수 있다. 따라서 나는 산소 공급이 부족한 상태에서 포도당 공급마저 줄면 암세포도 생존할 수 없을 것이라는 가능성에 주목하여, 시험관에서 자란 암세포와 생쥐 다리에 자란 암을 이용한 실험에서 포도당과 구조가 유사한 물질들이 산소가 부족한 암세포들을 죽이는 것을 관찰했다. 포도당과 구조가 유사한 가짜 포도당은 진짜 포도당처럼 세포 속으로 들어간다. 그러나 이들 가짜 포도당은 세포의 신진대사에 쓰이지 못해서 결과적으로 세포는 포도당 결핍으로 죽는다. 포도당 유사 물질은 산소가 부족한 암세포를 죽일 수 있다는 결론을 얻었고 이를 여러 학회지에 발표했다. 아이오와 대학에서 함께 공부한, 헨리 포드 병원Henry Ford Hospital 방사선과 과장 김재호 박사와 공동으로 '포도당 유사 물질은 암의 온열 치료 효과를 높인다'라는 내용의 논문을 〈사이언스 Science〉 지에 발표했다. 미국과학진흥회(AAAS)에서 발행되는 〈사이언스〉는 영국의 〈네이처〉에 필적하는 세계적인 권위의 과학종합학술지다.

암세포의 주위 환경이 암세포의 방사선 민감도에 미치는 영향과 관련된 일화가 생각난다. 1980년대의 일인데, 당시 미네소타 대학 의과대학에서 방사선 실험을 하는 사람들은 모두 내 방사선 장치를 사용했다. 하루는 어떤 청년이 씩씩대며 찾아왔다. 무척 화가 난 얼굴로 말하기를, 나의 연구원이 자기 암세포를 방사선으로 조사하면서 실수하는 바람에 실험을 망쳤다면서, 자기가 지불한 방사선 조사비용을 반환해주지 않으면 학장한테 보고하겠다고 엄포를 놓았다. NIH(미국국립보건원)에서 실험할 때는 그런 일이 없었는데 미네소타 대학의 방사선은 암세포를 죽이지 못한다는 불평도 이어졌다. 나를 무시하는 듯한 말에 은근히 화가 났지만 우선은 참고, 학장에게 보고하는 거야 네 마음이지만 나는 전후 사정을 알아야겠으니 자세히 설명해보라고 타일렀다. 알고 보니, 수백만 개가 넘는 암세포를 채 1cc도 안 되는 세포배양액과 유리 시험관에 넣고 밀폐한 채 몇 시간을 두었다가 조사한 것이었다. 그랬으니 시험관 속 산소는 그 많은 암세포들에 의해 소모돼 산소 결핍 상태가 되었을 테고, 방사선에 저항력이 강해졌을 것이다. 자초지종을 듣고, 산소가 없으면 암세포는 방사선에 내성이 생긴다는 것을 설명해주고 그를 돌려보냈다. 그 후 그와 학장에게서는 아무 연락도 없었다.

백혈병의 전신 방사선 치료 연구

백혈병은 여러 요인으로 골수의 혈액세포가 암세포로 변해 전신에 퍼지는 병이다. 백혈병 치료법 중 하나가 환자의 전신을 방사선으로 조사해 전신에 퍼져 있는 암세포를 죽이는 것인데, 워싱턴 대학교의 토머스 E. D. Thomas 박사가 개발하여 그 공적으로

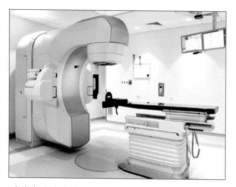
라이닥 방사선 치료기

1990년에 노벨 생리의학상을 받았다. 토머스 박사의 방법은 방사성 동위원소 코발트-60에서 나오는 감마선으로 환자의 전신을 조사하는 것이다. 우리 과에서도 나의 동서인 김태환 교수가 책임자가 되어 전신 방사선 치료를 시작했다. 그런데 코발트-60으로 전신을 조사하려면 서너 시간이 소요되는 것이 문제였다. 환자가 그렇게 오랫동안 꼼짝 못 하고 누운 채 방사선을 쬐는 것은 정말 고역이다. 1970년대에 선형가속기 라이닥LINAC이라는 새로운 방사선 치료기가 개발돼 쓰이기 시작했다는 것은 앞서 언급한 바 있다.

우리 과는 코발트-60대신 라이닥을 사용하면 짧은 시간에 전신 방사선 조사를 끝마칠 수 있는 가능성에 주목했다. 이제, 라이닥으로 전신 방사선 조사를 하려면 조사 시간을 얼마로 잡아야 하는지를 알아야 했다. 코발트-60과 라이닥으로 생쥐의 전신을 조사한 후 결과를 비교했더니 코발트-60으로 3시간 조사한 것과 라이닥으로 30분 조사한 것의 효과가 같았다. 즉 백혈병을 전신 방사선 조사로 치료할 때, 코발트-60으로 3~4시간 치료하는 것과 라이닥으로 30분 치료하는 것의 효과는 같다는 결론을 얻었다. 나의 실험 결과를 토대로 김태환 교수는 세계 최초로 라이닥을 사용하는 전신 조사

치료를 하기 시작했고 이를 학계에 보고했다. 그러자 세계적으로 유명한 엠디 앤더슨MD Anderson 암센터의 피터슨L. J. Peterson 박사와 UCLA의 위더스 박사R. Withers 같은 방사선 치료 분야의 대가들이 반박에 나섰다. 라이낙을 사용해 전신 방사선 치료를 30분에 끝내는 것은 방사선생물학의 원리와 어긋나는, 잘못된 치료라는 논문을 발표해 우리를 비난한 것이다. 물론 우리도 그들의 주장이 틀렸다고 반박했다.

그 후 우리가 개발한 방법인, 라이낙을 사용해서 30분에 끝나는 전신 방사선 치료법과 코발트-60으로 3시간이 소요되는 전신 방사선 치료법의 임상 결과는 별 차이가 없다는 것이 증명되었다. 지금은 세계 어디서나 전신 방사선 치료는 라이낙을 사용하는 치료법을 쓰고 있다.

온열 치료 연구

몇천 년 전부터 인류는 열로 병을 고치는 온열요법을 사용해왔다. 그리스의 히포크라테스Hippocrates는 '병이 생기면 약으로 치료하고 치유가 안 되면 수술로 제거하고 그래도 치유가 안 되면 열로 치료하라. 열로 치유가 안 되면 그 병은 치유할 수 없는 것이다'라고 말하였다. 우리말에도 이열치열以熱治熱이라는 말이 있는데, 열로 열병을 치료한다는 의미다. 예부터 우리나라에는 한증법이라는 전신 온열 치료법이 있었고, 조선 시대에는 궁중에 한증 시설이 있었다. 국가의료기관인 한증소汗蒸所는 전국에 설치되었는데, 강화도에 조선 초기에 만들어진 한증 시설이 남아 있다. 그러나 온열 치료에 대한 과학적인 연구는 이루어지지 않다가 1970년이 되어서야 암에 대한 온열요법이 주목받으면서 과학적으로 연구되기 시작했다.

온열 치료에는 여러 종류가 있는데 한증과 같은 전신 온열 치료가 있고, 고형암 치료법처럼 몸의 일정 부분만 가열하는 방법도 있다. 1970년대 초 암세포를 사용한 실험에서 가열 온도와 시간, 그리고 암세포의 사망률 간의 관계를 정량적으로 측정한 실험결과가 나오면서 암을 온열로 치료할 수 있다는 과학적 근거가 확립되었다. 또한 쥐의 고형암을 이용한 실험에서는 암을 $42\sim43^\circ C$ 이상으로 가열하면 크기가 줄어들고 치유되는 것이 관찰되었고, 온열 치료가 방사선 치료나 항암제 치료의 효과를 현저히 높여주는 것이 증명되었다. 이러한 과학적 근거를 토대로 세계 각국은 암 치료 시 온열 치료를 단독으로 사용하거나, 이를 방사선 치료나 약물 항암제 치료와 함께 사용하게 되었다.

아이오와 대학에서 함께 공부하던 김재호 박사는 온열 치료와 방사선 치료를 함께하면 피부암 치료 효과가 향상되는 것을 관찰하고 있었다. 어느 날 김 박사는 온열 치료 효과와 암의 혈관은 밀접한 관계가 있는 것 같으니 암 혈관 연구에 경험이 많은 내가 연구해보는 것이 어떻겠냐고 권유했다. 그 말에 당시 나의 대학원 학생이던, 현재 메릴랜드 대학의 교수로 있는 이종길 박사와 함께 예비 실험을 해보았다. 생쥐mouse나 쥐rat의 암 온도를 40~41°C로 올리면 암의 혈류가 증가하지만 42°C 이상의 온도에서는 암 혈관에 손상이 일어나 혈류는 급속히 감소했다. 반면, 피부나 근육의 혈류는 42~43°C에서도 몇 배 이상 증가하는 것이 관찰되었다. 이종길은 유난히 손재주가 좋고 특히 실험을 잘하는 유능한 학생이었다. 처음 시작하는 온열 치료 연구에는 새로운 실험 장치들이 필요했는데 그것들을 직접 제작했을 뿐더러 여러 가지 새로운 실험 방법을 고안해, 온열 치료 연구가 나의 실험실에 정착하는 데 절대적인 역할을 했다. 한편 내 연구실에는 서울대학교 자연과학대학의 강만식 교수가 객원교수로 와 있었는데 그와 나는 고열로 암의 혈관이 파괴되면 암세포들이 괴사하는 것을 발견하여, '온열 치료가 암 치료에 효과적인 것은 고온에서 암의 혈관이 파괴되기 때문'이라는 논문을 발표했다. 학술지 〈Cancer Research〉에 게재된 이 논문은 현재까지 930회 이상 인용되었다. 이와 같은 온열 치료의 원리를 규명한 공로로 나는 북미온열학회North American Hyperthermia Society에서 로빈슨 상Robinson Award을 수상했고, 북미온열학회 11대 회장으로 선출되었다.

1980년대는 여러 종류의 온열 치료기가 개발되었는데, 그중 하나가 일본 교토대학 의학부장을 역임했으며 일본의 온열 치료학과 방사선생물학의 선구자인 스가하라菅原 교수와 야마모도 비니터 사Yamamoto Vinitor Co. Ltd.가 함께 개발한 Thermotron-RF8이라는 장치다.

현 시가로 백만 불이 넘는 고가였는데 스가하라 교수와 야마모도 비니터 사는 나의 요청을 받아들여 우리 과에 무료로 기계를 기증해주었다. 우리 과에서는 김정규 교수를 온열 치료 임상 책임자로 임명했다. 연세대학병원에서 방사선과 수련의 과정을 마친 김정규는 나의 알선으로 우리 과에서 방사선 치료 수련 과정을 마치고 교수로 일하고 있었다. 김 교수와 나는 Thermotron-RF8로 많은 환자를 치료했다. Thermotron-RF8에 몇 가지 개선할 점이 있음을 발견하고 야마모도 비니터 사에 알려주었더니 회사 측은 나의 조언에 따라 기계를 개선해 왔다. 책임자인 야마모토 이즈오山本五朗는 내 조언을 매우 고마워하였다. 현재도 그와 나는 친구로 지내고 있다.

세계 각국에서 온열 치료를 사용해서 여러 가지 암을 치료했으며 좋은 임상 결과가 보고되었다. 그런데 나는 한 가지가 영 석연치 않았다. 몸 표면에 있는 암 온도는 42~43°C 이상까지 용이하게 올릴 수 있는데, 몸속 깊은 데 위치한 암, 예를 들면 간암, 자궁암, 췌장암 등의 온도는 현재 사용하는 기계로는 42~43°C까지 올리는 것이 불가능했던 것이다. 임상 결과가 탁월한 논문에서도 자세히 읽어보면 심부의 암 온도는 39~41°C까지밖에 올라가지 않았다. 이 정도의 온도로는 암세포가 죽지 않고 암 혈관도 파괴되지 않는데 무슨 이유로 치료가 되었을까 하는 의문이었다. 나는 고민에 빠졌다. 내가 제의한 '온열 치료는 혈관을 파괴해서 암세포를 간접적으로 사멸시킨다'라는 학설만으로는 설명할 수 없는 부분들이 있다는 결론이었으니까.

송창원, 머리가 돌았나

나는 39~41°C의 온도에서는 암 혈관에 상해가 일어나지 않고 도리어 혈류가 증가한다는 사실에 주목했다. 암을 온열 치료할 때는 흔히 방사선 치료와 함께한다. 혈류가 증가하면 혈류를 통한 산소 공급도 증가할 것이다. 여러 번 언급했듯이, 암에 산소 공급이 증가하면 암세포들은 방사선에 민감해지며, 이에 따라 치료 효과가 증가한다. 나는 온열 치료가 암 속의 산소량에 미치는 영향을 측정하기로 하고 스웨덴 에펜도르프Eppendorf 사에서 만든 산소량 측정 기계를 구매했다. 이 기계는 원래 사람의 암의 산소량을 측정하기 위해 만들어진 것인데 한 대가 무려 8만 불이나 되었다. 그 돈이면 당시 새 자동차 서너 대를 살 수 있는 가격이었다. 다행히 미국국립보건원(NIH)에서 받은 연구비가 좀 남아 있던 때라 NIH의 허가를 받아 그 돈으로 에펜도르프 산소측정기를 구매했다. 컴퓨터로 조작되는 이 기계로 작은 생쥐의 암 속 산소량을 측정했더니 예상했던 것처럼 암을 39~41°C로 가열하면 암 속의 산소량이 무려 4~5배나 증가하는 것을 관찰했다. 나는 저온으로 온열 치료를 받으면 혈류가 증가해 혈류를 통한 산소 공급이 많아져서 병행하는 방사선 치료 효과가 높아진다는 이론을 발표했다.

이 새로운 이론은 학계에 예기치 않은 반응을 일으켰다. 네덜란드의 캠핑거Kampinger 교수 등 몇몇은 'Blood flow – po2 hyperthermia is flawed and it has disturbed their normal brain cell and twisted in the wrong direction'이라는 제목의 논문을 발표하면서 나의 이론을 조롱했다. 온열은 암세포를 죽이는 것인데, 온열 치료가 암의 혈류를 증가시켜 산소 공급을 늘림으로써 암이 방사선에 민감해진다는 것은 틀린 이론이며, 이를 주장하는 것을 보면 '송창원 일당의 뇌세포가 이상해졌고 다들 머리가 돌았다'라는 어이없는 폭언을 공식 논문으로 발표한 것이다. 학문에서는 의견이 다를 수 있고, 그럴 때는 상대방 의견을 존중하면서 자기 생각을 주장하는 것이 예의다. 캠핑거와 같은 무례한 주장은 좀처럼 드문 경우였다. 물론 나는 그들의 주장에 반론을 발표했다.

그 후 곧 듀크 대학Duke University의 드워스트M. Dewhirst 교수가 주도한 임상 연구에서, 사람의 암도 41°C로 가열하면 암 산소량이 많이 증가한다는 결과가 관찰되어 내 이론의 신뢰도를 높여주었다. 현재는 39~41°C의 저온 온열 치료가 암의 혈류를 증가시켜 항암제의 전달을 돕고 산소 공급을 늘려서 항암제 치료나 방사선 치료의 효능을 높인다는 것이 정설이다. 2000년, 나는 일본 고베시 연안의 아와지淡路섬에서 열린 '가도다神戸田 국제 온열 치료 특별 심포지엄'에서 일본 측의 요청으로 학술 총 책임을 맡았다. 나는 비즈니스석 항공료를 제공하면서 30여 명의 강연자들을 구미지역에서 초대했다. 그렇게 경우 없는 무뢰배 짓을 한 캠핑거도 초대했는데, 아마도 그들과의 논쟁에서 이겼다는 자신감의 발로였을 것이다. 결국 그는 내게 자신의 무례를 사과했다.

암 속의 저산소 세포 때문에 일어나는 방사선 치료 저항성을 극

Int. J. Hyperthermia, August 2008; 24(5): 442–443

First International Association of Hyperthermic Oncology Tsudomu Sugahara Award

Dr Chang W. Song was the recipient of the first International Association of Hyperthermic Oncology Tsudomu Sugahara Award at the tenth International Congress of Hyperthermic Oncology, held in Munich, Germany, April 9–12, 2008. The list of accomplishments of Dr Song in the field of hyperthermic oncology over the past 30 years clearly demonstrates why he was selected for this honorable award.

Dr Song has been keenly interested in how the tumor microenvironment interfaces with hyperthermia treatment. He published some of the very first papers describing how hyperthermia treatment influences tumor and normal tissue perfusion/oxygenation. The early work demonstrated that the vasculature of tumors tends to be much more thermally sensitive than that of normal tissue and that in both kinds of tissue the physiological response and thermal damage are highly related to temperature and time of heating. He also reported the first paper showing that microvascular function is subject to thermotolerance. His pivotal research showing that mild temperature hyperthermia is an effective method to improve tumor oxygenation and subsequent efficacy when combined with radiotherapy established a new rationale for thermoradiotherapy combinations. These observations provided a rationale for how hyperthermia is practiced today, when combined with radiotherapy.

스가하라 상 수상 소개문(Int. J. Hyperthermia. 24, 2008)

복하기 위해 수십 년간 무수한 방법이 시도되었고 이들의 연구를 위해 미국 NIH가 지급한 연구비는 수억 불이 넘을 것이다. 온열 치료는 현재까지 알려진 어떤 치료법보다 암 속에 산소 공급을 증가시키는 데 효과적인 방법임을 나는 확신한다. 1996년, 〈International Journal of Hyperthermia〉에 발표된 '저온 치료는 암의 산소 공급을 증가시킨다'라는 내 논문은 2010년에 같은 잡지에 Classical Paper 로 선정돼 다시 게재됨으로써 독자들의 주목을 받게 되었다. 2008 년, 이러한 업적을 인정받아 독일 뮌헨에서 4년마다 한 번씩 열리는 제11차 국제온열학회에서 '제1회 스가하라 상'을 받았다. 한국온열치료학회 회장인 최일봉 교수는 한국온열치료학회에 '송창원 상'을 제정했고 전북대학병원의 이선영 교수가 제1회 수상자가 되었다.

메트포르민 연구

나이가 많아지면 몸속 당분 대사에 필요한 인슐린 분비가 적어져서 제2형 당뇨병이 생기고 혈당량이 높아진다. 당뇨에는 몇 가지 치료약이 있는데 요즘 많이 쓰이는 것 중에 메트포르민 Metformin이라는 약이 있다. 옛날 이집트 사람들은 소변이 많이 나오는 다뇨증 치료에 라일락 나뭇잎을 썼다. 다뇨증은 혈당이 높을 때 나타나는 현상인데, 약 100년 전 프랑스 과학자들은 라일락 나뭇잎의 한 성분이 혈당을 낮추는 것을 알아냈고, 대략 50년 전부터 그 성분을 약으로 만든 메트포르민을 제2형 당뇨병 치료에 사용하기 시작했다. 미국에서는 이 약이 약 30년 전부터 쓰이기 시작했다. 현재 세계에서 제2형 당뇨병 치료에 가장 많이 쓰는 약으로, 나도 10여 년 전부터 매일 복용하고 있다. 2010년경 우연히 메트포르민이 암의 줄기세포를 죽인다는 논문을 읽고, 내가 복용중인 당뇨약에 항암작용이 있다는 것이 흥미로웠다. 간단한 예비 실험을 해보니 사실인 것 같아서 본격적으로 연구에 착수했다.

인하대학교 박헌주 교수와 공동으로 연구한 결과, 메트포르민은 암세포 중에서도 암 줄기세포를 잘 죽일 뿐만 아니라 암 줄기세포에 대한 방사선 치료와 온열 치료의 효과를 높인다는 것을 알게 되었다. 암 줄기세포는 방사선 치료나 약물치료에 저항성이 강해 치료 후 암 재발의 원인이 된다. 우리의 연구는 '메트포르민은 암세포 중에서도 줄기세포의 방사선 민감도를 높인다'라는 것을 세계 최초로 규명한 것이다. 그 후 당뇨병 환자가 유방암이나 자궁암의 방사선 치료, 항암제 치료를 받을 때 메트포르민을 복용하면 치료 효과가 현저히 좋아진다는 임상 연구 결과가 많이 발표되고 있다.

나는 현재 메트포르민이 암에 대한 면역성을 높이는 기전을 연구하고 있다. 메트포르민은 흥미롭게도 현재까지 알려진 어떤 음식이나 약물보다 우리 몸의 노화 속도를 늦춘다고 보고되었다. 옛날 진시황제는 불로초를 구하기 위해 신하들을 한반도와 일본으로 보냈다는데, 왕궁 정원에 있던 라일락 나뭇잎을 달여 먹었으면 장수했을지도 모르겠다. 또한 메트포르민은 체중을 줄이는 효과도 있다. 나는 이 약을 먹기 시작한 지 1년 만에 몸무게가 약 5킬로그램이 줄었는데 그 후로는 같은 체중이 유지되고 있다. 체중이 줄기 시작할 때는 무슨 병이라도 생겼나 싶어 걱정했는데, 후에 메트포르민의 작용을 알고는 신기해했던 기억이 있다.

새로운 방사선 치료법의 기전 연구

1960년경, 스웨덴의 신경외과 의사 렉셀Leksell은 수술이 불가능한 두뇌 깊숙이 있는 병소를 코발트-60의 감마선으로 집중 조사하여 치료하는 방법을 고안한다. 수술과 마찬가지로 병소를 선택적으로 소멸시키는 효과가 있으므로, 이 방법을 방사선 수술Stereotactic Radiation Surgery(SRS)이라고 부른다. 근래에 와서 SRS는 뇌종양 치료에 절대적으로 유용한 방법으로 자리 잡았고, SRS를 위해 감마 나이프Gamma Knife와 사이버 나이프Cyber Knife라고 부르는 장치도 개발돼 치료에 쓰이고 있다.

2000년대에 와서는 SRS의 원리를 응용한 정위방사선 치료(SBRT)로 뇌암 외에 폐암, 간암, 전립선암, 췌장암 등 여러 종류의 암을 치료했다. SRS나 SBRT는 고도로 발달한 방사선 조사 장치를 이용해 암을 여러 방향에서 집중 조사한다. 이때 종양은 고선량의 방사선을 받지만 주변 정상 조직들에는 분산되어서 상해가 적다. 다시 말해 암 조직에 집중된 방사선에 비해 정상 조직에는 매우 소량만 조사되므로, 암에 대량의 방사선을 조사하여 암을 치료할 수 있다. 종전까지는 정상 조직의 상해를 줄이기 위해 매일 소량씩 조사하며 30~50번에 걸쳐 암을 치료했다. 따라서 환자는 월요일에서 금요일까지 일주일에 다섯 번씩 2개월 가까이 병원에 와야 하는 불편을 겪었다. 반면 SRS나 SBRT로 치료할 때는 1~5회의 치료를 1~2주 이내에 마칠 수 있다. 그뿐만 아니라 종전의 치료법으로는 치료가 불가능한 암도 SBRT나 SRS로는 가능한 경우가 많다.

2010년경 레빗 교수는 예전에 집필한 《방사선 치료법》의 개정판을 준비 중이었는데 SRS와 SBRT의 생물학적 기전을 설명하는 챕터를 새로 추가하고 싶다면서 내게 그것을 써달라고 부탁했다. 그의 부탁에 처음으로 SRS와 SBRT 관련 문헌을 읽으면서, 의외로 치료 효과가 좋고 환자도 고생스럽지 않은 획기적인 치료법이라는 사실에 놀랐다. 그럼에도 불구하고 SRS나 SBRT에 대한 생물학적 기전은 전혀 규명돼 있지 않았다. 암 종양에만 고선량을 집중시켜 암을 치료하는 SRS나 SBRT의 치료 기전은 내가 1970년대에 관찰하여 정립한 혈관손상이론을 적용하면 설명이 가능할 것 같았다. 나는 그 가능성을 믿고 나의 오래된 실험과 이론을 다시 소환해 연구에 뛰어들었다.

콩알만 한 크기의 고형암에는 자그마치 1억 개 이상의 암세포가 있는데 그 많은 세포를 모두 죽이지 않으면 콩알 크기의 암도 완쾌가 안 된다. 방사선 조사로 암세포가 사멸하는 주요 이유는 세포 속의 DNA에 손상이 일어나기 때문이라고 알려져 있다. 나는 SRS나 SBRT로 암을 치료할 때 쓰이는 방사선량으로는 암 속의 그 많은 암세포를 DNA 손상만으로 사멸시킬 수 없다고 판단했다. 그래서 'SRS와 SBRT는 DNA를 손상시킴으로써 암세포를 직접적으로 사멸시키는 동시에 종양의 혈관을 파괴함으로써 암세포들을 간접적으로도 사멸시킨다'라는 가설을 세웠다. 이러한 가설은 지난 60~70년간 방사선 치료 분야에서 신봉해오던 '방사선 치료에 의한 암세포 사멸은 DNA의 상해 때문'이라는 이론과 대척되는 것이다. 그러나 나는 이론을 정리하고 논문을 작성해서 〈International Journal of Radiation Oncology, Biology and Physics〉에 제출했다.

보통 논문을 기고하면 한 달이 넘도록 심사한 뒤 게재 여부를 통보한다. 그런데 내 논문은 어쩐 일인지 일주일도 안 되어 게재 거절 통보를 받았다. 정상적인 심사과정도 거치지 않고 거절한 것이 분명했다. 누가 그랬을까를 생각하다가, 해당 잡지의 논문 심사 위원인 스탠퍼드 대학 마틴 브라운 교수Martin Brown일 것이라고 짐작하고 바로 그에게 전화했다. 브라운 교수는 50년 전에 내가 〈네이처〉에 논문을 발표했을 때 자기 연구에 도움이 되었다고 편지를 보내왔던 사람이다. 나는 단도직입적으로 내 논문을 심사도 하지 않고 퇴짜 놓은 사람이 당신이냐고 물었다. 그는 그렇다면서, 자기는 내 이론을 믿을 수가 없다고 주장했다.

그 말에 나의 40년 전 실험 결과뿐만 아니라 과거 몇십 년간 다른 연구자들이 발표한, 방사선이 암 혈관에 미치는 영향에 관한 논문들을 종합해서 논평한 논문을 작성해 다시 제출했더니 그것도 거절당했다. 나는 그 논문을 〈Radiation Research〉지에 제출했더니 거기에서도 선뜻 받아주지 않아 3번이나 내용을 수정해야 했다. 결국 논문이 게재되기까지 1년 반의 시간이 걸렸다. 흥미롭게도 그렇게 괄시당한 문제의 논문은 방사선 치료 분야에서 주목을 받기 시작했다. 현재까지 430회 이상 인용되었고 계속해서 인용 수가 증가하는 중이다(Radiation-induced vascular damage in tumors: Implication of vascular damage in ablative hypofractionated radiotherapy (SBRT and SRS). Rad Res. 177: 311-27. 2012).

내 이론을 더 증명하기 위해 새로운 실험을 하기로 했다. 나는 밤낮으로 실험에 몰두한 끝에 암을 고선량의 방사선으로 조사하면 많은 암세포가 혈관 상해로 인해 간접적으로 사망한다는 사실을 증명했다. 이런 실험 결과에 근거해 종전의 방사선량과 암세포의 생존율 관계를 나타내는 '방사선 생존 곡선 Radiation Survival Curve'과는 다른 생존 곡선을 제안했다. 방사선생물학의 세계 제1인자로 알려진 영국의 잭 파울러 Jack Fowler 교수는 내가 제안한 새로운 생존 곡선이 종전의 어떤 것보다 훌륭하다고 극찬하면서 학계에 소개하였다. 방사선 치료 분야에서는 점차 나의 이론을 받아들이기 시작했다.

2014년 뉴욕 쉐라톤 호텔에서 열린 〈렉셀 감마 나이프 국제학회〉에서 나는 초청 연사 자격으로 500명이 넘는 청중에게 'SBRT와 SRS의 생물학적 기전'이라는 제목의 강연을 했다. SRS나 SBRT가 많은 환자 치료에 쓰이고 있었지만, 그것이 왜 효과적인지는 몰랐던

2014년. 뉴욕시 쉐라톤 호텔에서 열린 〈렉셀 감마 나이프 국제학회〉에서 초청 강연을 했다.

청중에게는 꽤 흥미롭고 신선한 강의였던 것 같다. 그때 청중 가운데에는 서울에서 오신 신경외과 교수들이 20~30분 계셨는데 초청 연사로 강의한 내가 한국 사람이라는 것에 좀 놀라는 것 같았다. 서울대학교 의과대학 신경외과 과장이던 백선하 교수도 그중 한 분이었다. 이후 나는 그분의 초청으로 서울대학교 신경외과에서 강연했고, 2018년에 제주도에서 열린 제6회 아시아 감마 나이프 학회에서도 강연을 했다. 2017년 두바이에서 열린 〈렉셀 감마 나이프 국제학회〉에서 다시 초청 강연을 했는데 한 참가자에게서 "It was the best radiation biology lecture I have ever heard"라는 칭찬을 들었다. 그는 자신이 2년 뒤 브라질에서 열릴 국제방사선수술학회 학회장인데 그 학회에 나를 초청하고 싶다고 했다. 그 초청을 수락한 나는 2019년 브라질 리우데자네이루에서 열린 학회에서 초청 강연을

2019년. 브라질 리우데자네이루시에서 열린
국제 방사선 수술 학회에서 초청 강연을 하고
아내와 Christ the Redeemer를 관광했다.

했다. 한국에서도 학회나 학교 초청을 받아 10여 차례에 걸쳐 SBRT
와 SRS에 대해 강의를 했다. 그리고 한국원자력의학원의 김미숙 원
장님과도 연락이 닿아 현재 그곳에서 진행 중인 SRS와 SBRT 연구
의 고문으로 있다.

　그러나 스탠퍼드 대학의 브라운 교수를 포함한 일부 학자들은
여전히 나의 이론을 의심하고 반문하고 있다. 최근에도 우리는 학
회지를 통해 각자의 이론이 맞다며 설전을 벌였다. 현재 나는 SRS
와 SBRT가 암의 면역성에 미치는 영향을 연구하고 있는데, 고선량
방사선으로 종양을 조사하면 전체적으로 항암 면역성이 상승하지
만 이면에서는 오히려 저하하는 작용도 있음을 관찰하였다. 그래서
SBRT나 SRS의 효능을 높이는 항암 면역 치료법 연구를 병행하고
있다.

제5부

송창원의 사람들

14장

송창원 연구실

인종의 균형을 맞추어라

어느 날 학과장인 레빗 교수에게서 면담 요청이 왔다. 학과장실에 들어가 앉으니 레빗 교수는 좀 주저하다가 내 실험실에 한국 사람이 몇 명이나 되느냐고 물었다. 예기치 않던 질문이어서 나는 좀 당황했다. 나를 포함해서 5명이라고 대답하니 한국인이 너무 많지 않으냐면서, 일본인도 있지 않으냐고 묻기에 일본인 1명과 중국인 2명이 있다고 대답했다. 교토대학에서 온 교수와 베이징대학과 청화 과기대학에서 온 유학생들이었다. 또 터키인 한 사람이 더 있었다. 12명의 실험실 인원 중 9명이 외국인이었다. 레빗 교수는 방사선생물학 연구실 구성원의 인종 균형을 맞추는 것이 바람직하다고 했다. 나는 유대인인 그가 한국인이나 일본인을 싫어하는 인종차별주의자가 아님을 익히 알고 있었으므로 그 말의 의미를 이해했다.

미국과 중국이 문호를 개방하고 중국 학생들이 대거 몰려오기

미국인, 한국인, 일본인, 중국인, 대만인 등으로 구성된 연구실 사람들.
앞줄 오른쪽에서 두 번째가 동아대학교의 허원주 교수이고 오른쪽이
허 교수의 부인이다. 두 분 뒤에 녹색 상의를 입은 사람이 교토대학교의
나가다 교수(현재 히로시마 대학교 방사선치료과 과장)이고,
뒷줄에 서 있는 사람 중 오른쪽에서 네 번째가 인하대학교의 박헌주 교수다.

시작하면서 대학의 미국인들은 역차별을 염려하고 있었다. 학과장
회의에서도 이 사안을 놓고 의견이 분분했다. 사실은 그때 레빗 교
수 밑에서 일하던 5명의 방사선 치료 의사 중 2명이 한국인이었다.
한 사람은 나의 동서인 김태환 교수였고 또 한 사람은 김정규 부교
수였다. 후에 일산암병원의 방사선과 과장이 된 조관호 박사는 우
리 과의 레지던트였다가 조교수로 근무했다. 우리 과에 한국 사람
이 유난히 많은 것은 사실이었다. 그 당시 나의 연구실에 와 있던
모든 외국인의 급여는 내가 NIH에서 받은 연구비에서 지출되었으
므로 내가 누구를 데려오든 학과장이나 학교 당국이 간섭할 권리
는 없었다. 하지만 외국인과 같이 일해야 하는 백인으로서는 옆에
서 알아듣지 못하는 외국어만 들리는 환경이 불편할 때도 있었을

것이다. 익숙하지 않은 외국어는 귀에 거슬릴 수도 있다.

지난 50년간 나의 연구실에는 한국에서 연수를 온 의사나 유학생이 없었던 때가 한 번도 없었다. 지금도 한국인 연구원이 한 사람 있다. 이곳에 거주하는 많은 한국인 대학생들이 대학원이나 의과대학 또는 치과대학에 진학하는데 연구 경험이 있으면 진학에 유리하다고 나의 실험실을 거쳐 갔다. 정확한 수는 기억하지 못하지만 20명은 족히 될 것이다. 그중 한 학생이 실험실에서 큰 실수를 저지른 때가 생각난다. 동물 실험실에서 일하던 학생이었는데 하루는 실수로 쥐rat 케이지 15개가 얹혀 있는 바퀴 달린 카트를 넘어뜨렸다. 한 케이지에 2마리씩 들어 있었으니 도합 30마리가 콘크리트 바닥에 흩어져 도망다니기 시작했다. 각각의 실험 중인 쥐들이 죄다 섞이는 바람에 구별이 불가능해져서 그 실험을 망쳐버렸다. 문

연구원들과 실험 결과에 대해 토의 중이다.

제의 그 학생은 유능한 의사가 되어 현재 미니애폴리스에서 개업 중이다.

　한국인 외에도 많은 외국인이 나의 연구실에서 공부했다. 일본에서 온 20여 명에 대해서는 나중에 별도로 언급하겠지만, 중국과 대만에서도 많이 왔는데 그중에서도 약 30년 전 중국 시안西安 의과대학 방사선치료과 의사였던 장문록 교수가 생각난다. 그때만 해도 중국은 몹시 가난한 나라였기에 내가 지급한 급료는 그로서는 거금이었다. 나중에 그의 초청으로 시안 의과대학을 방문했을 때 그 대학에서는 나를 시안 의과대학 방사선치료과의 명예교수로 임명했다. 그 후 동서 김태환 교수 부부와 우리 부부까지 4명은 다시 시안을 방문해 장 교수 부부의 환대를 받았고 유명한 진시황릉도 관광했다. 장 교수의 추천으로 온 여자 방사선 의사가 있었는데, 3개

중국 시안 암센터 방문. 오른쪽부터 저자, 동서 김태환 교수,
장문록 교수, 나의 아내, 처제(김태환 부인), 장 교수 부인

월이 지났을 무렵부터 기침을 심하게 하기 시작했다. 진단해보니 폐결핵이어서 즉시 격리되었다. 몇 개월간 치료를 받고 결국 중국으로 돌아간 그녀에게서 감사 편지가 왔다. 자기가 앓았던 폐병은 매우 악성이어서 중국에서는 치료가 불가능한데, 내 덕분에 미국에 왔고 치료받게 되어 살았다는 내용이다. 후랭크 노吳国海 박사는 미국에서 오랫동안 살았고 대만의 대북 시에 있는 국립양명대학國立陽明大學의 의과대학 학장을 역임했다. 2005년 나는 그의 초청으로 1개월간 양명대학 초빙교수로 가서 대만의 젊은이들과 즐거운 시간을 가졌다.

한국의 방사선 치료를 세계 무대로

1970년대 초반까지 한국의 방사선 치료는 아기 걸음마 수준이었다. 그 당시 서울 광화문 부근에 있던 방사선 의학연구소 부설 원자력병원에서 방사선 치료를 하고 있었지만 전문 의사가 없었고, 그래서 한때는 캐나다에서 방사선 치료 전문의가 와 있었다고 들었다. 1969년 연세대학교 세브란스 병원은 일본에서 방사선 치료기를 들여왔지만 역시 방사선 치료 전문 의사가 없어서 환자 치료는 활발히 이루어지지 않았다. 1973년 여름, 나는 과학기술처(과학기술부의 전신) 초청으로 연세대학교 의과대학 방사선과(당시 방사선 치료는 방사선과 소속이었다)에 1개월간 초빙교수로 가서 한국에서 처음으로 방사선생물학 강의를 했다. 1959년 유학길에 오른 지 13년 만의 첫 서울 방문이었다.

1970년대 후반, 서울대학병원 방사선과의 한만청 과장이 미네소타 대학 우리 과에 도움을 요청해왔다. 서울대학병원에서 방사선 치료를 시작하기 위한 준비를 위해서였다. 1978년, 그의 요청으로 박찬일 교수가 우리 과에서 6개월간 방사선 치료를 연수하고 돌아가 방사선 치료를 시작한다. 그 후 박찬일 교수는 서울대학병원 치료방사선과에서 많은 방사선 치료 전문의를 양성했고, 대한치료방사선종양학회를 창립해 방사선 치료가 한국에 자리 잡는 데 절대적인 역할을 하였다. 후에 언급하겠지만 세브란스 병원의 치료방사선과를 이끈 김귀언 교수도 나의 실험실에서 연수하였다. 미네소타에서 연수를 마친 박찬일 교수와 김귀언 교수는 서울대학과 연세대학에서 자기 대학 출신뿐만 아니라 지방의 타 대학 출신들에게도 방사선 치료 연수 기회를 제공하여, 한국의 방사선 치료는 빠른 시일에 전국적으로 자리 잡았다.

한국의 방사선 치료는 미네소타 대학에 뿌리가 있다 해도 과언은 아닐 것이다. 현재 한국의 방사선 치료 수준은 어느 나라와 비교해도 손색이 없을 만큼 발전하였다. 수년 전에는 한국원자력의학원의 원장 김미숙 박사의 주관하에 원자력의학원과 국제원자력기구 IAEA 공동으로 동남아시아 개발도상국의 방사선 치료 의사들에게 새로운 방사선 치료법 강습회를 개최했고, 나도 강사로 참여하였다. 한국의 방사선 치료 수준이 그만큼 높아졌다는 뜻이다.

2015년. 한국원자력의학원 주관하에 IAEA의 '아시아-태평양 지역의 SBRT 보급사업 보고회'가
제주에서 열렸다. 앞줄 오른쪽에서 두 번째가 현재의 원장 김미숙 박사, 세 번째가 저자,
그리고 다섯 번째가 당시의 원장 조철구 박사다.

한국에 방사선 치료가 정착하는 데 크게 공헌한 서울대 의대
박찬일 교수(왼쪽)와 연세대 의대 김귀언 교수(오른쪽)

1978년, 서울대학교 자연대학의 초빙교수로서 서울에 가 있었던 3개월 동안, 나는 방사선과 한만청 교수의 요청으로 서울대학병원에서 8회에 걸쳐 방사선생물학을 강의했다. 그때 서울시 여러 병원의 방사선과 수련의 20여 명이 나의 강의를 수강했다. 그 수강생 중에는 후에 한림대학교병원 치료방사선과 과장이 된 배훈식 교수가 있었는데, 그가 내게 편지를 보내왔다. 자기는 원래 진단방사선과 의사가 되려고 했는데 내 강의를 듣고 방사선 치료 의사가 되기로 마음이 바뀌었으니 그 책임을 지라면서, 그 방안으로 미네소타 대학에 단기간이나마 연수를 가게 해달라고 요청해서 나는 그를 내 연구실로 초대했다. 그는 서울에 돌아가 한림대학에 치료방사선과를 만들고 한국의 방사선 치료 발전에 크게 이바지하였다. 이미 언급했듯이 연세대학교의 김귀언 교수도 1987년에 초빙교수로 와서 연구했는데 매우 학구적인 분이었다. 연구실에 있던 1년 6개월 동안 열심히 연구해 2편의 논문을 발표했는데 그중 한 편이 방사선 치료 학계에서 최고의 권위를 자랑하는 〈International Journal of Radiation Oncology, Biology and Physics〉에 게재되었다. 그는 연세대학 치료방사선과장을 거쳐 암센터 원장을 역임하고 대한방사선종양학회장으로 수고했다.

그 밖에 한국에서 연수를 다녀간 20여 명은 대부분은 방사선 치료 의사들이었지만 그 외에 치과, 병리학, 내과, 생리학, 생화학, 동물학을 전공하는 분들도 있다. 짧게는 3개월, 길게는 3년간 실험실에서 연구했는데, 정말 성실하게 공부하고 실험하는 분도 있었지만, 반면에 그저 미국에 유학을 왔었다는 이력을 만들기 위해, 또는 자녀들의 영어교육을 위해 왔던 분도 있었다. 조관호 박사는 나의 연구실에서 1년 공부하고 방사선 치료 수련의 과정을 거쳐 우리 과의 조교수로 근무했다. 귀국 후 일산국립암센터 방사선 치료 책임자가 되었고 대한방사선종양학회장을 역임하였다. 동아대학에서 온 허원주 교수도 처음 해보는 암세포를 이용한 실험에 흥미를 느껴 열심이었다. 같은 대학에서 온 이형식 교수 또한 열심히 연구해서 연구 결과 논문을 발표하였다.

내 연구실에 유학 왔던 분들 중에 현재 부산에만 여섯 분이 계신다. 전남대학의 나병식 교수, 전북대학의 권형철 교수, 인제대학의 오원영 교수와 안기정 교수 그리고 아산병원의 안승도 교수 등도 열심히 공부하였다. 서울 가톨릭대학의 최일봉 교수는 연수 중에 온열 치료에 관심이 생겨 서울에 돌아가서는 온열 치료의 선구자가 되어 현재 한국온열학회와 아시아온열학회 회장으로 애쓰고 있다. 가톨릭대학 병리학과의 이수영 교수는 세 번이나 와서 나와 공동연구를 하였다. 그 밖에도 민우성, 홍기숙, 한창순, 이상화 교수 등이 연구실을 거쳐 갔다. 민우성 교수는 서울 가톨릭병원의 백혈병을 치료하는 센터장을 맡아 수고하였다. 강원대학의 배세경 교수도 1년 넘게 와 있었는데 나의 춘천중학교 후배이며 강원대학교의 교수였던 홍순주 박사의 부인이다. 서울대학의 하성환 교수와 충남대학의 조문준 교수도 짧은 기간이었지만 실험실을 거쳐 가신 방사선 치료 의사다. 박헌주 교수는 서울 가톨릭대학 의과대학을 졸

1990년경 레빗 교수 내외와 우리 부부가 서울을 방문했을 때.
미네소타 대학 방사선치료과 유학생 중 일부와 저녁식사 모임을 가졌다.

업한 직후 유학을 와서 박사학위를 취득하고 인하대학교의 미생물
학 교실에 임용되었다. 나와 오랫동안 공동연구를 계속했고 인하대
학교 의과대학장을 역임했으며 한국과학재단의 의약 단장으로 수
고가 많았다. 또 기억나는 분은 서울대학교 동물학과(후에 분자생물학
과로 개명) 과장을 역임한 강만식 교수다. 젊은 나이가 아닌데도 단
신으로 와서 1년간 연구에 몰두해 나와 함께 좋은 논문을 만들었
다.

2006년, 이렇게 나와 인연을 맺은 분들이 서울 강남의 메리어트
호텔에서 나의 은퇴 기념 파티를 성대하게 열었다. 그 행사를 위해
이형식 교수, 김귀언 교수가 애를 많이 썼고 한편으로 이형식 교수
는 나의 논문집을 만드는 데에도 정성을 기울여주어서 고마웠다.

그동안 나는 한국의 여러 대학교, 병원, 학회에서 강연할 기회가 많았다. 2000년 초 허원주 교수는 동아대학교에서 개최한 국제암 심포지엄에 나를 포함해 미네소타 대학에서 3명을 초청해주었다. 2012년 일산암센터의 조관호 교수는 대한방사선종양학회장으로서 창립 30주년 기념 학회에 나를 초청해 한국방사선 치료에 종사하는 여러분들 앞에서 강의할 기회를 주었다. 그때 좌장이던 연세대학 성진실 교수는 나를 80세 고령이라고 소개했는데 그것이 벌써 9년 전의 일이다. 최은경 교수의 초청으로 서울 아산병원에 1개월간 있었던 때도 기억한다. 최일봉 교수가 주관한 크고 작은 온열 치료 학회에서도 여러 차례 강연을 했다. 현재 나는 김미숙 원장의 추천으로 한국원자력의학원의 고문으로 있다.

나는 경제적으로 어렵던 시절에 국비 원자력 유학생으로 선발되어 파견된 국비유학생 1호였다. 비록 유학 나온 후 정권이 바뀌면서 정책도 바뀌는 바람에 귀국하여 봉사할 기회는 얻지 못했지만, 국가에 보답하는 의미에서라도 나의 능력껏 한국의 방사선 치료 발전에 조금이나마 보탬이 되려고 힘써왔다. 또한, 앞으로도 할 수 있는 일이 있다면 마다 않고 기꺼이 할 것이다.

2006년. 내 연구실에 유학 왔던 분들이 중심이 되어
강남 메리어트 호텔에서 은퇴를 축하해주었다.

스가하라 교수와 일본인 친구들

　　　　　일생 동안 절친한 벗을 몇 명이나 가질 수 있을까? 일본 교토대학 의과대학장이던 스가하라 쓰도무菅原努 교수는 나의 학문적 선배이자 더할 나위 없는 친구다. 스가하라 교수는 태평양 전쟁 중 교토대학 의학부를 졸업하고 일본군 군의관으로 복무했다. 그때 히로시마와 나가사키에 떨어진 원자탄의 위력을 보고 방사능이 생물체에 미치는 연구에 몸담기로 결심한다. 그러기 위해서는 물리학 지식이 필요하다고 생각하여 오사카 대학 물리학과에 다시 입학해 물리학을 공부하고, 졸업 후에는 방사선생물학 연구에 몰두했다. 2차 대전 후의 극심한 경제적 어려움 속에서 의사 신분을 버리고 다시 대학생이 되어 공부한다는 것은 학문에 대한 비상한 열정 없이는 힘든 일이었다. 그는 후에 교토대학의 방사능 기초의학교실 초대 교수와 방사선 생물연구센터의 센터장을 거쳐서 교토대학 의과대 학장과 교토 국립병원장을 역임했다. 그는 일본방사선생물학회, 방사선민감도증진학회, 또 일본온열학회를 설립하면서 이 분야의 선구자 역할을 했다.

　1970년대 말, 나는 교토에서 그가 주최한 '암의 방사능 민감도 증진'이라는 국제학회에서 처음 만난 후 그와 교류를 시작했고, 방사선생물학과 온열 치료학에 대해 많은 의견을 나누면서 서로 존경하는 사이가 되었다. 스가하라 교수는 특히 나의 온열 치료에 대한 연구 결과를 좋아하여 일본 교수들에게 내 연구를 소개하고 있었

1999년. IAEA 업무로 터키 이스탄불 대학
방사선치료과를 방문했다.

다. 또한, 전에 언급했듯이 함께 온열 치료기를 개발한 야마모도 비니터 사를 설득해 고가의 온열 치료기 1대를 미네소타 대학에 무료로 기증하게 하였다. 그는 국제원자력기구IAEA가 주관하는 미개발국의 방사선 치료발전 사업단장이 되어 나를 단원에 포함시켰다. 그 덕분에 나는 10년 동안 중동의 이집트, 터키 등 여러 나라를 방문해 강의하였다. 또 일본 정부나 기업의 지원을 받아 인도, 대만, 중국에 가서 방사선생물학 관련 교육 강연을 할 때도 외국인인 나를 항상 강사로 초빙하였다.

1985년 나는 스가하라 교수가 이끄는 일본 교수들의 중국 방문 학술단에 합류했다. 7명으로 구성된 방문단은 북경에서 약 200킬로미터 동북쪽에 있는 도시 청더承德의 암센터에서 4일간 방사선 치료 및 방사선생물학 강습회를 가졌다. 센터장과 부인은 북경 공항까지 전세한 버스로 우리 일행을 마중 나왔고 4일간의 강습회 동안 센터장 부부는 방문단을 친절히 보살폈다. 약 50명의 수강생이 중국 각지에서 모였는데, 중국이 외국과 교류를 시작한 지 얼마 안되었을 무렵이라 강의 내용이 그들에게는 새로웠을 것이다. 강습회

1990년경 유럽 학회에 참석 중 스가하라 교수 부부와 함께한 모습.
오른쪽부터 스가하라 교수 부인, 나의 아내, 스가하라 교수 그리고 저자

마지막 날 저녁, 센터장 부부와 함께 만찬이 있었는데 그때 놀랍게
도 부인이 조선족 여성임을 알았다. 그 부인 역시도 일본에서 온 방
문단이니 모두 일본인이라고 생각했다가 내가 한국 사람이라는 사
실에 무척 놀라고 반가워했다. 중국을 방문하는 한국인은 거의 없
었을 때라 그녀에게는 내가 처음 만나는 한국 사람이었다. 다음 날
아침 일찍 우리 일행이 호텔을 나서는데 부인이 나를 찾아와 떠듬
거리는 우리말로 잘 가라는 인사와 함께 선물까지 주었다.

1990년대 중반, 이탈리아의 트렌턴Trenton시 북쪽, 오스트리아와
가까운 산속의 작은 성에서 온열학회가 있었다. 회의 마지막 날 저
녁에 차려진 연회에는 5~6명으로 구성된 실내악단이 은은한 곡을
연주했다. 그런데 러시아에서 온 사람이 앞으로 나가더니 이탈리

아의 민요 '산타루치아'를 러시아어로 부르겠다며 반주 요청을 하고는 노래를 불렀다. 과연 노래 실력이 뛰어난 사람이었다. 다음에는 스가하라 교수가 일본어로 '산타루치아'를 불렀다. 이어 사회자가 미국에서 온 분들 중에서 영어로 '산타루치아'를 부를 사람이 있으면 나와 달라고 했는데 아무도 나가는 사람이 없었다. 미국인 중에는 그 노래를 아는 이가 없었던 것 같다. 그래서 내가 나서서, 나는 미국에서 왔지만 '산타루치아'를 한국어로 부르겠다고 하고 불렀다. 200여 명의 참가자들이 박수갈채를 보내주었다.

2012년 스가하라 교수가 세상을 떠나고 몇 달 후, 교토대학에서는 그의 업적을 기리는 심포지엄이 열렸는데 주최 측으로부터 스가하라 교수의 생애에 대해서 강연해달라는 요청이 왔다. 일본인이 아닌 내게 그런 강연을 부탁한 것은 자신들보다 내가 스가하라 교수와 더 가까웠고 그의 생애를 더 잘 알고 있다고 생각했기 때문이리라. 스가하라 교수와의 교류를 시작으로, 일본에서 온 20여 명의 방사선 치료 의사와 방사선생물학 전공자들이 나의 연구실을 거쳐 일본 전역에서 활약하고 있다. 이상하게도, 미국에 정착해 활동하는 일본 출신의 방사선 치료 의사나 방사선생물학자는 거의 없다. 그래서 일본인들은 일본어로 얼마간 소통이 가능한 내 연구실에 오기를 원했는지도 모르겠다.

현재 히로시마 대학 방사선 치료과장인 나가타 야스시永田靖 교수 역시 내 연구실에 유학 온 일본인 중의 한 사람이다. 1999년에 아내와 같이 교토를 방문했을 때, 그의 알선으로 교토와 오사카 지방

에 사는, 내 연구실 출신 10
여 명이 교토의 호텔에서
환영회를 열어주기도 했다.
일본에는 내 연구실에 유학
은 오지 않았지만 수십 년
가까이 학문적 교류를 나눈
방사선 치료 분야의 원로도
몇 명 있다. 그중 한 사람이

2013년 일본방사선치료학회(JASTRO)에서
초청 강의를 하고 감사패를 받았다.

간사이関西 의과대학의 다나까 게이세이田中敬正 교수다. 방사선 치료
의사인 그는 나처럼 암의 혈관을 다년간 연구했는데, 그의 연구원
3명은 나의 연구실에 1~4년씩 유학을 오기도 했다. 그런가 하면 나
는 1995년에 그의 추천으로 간사이 의과대학기금을 받아 1개월간
그 대학의 초빙교수로 있었다. 그의 은퇴식에도 초청돼 태평양을
건너가 은퇴를 기념하는 강의도 했다. 다나까 교수는 안타깝게도
수년 전에 타계했다. 2000년대 초, 일본 방사선학회 초청으로 아내
와 함께 교토에 갔을 때였다. 학회 전날 밤, 학회장 오노 코오지小野
公二 교수가 학회 주요 인사들 100여 명과 나를 환영만찬에 초대했
다. 미국이나 유럽에서는 이러한 모임에 부부동반으로 참석하는데,
일본이나 한국은 당사자만 참석하는 것이 관례다. 나는 미국에서의
습관대로 만찬에 아내와 함께 참석할 예정이었다. 학회사무국은 그
사실을 만찬일 오후에서야 알게 됐는데, 그렇다면 학회 회장 부인
도 참석하는 것이 나에 대한 예의라고 생각하여 급히 학회장 부인

1999年9月12日　Dr. Song ご夫妻を囲む会　於. 京都パークホテル

1999년. 나와 아내가 교토를 방문했을 때
교토-오사카 지역에서 유학 왔던 분들이 환영파티를 열어주었다.

Chang W. Song 博士　レセプションパーティー　昭和63年9月9日

1995년. 간사이 의과대학에 1개월간 초빙교수로 갔을 때의 환영 파티.
앞줄 오른쪽부터 세 번째가 다나카(田中) 교수이고 다섯 번째가 저자을 만찬에 초대했다. 그러한 행사에 한 번도 참석해본 적이 없었던 오노 교수 부인은 뜻밖의 만찬에 초대돼 매우 감격해했고 이게 모두 아내 덕분이라며 우리에게 거듭 감사 인사를 표했다.

후쿠이 대학福井大学의 카노오 에이이치加納永一 교수는 유명한 방사선생물학자인데 자기의 선조가 한반도에서 온 것 같다고 자랑하기도 하였다. 일본 문화 속의 조선 문화 연구가 그의 취미였다. 재일작가이자 역사연구가 김달수 씨가 집필한 책《일본 속의 조선 문화日本の中の朝鮮文化》는 무려 12권인데 그중 6권은 가노 교수가 유명을 달리하기 전에 출판되었다. 가노 교수는 그 6권을 미국에 있는 내게 보내주기도 했다. 나는 교토대학 방사선 치료학과의 아베 미츠유키阿部光幸 교수와 히라오카 마사히로平岡眞寬 교수와도 40년 넘게 교류하고 있고, 동경 부근 방사선 의학연구소의 안도 오코오이치安藤興一 박사와도 오랫동안 학문적으로 가깝게 지낸다.

불행히도 한국과 일본 간의 외교적 갈등은 여전히 진행 중이다. 일본이 역사 문제, 영토 문제로 한국에 무역 보복을 시작하면서 한일관계는 최악으로 치달았고, 여전히 개선될 기미는 보이지 않는다. 인류학적·고고학적 사실에 따르면, 두 나라는 떼려야 뗄 수 없는 관계다. 양측이 모두 한 발짝씩 물러서고 양보할 때 두 이웃의 관계는 개선될 수 있다고 믿는다. 내가 연구를 계기로 접했던 일본인들은 대부분 일본이 한국을 식민 지배한 것은 잘못이었다고 생각하고 있었다. 그리고 역사적으로 일본 문화에 미친 한반도의 영향이 지대했다는 것도 잘 알고 있었다. 내가 아는 일본인은 모두 겸

손하고 예의 바른 이들이다. 그리고 무엇보다 한국을 좋아하고 한국인인 나를 좋아하는 사람들이다.

여담인데, 한국에서는 외국에서 한국에 들어가는 것은 입국入國이라고 부르고, 중국에서는 자국에 들어가는 것을 입경入境이라 부른다. 그런데 일본에서는 상륙上陸이라고 한다. 배를 타고 들어오면 상륙했다고 하는 게 당연하지만, 비행기를 타고 하늘에서 내려와도 상륙이라고 하며 여권에도 상륙이라는 도장을 찍는다. 옛날에 외국에서 일본에 온 사람들은 모두 배를 타고 와서 상륙했기 때문에 아직도 그 관습이 남아 있는 것이다. 나는 학문 교류 관계로 그동안 일본에 50여 차례 상륙했다.

나의 연구비

대학의 연구실을 유지하려면 연구비가 필요하다. 미국의 모든 대학처럼 미네소타 대학도 학교에서 나오는 연구비는 거의 전무하다. 새로 채용된 교수에게 처음 수년간은 착수금 명목으로 연구비를 지원하지만 그것이 끝나면 외부에서 연구비를 구해야 한다. 그렇지 않으면 연구실 운영이 힘들어진다. 앞서 언급했지만 나는 1970년, 미네소타 대학에 부임해 올 때 얼마간의 연구 착수금을 받았다. 1972년에는 미국국립보건원인 National Institute of Health(NIH)에서 처음으로 연구비를 받았고 그 후 적지 않은 연구비

RESEARCHERS OF
Merit

Two University of Minnesota investigators receive the prestigious NIH Merit award, bringing the Medical School total to seven.

By Jean Murray

Two distinguished University of Minnesota Medical School researchers have recently been awarded the prestigious MERIT award from the National Institutes of Health (NIH). Drs. Chang Won Song, and Robert F. Miller join five previous winners — Khalil Ahmed, Ph.D., professor of laboratory medicine and pathology at the Veterans Administration Medical Center; Robert J. Bache, M.D., professor of medicine; Harry S. Jacob, M.D., professor of medicine and of laboratory medicine and pathology; Horace H. Loh, Ph.D., professor and head of the Department of Pharmacology; and James G. White, M.D., regents' professor of pediatrics and laboratory medicine and pathology — who were profiled in the Summer 1988 issue of the *Medical Bulletin*.

Beginning in 1986, NIH began offering a limited number of MERIT (Method to Extend Research in Time) awards to investigators who had demonstrated superior competence and outstanding productivity during their previous research endeavors.

The purpose of these awards is to provide long-term stable support to those whose research performances have been distinctly superior. Long-term support fosters continued creativity and spares these researchers the administrative burdens associated with preparation and submission of research grant applications.

Investigators do not apply for MERIT awards. After submitting research proposals in accordance with conventional NIH procedures, candidates are singled out for MERIT award consideration by NIH staff or members of the National Advisory Council.

Criteria for selection include: a regular research project grant application that is deemed highly meritorious by the initial review group: a past record of scientific achievement and demonstrated leadership in the research area addressed by the grant application; and an area of research of recognized importance or of special promise.

MERIT awards are granted for an initial period of three to five years. Based on review of accomplishment, the award may be extended for an additional three to five years.

Chang Won Song, Ph.D.

Dr. Song received a MERIT award for his research program entitled, "Vascularity and Reoxygenation in X-Irradiated Tumors." The program is currently being supported by the National Cancer Institute.

In describing the research, Song writes, "Blood flow plays the cardinal role in the response of tumors to various treatments, such as radiotherapy, chemotherapy, immunotherapy, and hyperthermia. Tumor cells become extremely radioresistant when the oxygen supply through the blood circulation is insufficient. Chemotherapeutic drugs and antibodies labeled with radioisotopes or toxins are delivered to tumors through the blood circulation. The temperature of tumors during hyperthermia treatment is also directly related to heat dissipation (cooling) by blood circulation.

"During the last 18 years, this grant has supported our investigations on the role of blood flow in the treatment of tumors and also the changes in blood flow by the treatments. One of our current research interests is finding a means to improve the oxygen supply to tumors through blood flow in order to increase the response of tumors to radiotherapy.

We have shown that certain chemicals vastly improve the oxygen supply in animal tumors. This approach is now being tested for human tumors in several medical centers, and the results are encouraging."

Song is currently professor and director of the Radiation Biology Section of the Department of Therapeutic Radiology. He has been at the University since 1970. He received his B.S. in chemistry from Seoul National University, his M.S. in biochemistry from Korea University, and his Ph.D. in radiation biology from the University of Iowa.

His research interests include the effect of radiation and hyperthermia on tumor physiology, the radiation effects on bone marrow stem cells and immune systems related to total body and total lymphoid organ irradiation and bone marrow transplantation, the combined treatment of tumors by radiotherapy and immunotherapy, and chemical radiosensitization and radioprotection.

Robert F. Miller, M.D.

Dr. Miller, head of the Department of Physiology, is an expert in the neurochemical and electrophysiological functions of the retina. He joined the Medical School faculty in July of 1988, and is holder of the 3M Bert Cross Chair in Neurosciences.

He describes the research project as follows:

"The project for which I received a MERIT award from the National Eye Institute is entitled, Cell communication in the vertebrate retina.' My interest in the retina is focused on the mechanisms by which neurons communicate with each other and by which neurons and

12

Chang Won Song, Ph.D.

Robert F. Miller, M.D.

Photos by Nancy Malgren

1988년. 미네소타 대학 기관지에 실린 Merit Award 수상 기사

glial cells interact. I began this project many years ago by demonstrating that a major component of the electroretinogram, an electrical signal measured from the cornea and used for clinical studies, is generated, not directly by the neurons of the retina, but instead by the radial glial cells of the retina called Müller cells, named after their discoverer.

"Together with my colleagues, we later turned our attention to mechanisms of cell communication between neurons of the retina and found several pharmacological agents which allowed us to identify the basic pathways within the retina which shape the receptive fields of ganglion cells. During the course of these experiments we discovered inhibition at the ganglion cell level and demonstrated that inhibition in the retina is of two types: One type is mediated by GABA, while the second type is mediated by glycine.

"For the past several years my attention has been focused on the mechanisms by which rods and cones and bipolar cells interact with their follower neurons. We carried out extensive pharmacological studies which have established, beyond doubt, that these cells release excitatory amino acids, probably glutamate, as a neurotransmitter. These studies have shown that there are probably five different types of excitatory amino acid receptors distributed among various neurons in the retina, which mediate some of the special retinal pathways associated with information about the visual image.

"One of the great puzzlements of the retina is that it contains about two dozen different neurotransmitters, yet we know of the function of only a few. Among these two dozen transmitter candidates are numerous peptides. We have just completed a fairly extensive study of the action of peptides in the retina. It is clear that while these agents serve to modulate the excitability of many different retinal neurons, their role in retinal physiology and homeostasis remains to be established."

Miller came to Minnesota from Washington University School of Medicine in St. Louis where he had been a professor of cell biology, physiology, and neurobiology. He began at Washington University as an associate professor of ophthalmology in 1978. Prior to that, he was a faculty member at the State University of New York in Buffalo.

13

를 NIH나 미국암학회American Cancer Society에서 받았다.

이렇게 외부에서 연구비를 지원받는 것이 쉬운 일은 아니다. NIH의 경우, 신청 과제 중 약 10퍼센트 정도만 선정해 연구비를 지원한다. 1972년에 처음 받은 연구비는 암 혈관 연구를 위한 것이었는데, 4년 또는 5년마다 갱신되는 것으로 내 경우 모두 6번 갱신돼 28년간을 지원받았다. 동일 과제로 28년간 지원받은 사례는 매우 이례적이며 미네소타 대학에서는 전무후무한 기록이다. 1988년에는 NIH에서 MERIT Award를 받았다. 연구비 신청 과제 중에서 상위 1~2퍼센트의 우수 과제에 주는 연구비인데, 5년의 연구 기간이 끝나고 간단한 연구보고서를 제출하면 별도의 심사 없이 연구 기간을 자동으로 4~5년간 연장해준다. 오랫동안 연구비 걱정 없이 연구에 전념하라는 취지다.

NIH에서 MERIT Award 수상자로 선정되었다는 통지를 받고 과장인 레빗 교수에게 보고했더니 "Very good"이라고 대수롭지 않게 반응했다. 며칠 후 그로부터 의과대학 학장이 나를 만나고 싶어 하니 가보라는 전화가 왔다. 의과대학 과장 회의에서 MERIT Award에 대한 얘기가 나왔는데, 우리 과 송창원 교수가 받았다고 하니 학장은 화들짝 놀라며 그걸 왜 보고하지 않았냐면서 나를 만나보고 싶다고 했다는 것이다. 학장과 만난 자리에서 그는 MERIT Award의 연구 내용을 궁금해하며 수상을 축하해주었다. MERIT Award를 얼마나 갖고 있는가는 의과대학의 연구능력을 가늠하는 기준이기도 했기 때문이다.

그제야 MERIT Award의 가치를 알게 된 레빗 교수는 학장을 비롯해 우리 과 60~70명 전원을 초대해 호텔에서 축하 파티를 열어주었다. 아이오와 대학교의 은사 라일리Riley와 오스본Osborne 두 교수님 내외도 먼 길을 달려와 축하해주셨다. 지도교수인 에번스 교수님은 이미 병환으로 타계하신 후였다. 생존해 계셨다면 한달음에 달려와 당신 일처럼 기뻐하며 축하해주셨을 것이다. 나는 이러한 연구비 덕분에 연구를 지속할 수 있었고 또 한국이나 기타 외국에서 많은 분을 연구실에 초청할 수 있었다. 1979년부터 1982년까지는 방사선의 의학적 이용에 관한 연구비 신청을 심사하는 심사위원 자격으로 매년 3회 워싱턴 DC 교외의 베데스다Bethesda에 있는 NIH에 가서 심사에 참여했다. 약 20~30명의 심사위원이 3일에 걸쳐 100여 개가 넘는 신청 과제를 심사해 그중에서 10퍼센트가량의 과제를 선정하기란 만만치 않다. 나는 또 NIH의 암 연구센터 운영비 지원 신청 심사의원으로도 4년간 더 봉사했다. 그 후로도 계속 NIH의 연구비 심사를 맡고 있는데 지난달에는 COVID-19 때문에 온라인상으로 하는 심사에 참여했다.

15장

미네소타와 나

미네소타의 한인사회

내가 1970년에 미네소타에 왔을 때는 약 200명의 한국인이 살고 있었는데 그중 반은 미네소타 대학 학생들이었다. 당시의 한국 학생들은 모두가 대학원생이었고 지금처럼 학부생은 없었다. 또 미국에서 태어난 2세들은 전무했다. 그 당시 미네소타 대학교에는 미국의 어느 대학보다 한국인 유학생들이 많았다. 그 외에 의과대학 병원에는 연수차 와 있는 한국 의사들도 몇 명 있었다. 트윈시티에 거주하는 한국인 의사는 30명이 넘어 한인 의사회가 조직되어 있었다. 그렇게 많은 사람이 미네소타 대학에 공부 또는 연수차 온 것은 1950~1960년대에 진행된 미네소타 프로젝트Minnesota Project 덕분이었을 것이다. 1954년, 미국 국무부는 6·25 전쟁으로 황폐해진 한국의 교육을 돕기 위해 미네소타 프로젝트를 가동한다. 미네소타 대학이 서울대학의 재건과 발전을 원조하는 사업으로, 1955년부터 1962년까지 시행되었다. 이 프로젝트에 따라 서울대학교의 의과대학, 간호대학, 공과대학, 농과대학에서 강사급 이상의 교수진 226명이 짧게는 3개월, 길게는 4년간 미네소타 대학에 왔고 미네소타에서도 60명의 교수들이 서울대학에 와서 강의와 연구 지도를 했다. 이 프로젝트를 기반으로 서울대학뿐만 아니라 한국 전체의 의학, 공학, 농학에서 눈부신 발전이 이루어졌고 미네소타 프로젝트로 유학 온 교수들의 제자들이 다시 미네소타 대학으로 유학을 오는 인연이 이어졌다.

1970년대 초반, 이곳에는 한인교우회Korean Christian Fellowship가 있어서 주일 오후마다 마칼레스터 대학Macalester College의 교회 건물에 약 100명의 한인이 모여 예배를 드렸다. 여러 교파를 포함한 개신교와 천주교 신자들, 그리고 신자는 아니지만 외로움에 한인들이 보고 싶었던 유학생들이 구성원들이었다. 신앙생활을 위한 모임이었지만 트윈시티에 거주하던 한인들 중 반수가 넘는 사람들이 참석하다 보니 이민자와 유학생들의 친목 모임 같은 성격도 있었다. 내가 교우회 예배에 참석한 지 얼마 안 되었을 무렵, 교우회에 내분이 생겨서 한인교우회와 한인교회로 갈라졌다. 나는 의과대학에서 같이 일하던 성주호 교수님과 개인적으로 가까운 이윤호 선생님이 속해 있던 한인교우회에 합류했다. 교우회는 후에 미네소타 제일한인장로교회가 되었고 한인교회는 우여곡절 끝에 트윈시티 한인장로교회가 되었다.

두 교회는 각각 성실하게 이 지역 한국인들의 신앙생활에 보금자리 역할을 하려고 노력했지만, 겨우 100~150명의 교인들로는 교회 본연의 역할을 수행하는 데 어려움이 많았다. 그러던 중에 두 교회의 통합이 거론되기 시작했고 나는 제일장로교회 통합추진위원회 쪽 사람으로 통합 교섭에 관여했다. 그 당시 제일장로교회의 담임 목사는 김상희 목사님이셨고 트윈시티 장로교회는 유병춘 목사님이셨다. 교회의 통합은 결코 쉽지 않았지만 많은 난관을 극복한 끝에 1991년 초 마침내 두 교회는 통합했고 그리하여 현재의 미네소타 한인장로교회가 탄생했다.

통합 이후 많아진 교인들을 수용할 새 교회 건물이 필요했다. 나는 이윤호 장로님, 이우범 장로님과 함께 건물구매위원회원이 되어 현재의 미네소타 장로교회 건물을 구매했다. 요구 가격은 120만 불이었는데 이윤호 장로님이 능숙한 흥정 솜씨를 발휘하여 80만 불로 구매를 성사시켰다. 통합 전 제일장로교회는 성가대 지휘자였던 강영호 장로님의 주장으로 당시 1만 3천 불이 넘는 고가의 피아노를 구매했다. 너무 고가의 피아노를 산 것이 아닌가 싶었는데 새로 산 교회의 넓은 예배당에 들여놓으니 그제야 그 피아노의 진가가 발휘되는 느낌이었다.

1960년대부터 미국에 이민 와서 정착하는 한국인들이 급격히 증가했다. 한인들이 늘어남에 따라 한인교회의 수도 증가했다. 교회는 신앙의 보금자리이기도 하지만, 이국땅에 사는 한인들이 외로움을 달래기 위해 모이는 곳이기도 했다. 그렇다 보니 사랑이 충만해야 할 교회에 내분이 생기고 반목과 갈등이 깊어져 시끄러웠고, 이것은 그 지역 한인 사회의 분열로 이어지는 경우가 많았다. 따라서 두 교회가 통합하여 탄생한 미네소타 한인장로교회는 미국 내 한

인사회에서는 지극히 드문 모범사례가 되었다. 트윈시티에는 1950년대부터 한인회가 조직되었는데 나는 분주한 연구 생활 중에도 한인회의 회장, 이사장 그리고 고문 등의 직함으로 아직도 한인회 일을 돕고 있다. 또한 한글학교 창립에도 관여했고 한인봉사회 창립에 관여해 2대 이사장을 맡기도 했다.

내가 미네소타 한인회 회장이던 1972년, 한 한인장학재단에서 이미자, 최희준, 곽규석 세 분을 미국에 초청했다. 몇몇 도시에서 공연하고 그 수익금은 장학재단에 보내기로 한 조건이었다. 이들은 100여 명의 관중이 모인 미네소타 대학 강당에서 공연했는데 악기 반주도 없이 이미자와 최희준 씨가 노래를 불렀다. 무슨 노래를 불렀는지는 기억이 안 난다. 1959년에 서울을 떠나 줄곧 미국에 살았던 나는 그들을 잘 몰랐고 그들이 부른 노래들 역시 생전 처음 듣는 것이었다. 한인회 회장이던 나는 그분들을 집에 초대해 저녁 식사를 대접했다. 1970년대 초에 서울에서 온 그들에게는 보잘것없는 내 집, 가구, 지저분한 카펫까지도 화려하게 보이는 것 같았다. 거실에 깔린 카펫을 만져보며 값이 얼마나 되느냐고 묻던 장면이 기억난다.

미네소타의 벗들

　　미네소타에서의 50년 동안, 만난 사람도 많고 신세 진 사람도 많았다. 미네소타에 오기 몇 개월 전에 처제(주재죽)와 동서 김태환 박사는 미니애폴리스로 이주했다. 김태환은 서울대학교 의과대학을 졸업하고 워싱턴 DC 부근 병원에서 인턴 과정을 마쳤다. 나는 그에게 앞으로는 방사선 치료가 암 치료에서 중요한 역할을 할 테니 미네소타 대학에서 함께 방사선 치료를 공부해보자고 제안했다. 그렇게 1970년 초여름, 미네소타 대학병원으로 옮겨온 그는 우수한 성적으로 수련의 과정을 마치고 대학에 남아 부교수까지 진급했다. 이후 미니애폴리스 애보트Abott 병원의 방사선 치료과장으로 전임했다. 이국땅에서 처제 내외와 가깝게 사니 서로 의지도 되고 다행이었다. 자동차로 5분 거리에 살았던 처제네는 아이가 셋이었는데, 덕분에 그 집 아이들과 우리 집 아이들 3명은 형제처럼 가까이 지내면서 자랐다. 아이들은 모여 노래를 부르고 어울려서 뛰어놀기도 했다. 어느덧 훌쩍 자라 이제는 그들의 자녀들이 생겨서, 한 번 모일라치면 다함께 모여 떠들고 뛰어놀아 집이 떠나가도록 시끄럽지만 그래도 아이들을 바라보는 우리는 행복하기만 하다.

동서 김태환 박사와 처제 주재죽 부부

이윤호 장로님 부부와 우리 부부

　미네소타에 처음 왔을 때, 우리 가족을 제일 먼저 환영해주신 분은 이윤호 장로님 내외분이다. 장로님은 나보다 많이 연상이셨는데도 친구처럼 가까이 대해주셨다. 그분은 일찌감치 1949년에 유학와 1955년에 미네소타 대학에서 회계학 석사학위를 취득하셨다. 잠시 직장 생활을 했다가 부인과 함께 Lee's Apron Manufacturing Company라는 봉제 회사를 설립하고 성공적으로 운영하셨다. 두 내외분은 외로운 한국 유학생들을 돌봐주며 주말에는 많은 학생을 집에 불러 한식을 제공하셨다. 미네소타의 여러 한인기관과 단체에 아낌없이 재정 지원을 했고 교회에도 많은 헌금을 하셔서 오늘날의 미네소타 장로교회가 있는 데 크게 이바지하셨다. 미네소타 한인봉사회가 설립됐을 때 이사장직을 맡아 물심양면으로 크게 이바지하셨다. 나 역시 이 장로님의 재정적 도움으로 미네소타 대학에 Lee Lectureship을 설립하여 1년에 한 번 외부에서 강사를 초빙해 세미나를 개최했다. 이 장로님과는 골프도 많이 쳤는데 나한테 1~2달러라도 딴 날은 기분이 좋아서 10~20달러짜리 저녁을 사주셨다. 그랬던 장로님은 애석하게도 2010년에 향년 93세로 하늘나라로 떠나셨다.

나의 연구실 바로 옆에는 신경병리학 교실이 있었는데 그 교실 책임자는 성주호 교수님이었다. '송'과 '성'의 발음을 잘 구별하지 못하는 미국인들은 성 교수를 찾다가 나를 찾아오는 때가 많았다. 한번은 처음 보는 백인 교수가 내 방에 들어오더니 "Here you are" 하면서 높이가 30센티미터는 될 법한 큰 유리병을 내려놓고 나갔다. 나는 알지도 못하는 사람이 놓고 간 유리병 속에 무엇이 들었는지 궁금해 살펴보다 깜짝 놀랐다. 100개도 넘어 보이는 쥐의 머리가 포르말린 용액에 잠겨 있었다. 필시 쥐의 뇌 연구를 위한 것일 테니 성 교수님에게 가야 할 물건이다. 연구에 몰두했던 60년간, 내 연구실에서 희생된 동물의 수는 10만 마리가 넘는다. 그런데 새삼 그 많은 몸에서 잘린 쥐의 머리 모음을 보니 쥐들에게 미안한 마음이 들었다. 나보다 몇 살 위의 성 교수님은 나의 좋은 친구였다. 원래는 철학을 공부하려다 의학을 공부한 분답게 모든 일에 논리적으로 접근하셨다. 철저한 원칙주의자다 보니 좀 고지식한 면도 있어서 주위 사람들과 타협이 어려울 때도 있었다. 그래서 나는 그분을 존경했다. 교수님은 연세대학교 의과대학 학장을 역임했고 현재는 형님이 설립하신 대전의 사학재단 창성학원의 이사장으로 계신다.

정총해 장로 부부

　또 잊을 수 없는 사람이 3년 전에 세상을 떠난 정총해 장로다. 나와 같은 해에 서울대학교 문리대에 입학해 프랑스 문학을 전공한 그는 미국에 와서는 조각을 공부했고 그 후에는 일본문학 박사학위를 취득하더니 미니애폴리스에서 남쪽으로 50마일 떨어진 세인트 올라후 대학St. Olaf College에서 일본어를 가르치다가 은퇴했다. 은퇴 후에는 부인이 경영하던 중국음식점 일을 도우면서 소원이던 창작에 힘써 두 편의 소설을 발표했다. 그가 쓴 소설책 두 권은 내 서가에 꽂혀 있고 그의 조각품 하나는 내 집 거실 탁자 위에 서 있다. 정총해는 양산 태생으로 구수한 경상도 사투리를 쓰는 호인 중의 호인이었다. 나는 불문학과 출신인 그를 불교문학 전공한 사람이라고 놀렸고 그는 나를 화학과가 아니라 화약과 출신이라고 놀렸다. 우리는 배려를 주고받는 사이로 오랫동안 함께했지만 애석하게도 그는 수년 전에 타계했다. 병상에 누운 채, 말은 못했지만 눈으로 나를 알아보고 특유의 미소를 짓던 모습이 아직도 눈에 선하다.

그가 건강했을 때, 나와 전인석 장로, 권학주 장로와 4명은 자주 만나 골프를 쳤다. 그럴 때면 우리 넷은 어린아이들처럼 떠들면서 즐겁게 지냈다. 서로 이기려고 온 힘을 다했지만 대부분의 경우 내가 승자였다. 여기에 전성균 장로까지 합세한 다섯 명의 무리는 한 달에 한 번씩 모여 저녁 식사를 하고 카드놀이를 했다. 저녁 준비를 하느라 부인들은 고생이었지만, 그들도 모여서 잡담의 꽃을 피우느라 시간 가는 줄 몰랐다. 슬프게도 지금은 그중 나만 미니애폴리스에 살고 있다. 정총해와 전인석 두 분은 하늘나라에 갔고, 권학주 장로는 아들이 사는 시애틀에, 전성균 장로는 건강이 나빠져서 뉴욕의 아들 집 근처로 이사했다.

지금은 캘리포니아 얼바인Irvine에 사는 이상준 박사도 잊을 수 없는 친구다. 미네소타 시절 그는 우리 집 근처에 살았는데 그의 아들 데니와 나의 아들 타이터스는 절친이다. 어느 해 여름, 우리는 그의 가족과 미네소타주와 캐나다 국경 부근에 있는 바운더리 워터즈 국립공원Boundary Waters National Park에 가서 침실과 부엌이 있는 하우스보트Houseboat를 빌려 함께 지냈다. 넓은 호수, 아름다운 섬들, 이따금 스쳐가는 바람소리, 붉게 물든 노을 속에 지는 태양을 바라보며 우리는 즐거운 한 주를 보냈다. 1972년에 나는 재미 한인과학기술자협회 미네소타 지부를 창설하고 이상준 박사는 부회장직을 맡았다. 그해 여름, 재미 한인과학기술자협회 본부로부터 한국 정부가 과학기술자 15명을 한 달간 초청할 계획이니 미네소타 지부에서도 후보자를 몇 명 추천해달라는 통지를 받았다. 나는 미네소타 지부는 한 명만 추천할 테니 꼭 받아달라고 요청하고 이상준 박사를 추천했다. 이상준 박사는 미네소타 대학 전기과에서 박사학위를 취득한 후 하니웰Honeywell이라는 회사에서 반도체 개발에 참여하고 있었는데, 이 기회로 서울에 나가 있는 한 달 동안 반도체를 소개하여 한국은 이 박사의 존재를 알게 된다. 후에 삼성은 이상준 박사를 스카우트하는데, 그는 1983년에 삼성반도체의 초대 사업본부장으로 취임해서 한국 최초로 64K DRAM 반도체를 만드는 데 성공했다. 미네소타 출신의 이상준 박사는 오늘날 삼성 반도체 사업의 탄생에 절대적 역할을 했다.

왕규현 교수 부부와도 지난 50년간 끈끈한 우정을 나누며 살고 있다. 조용하고 다정다감한 면에서 부부는 서로 꼭 닮았다. 서울대학 의과대학 출신인 왕 교수는 심장내과 의사로 환자 치료와 학생 교육에 이바지하다가 최근 은퇴했다. 왕규현 교수 내외와 우리 부부는 겨울에는 플로리다로 골프 여행을 같이했고, 여름에는 함께 골프를 친다. 왕 교수 부인의 고향은 춘천에서 멀지 않은 원주인데 그래서인지 나는 그가 만드는 음식을 무척 좋아한다. 우리는 모두 이곳의 '뜸부기 합창단' 멤버다. 왕 교수는 이북에 사는 누이동생 생각이 나서 '뜸북뜸북……'으로 시작되는 노래 〈오빠 생각〉을 좋아한다. 그의 고등학교 후배인 김권식 박사는 그런 선배를 위로하기 위해 '뜸부기 합창단'을 만들었다. 한 달에 한 번씩 주말 저녁에 10여

명이 김권식 박사댁에 모여서 동요, 가요, 찬송가 등을 부르는데 왕
규현 교수와 여성 멤버 한 사람이 2중창으로 부르는 〈오빠 생각〉은
빠질 수 없는 레퍼토리다. 노래 부르기가 끝나면 주인댁 황성숙 여
사가 준비한 다과를 나누며 2~3시간 담화를 나누는데, 온갖 배경의
사람들이 모였다 보니 다양한 화제가 나온다. 이따금 부인들이 정
성스레 만들어온 산들해(산, 들, 바다) 음식을 나눈다. 김권식 박사는
서울대학교 공과대학 출신으로 미네소타 대학에서 토목공학으로
박사학위를 받았다. 30년 전에 EVS라는 토목회사를 설립하고 근년
에는 태양광 발전 시설에 관련된 공사로 크게 성공한 사업가다. 그
는 이 지역의 많은 한인 단체와 자선단체들을 후원하고 있다.

이 고장에는 한 달에 한 번씩 만나는 또 하나의 모임이 있다. 일
명 '버스데이 그룹Birthday Group'인데 12가정의 부부가 한 달에 한 번

버스데이 그룹 모임

인버우드의 골프모임. 오른쪽에서 두 번째가 저자

모여 저녁 식사를 하면서 그 달에 생일을 맞는 사람의 생일 축하를 해준다. 이 모임은 김태환 박사가 10여 년 전에 시작했는데 그 멤버들은 이윤호, 전성균, 왕규현, 전인석, 권학주, 이병윤, 주한수, 강을석, 김권식, 김태환, 박영순 그리고 송창원이다. 그동안 이윤호 장로님과 전인석 장로님은 유명을 달리하셨고 전성균, 권학주, 강을석 부부는 다른 곳으로 이주했다. 그래서 현재 이곳에 남아 있는 회원은 반으로 줄었고, 또 지난 1년간은 COVID-19로 인해 한 번도 모임을 갖지 못했다.

나의 삶에서 빠뜨릴 수 없는 게 있는데, 바로 골프다. 골프는 30년 전쯤에 시작했는데 일이 바빠서 자주 치지는 못한다. 처음에는 주말에 시간을 내어 나갔고, 혹시 주중에 골프 약속이 생기면 다녀와서 밤늦게까지 연구실에서 그날 해야 할 일들을 끝마쳤다. 근래에는 건강을 위해 운동이 필요하다는 생각에 자주 치려고 노력한다. 작년 여름에는 COVID-19로 연구실에 나가지 못하는 바람에 골프할 시간이 많았다. 아내도 잘 치지는 못하지만 운동 삼아 나와 같이 코스를 걷는데, 이런 식으로 가볍게 즐기는 골프는 나이 들어가는 우리 부부의 정신건강에도 좋은 것 같다. 김기용, 문일지 부부께서는 감사하게도 늘 골프 예약을 해주신다. 토요일과 일요일에는 10여 명의 한국인 남자들이 인버우드Inver Wood 골프장에 모여 골프를 친다. 나는 주로 토요일에 나가는데, 나보다 10살은 젊고 골프 실력도 뛰어난 분들이 나를 끼워주는 것이 감사하다. 이 모임은 주한수 박사가 수년 전에 시작한 것으로, 요즘은 정철 선생이 예약을 잡는 데 수고를 해주고 계신다. 작년 여름에는 정지석 집사님과 백진영 목사님의 초청으로 스틸워터Still Water의 골프장에도 몇 번 다녀왔다. 푸른 하늘 아래서 젊은이들과 어울리며 운동하는 것은 심신 건강을 유지하는 데 지대한 도움을 주고 있다.

우리 아이들 이야기

집 바깥에서의 이야기를 쓰다 보니 집안 이야기, 특히 아이들에 대해서 언급할 기회가 없었으므로 여기 간단히 적어볼까 한다. 우리가 미네소타에 이주해왔을 때 장녀 페기(송은영), 장남 타이터스(송영진) 그리고 차녀 레베카(송은경)는 각각 7살, 6살, 1살이었다. 그래서 페기와 타이터스는 곧 초등학교에 다니게 되었다. 집 근처의 공립초등학교였는데 페기와 타이터스를 제외하고는 수백 명 학생 모두가 백인 아이들이었다. 다행히 페기와 타이터스는 그런 환경에 전혀 개의치 않고 학교생활에 잘 적응했고 백인 친구들과도 잘 어울렸다. 학교 성적도 좋았다.

나는 우리 아이들은 미국 시민이며 미국 시민으로 살아가는 데 손색없게 자라야 한다고 생각했다. 그래서 아이들의 모국어인 영어를 먼저 배워야 한다고 생각해서 집에서도 한국어 사용을 강요하지 않았다. 그렇다고 한국어 공부를 반대한 것은 아니다. 나는 이지역에 한국어 학교를 설립하는 데 적극 참여했고 우리 아이들도 매주 토요일에는 한국어 학교에 가서 한국어를 배웠다. 또 세 아이 모두 대학 졸업 후 1년간 한국에 나가 한국어를 배우게 했다. 그래서 아이들은 한국말을 조금은 알아듣는다.

페기는 매우 활발하고 모든 일에 열심이고 적극적이며 성실한 모범생이다. 초등학교 5학년 때 자기 반 학생회의 총무에 출마해 '나는 너희와 피부색이 좀 다르지만 일을 맡겨주면 잘할 수 있다'라고 선거 연설을 하여 당선되었다. 고등학교에서도 학업에 충실하면서 과외 활동도 활발히 했는데 그중에는 Dance Line 멤버가 되어 줄 맞추어 춤추는 모임도 있었다. 나는 페기가 대학에 진학할 때, 입시 지원 등에 전혀 관여하지 않았다. 아니, 그보다는 바빠서 무심했다는 것이 정확한 표현일 것이다. 페기는 중서부의 하버드 대학이라는 칼튼 대학Calton College에 일종의 수시 모집Early Decision으로 합격했다. 나는 페기가 합격했다고 말해줄 때까지 Early Decision이 무엇인지조차 몰랐다. 명색이 첫아이인데, 페기의 대학 진학에 너무나 무관심했던 것이 많이 미안했다. 페기는 경제학을 전공하면서 어릴 때부터 배운 피아노를 부전공으로 졸업했는데 4학년 때는 독주회도 가졌다. 칼튼 대학을 졸업하고는 프린스턴 대학Princeton University의 Woodrow Wilson School of Public and International Affairs에 진학했는데 등록금 및 생활비 일체를 포함한 전액 장학금을 받고 공부했다. 그 후 세계은행에 입사해 2년간 일하다 시카고 노스웨스턴 대학Northwestern University의 법과대학을 졸업하고 현재 샌프란시스코에서 변호사로 일하고 있다. 직장 생활을 하면서 두 딸의 엄마 노릇을 하느라 몹시 바쁜 삶을 산다.

타이터스는 누나와는 달리 자기가 하고 싶은 것 외에는 별로 연연하지 않는 성격이다. 그래도 머리는 명석해서 초등학교 5학년 때는 블루밍턴시Bloomington City 5학년 학생 전체에서 20명을 선발하는 Advanced Student Program에 포함되어 교실 수업보다 과외활동에 더 많은 시간을 보냈다. 고등학교에 진학해서도 공부보다는 놀기에 바빴고 운동을 좋아했는데 그럼에도 학교 성적은 나쁘지 않았다. 고등학교 3년간 학생회 회장을 했는데, 3학년 때는 학교 규칙이 너무 엄하다고 항의했다가 3일간의 정학 처분을 받기도 했다. 타이터스는 칼튼 대학에서 정치학을 공부했고 졸업 후에는 미네소타 대학에서 MBA를 획득했다. 미니애폴리스 American Express에서 근무하다가 현재는 UBS Financial Service Inc에서 Special Investment

Consultant로 일하고 있다. 작년에 미국 전체 UBS의 The Best Investment Consultant로 선정된 것을 보면 자기 할 일은 잘하고 있는 것 같다.

레베카는 어릴 때부터 음악에 재능을 보였는데, 5살 때 절대 음감을 가진 아이라는 걸 알게 되었다. 공부보다는 피아노 치기를 좋아했고 고등학교 5~6학년 때는 학교 합창단의 피아니스트로 활약했다. 고등학교 6학년 때 공연한 로저스Rodgers와 해머스타인 Hammerstein 작곡의 유명 뮤지컬 〈오클라호마!Oklahoma!〉에서 레베카가 전곡을 반주하는 것을 보니 새삼 대견하였다. 레베카는 아이오와 웨슬리안 대학Iowa Wesleyan University에서 피아노를 전공했고 노던 아이오와 대학Nothern Iowa University 대학원에서 피아노 교육학으로 석사학위를 받았다. 피아노 교사를 하면서 음악치료사 자격을 획득했고, 현재 시카고에서 음악치료사 겸 피아노 교사를 하고 있다. 셋 중에서 가장 정이 많아 이틀이 멀다고 전화하며 우리 안부를 챙긴다. '딸 바보'라는 말이 있는데 '딸 사랑에 눈먼 부모'라는 의미다. 세 아이의 이야기를 쓰다 보니 나도 '자식 바보'가 된 것 같다.

2019년은 우리 부부의 결혼 60주년이 되는 해였다. 결혼기념일에는 우리 아이들과 처제 부부, 나의 둘째 동생 상원의 아이들 또 그들의 아이들이 모여서 축하연을 열었다. 몇 명의 친지들을 포함, 40여 명이 모여서 즐거운 시간을 보냈다.

성장한 아이들과 함께. 왼쪽부터 타이터스, 페기, 아내, 저자, 레베카

2019년. 우리 부부 결혼 60주년 기념 파티에 모인 가족들

후배 과학자들에게

10년이 지나면 강산이 변한다는 말이 있지만, 우리의 과학지식은 하루가 다르게 변하고 연구 방법에도 눈부신 변화가 일어나고 있다. 그러나 과학을 연구하는 과학자로서 필요한 자질 또는 마음가짐은 변함없다고 생각한다. 평생을 과학자로 살아온 삶을 적어보면서, 몇 발자국이라도 먼저 가본 사람으로서, 과학자가 되고 싶은 사람이나 과학을 하는 후학에게 도움이 될까 해서, 물론 내게도 아직 아쉬운 면이 있지만, 과학자에게 필요한 자질과 마음가짐에 대해서 몇 가지 적어보려고 한다.

나는 과학자에게 가장 필요한 덕목은 투명함과 진실함이라고 생각한다. 신문기자는 사회에서 일어나는 사건이나 문제를 취재하여 사회 구성원 모두와 공유하기 위해 보도한다. 이때 보도가 왜곡되면 그것을 통해 사회와 세상을 보는 사람들의 생각이 왜곡되며, 그렇게 되면 사회는 올바른 방향으로 발전하지 못하고 점차 병들어 갈 수 있다. 과학계에서도 같은 상황이 벌어질 수 있다. 자연과학은 자연을 대상으로 연구하여 사실을 발견하고 이를 통하여 진리를 추구하는 학문 분야다. 연구를 통해 알게 된 사실과 그것에 대한 해석을 정리하여 세상과 공유하기 위해 논문을 쓴다. 그런데 논문에 조금이라도 사실이 아닌 것이 실리면, 그것의 여파는 상상의 범위를 초월하는 수준이다. 사실이 아닌 논문을 토대로 연구를 계획하고 연구비를 받아 수년간 잘못된 방향으로 연구를 진행한 사람은 얼마나 허망하게 시간을 낭비한 것인가. 시간이 걸려도 결국 사실은 드러나게 마련이지만 진실하지 못한 논문은 엄청난 시간적, 비용적인 낭비를 초래하고 연구자들 서로에 대한 신뢰를 해칠 수 있다. 이러한 논문을 발표한 연구자 또한 회복할 수 없는 상처를 입어 더는 연구에 종사할 수 없게 되는 경우가 많다. 우리는 황우석 사건을 기억한다. 그는 실험 결과를 조작해 논문을 작성했고 유명한 학술지에 게재함으로써 잠시나마 세계의 찬사를 얻고 한국의 영웅이 되었다. 그러나 그 거짓은 오래가지 못하였다.

과학자는 강한 호기심을 가져야 한다. 내연 기관을 가진 자동차가 달리는 데는 연료가 필수인 것처럼 과학자를 앞으로 달리도록 추동하는 힘은 호기심이다. 늘 궁금한 것이 많고, 늘 새로운 것을 배우고 싶고, 이제까지 알려지지 않은 것을 알아내고 싶은 강한 호기심은 성공한 과학자가 되기 위한 필수 조건이다. 일시적이 아닌 지속적 호기심을 가진 연구자 앞에는 예상하지 못했던 새로운 사실의 세계가 전개될 수 있다.

과학자는 풍부한 상상력을 가져야 한다. 아인슈타인도 '지식보다 중요한 것은 상상력(Imagination is more important than knowledge)'이라고 말한 바 있다. 지금까지 알려진 수많은 과학적 진리, 우리가 누리는 많은 문명의 이기들은 모두 수십 년 또는 수백 년 전에 누군가 미리 상상한 것들이다. 그러한 상상이 길이 되어 우리가 현재 여기에 도달한 것이다. 인간이 동물과 다른 점 중에서 가장 큰 차이가 바로 상상력이 아닐까 한다. 인간은 동물처럼 오늘을 살고 누리지만(물론 이것도 무척 중요하다), 거기에 그치지 않고 내일을 생각하고 미래를 상상하며 산다. 과학 연구도 마찬가지다. 과학자는 지금까지 알려진 지식을 토대로 '상상력을 동원하여' 새로운 가설을 설정하고 그 가설을 시험하기 위해 합리적이고 개연성 있는 계획을 세우고 연구를 수행해야 한다. 뛰어난 상상력에 기반을 둔 연구는 창의적 연구가 될 수 있으며, 새로운 지식 창조가 이루어지는 출발지다.

과학자는 인내심이 있어야 한다. 전인미답前人未踏의 산을 정복하기 위해 등반 계획을 완벽하게 세웠더라도, 정상에 깃발을 꽂기 위해서는 길 없는 산에 길을 만들며 한 걸음씩 올라야 한다. 덤불이 있을 수도 있고 계곡이 깊어서 건너기 힘들 수도 있고 절벽이 가로막을 때도 있다. 그래도 모든 난관을 헤치며 봉우리를 보며 올라가야 한다. 이론적으로 추정하여 예상한 결과를 얻는 것은 생각보다 쉽지 않다. 하지만 진행이 덜컥거릴 때 포기하지 말고 인내심을 갖고 원인을 찾아야 한다. 나는 어떤 실험을 열 번 되풀이한 경험이 있다. 분명 이론적으로는 맞는데 기대하는 결과가 안 나오는 것이 이상했다. 연구를 계속할 것인가 포기할 것인가 망설이다가 그 실험을 열 번 이상 되풀이하는 과정에서 실패의 원인을 찾아냈다. 플라스틱 시험관 대신 유리 시험관을 사용했더니 기대하는 결과가 나온 것이다. 플라스틱에 녹아 있던 산소가 용액 속으로 녹아 들어와서 실험을 망치고 있었다. 과학 연구에는 생각하지 않은 곳에 복병이 숨어 있을 때가 있고, 또 반면 기대하지 않게 행운이 기다리고 있을 때도 있다. 성공적인 연구에는 무한한 인내심이 요구되고 때로는 모험도 필요하다.

과학자는 욕심이 많아야 한다. 다른 모든 분야에도 해당하는 것이지만, 나는 과학자에게도 남보다 빨리 목표에 도달하겠다는 욕심이 있어야 한다고 생각한다. 연구 분야는 무궁무진하지만 전 세계에서 수많은 연구자가 유사한 목적의 연구에 매달려 있다. 먼저 목적을 이루는 자가 승자다. 과학 연구에 있어 2등은 의미가 없다. 2등은 1등이 이루어낸 것을 보증하는 역할을 할 뿐이다. 1등을 해야겠다는 욕심은 과학 발전의 추진력이다.

과학자는 소통 능력이 출중해야 한다. 첫째는 글쓰기다. 아무리
좋은 아이디어를 바탕으로 연구 계획을 세웠더라도 이를 실현하려
면 우선 연구비를 받을 수 있어야 한다. 이를 위해 동료 과학자들
을 설득하려면 체계적이고 이해하기 쉽고 그들을 매료시킬 수 있
는 글쓰기 능력이 필요하다. 또 연구를 성공적으로 마쳤다면 그 내
용을 학계에 보고하는 논문을 써야 한다. 논문을 어떻게 쓰느냐에
따라 연구 내용의 평가가 달라진다. 연구를 마치고 원하는 학술지
에 논문을 발표하려면, 그 학술지의 게재 요건에 맞게 논문을 작
성하고 독자들이 쉽게 이해할 수 있도록 간결하고 명확하게 문장
을 쓸 수 있는 능력이 필요하다. 둘째로 과학자는 구두로 소통하는
데 능숙해야 한다. 즉, 말을 잘해야 한다. 학회에서 연구 결과를 발
표할 때, 아무리 좋은 내용이라도 발표자의 말솜씨가 나쁘면 청중
은 흥미를 잃고 발표에 집중하지 못한다. 수년 전에 작고한 영국 방
사선생물학의 대가 화우라 J. Fowler 박사는 탁월한 강연자였다. 그분
이 단상에 올라가면 발표를 시작하기도 전에 기대가 되었다. 언젠
가 그에게 그렇게 멋진 강의를 할 수 있는 비결이 무엇이냐고 질문
한 적이 있다. 그의 대답인즉, 대학원 입학 전에 잠깐 동안 유명 극
단의 전기 조명사로 일한 적이 있는데 그때 배우들의 연습과 공연
을 많이 지켜볼 수 있었던 것이 강연에 반영된 것 같다고 했다. 나

는 미국에 60년 가까이 살고 있지만, 솔직히 말하자면 아직도 사람들 앞에서 영어로 강연하는 것이 쉽지 않다. 그래서 더욱 강의 준비를 정성껏 하고 있다. 내가 200명의 청중 앞에서 1시간 동안 헛소리를 했다면, 내게는 1시간이지만 200시간이라는 남의 귀중한 시간을 허비하게 한 것이다. 나는 항상 이 점을 생각하면서 강의를 준비한다.

과학자는 또한 예술가 기질이 있어야 한다. 우리가 연구하는 자연은 어떤 예술품보다 아름답고 경이롭다. 연구란, 이러한 예술품을 발굴하여 인류와 공유하는 것이다. 따라서 연구자에게는 자연의 아름다움과 공명할 수 있는 가슴이 있어야 한다. 그래야 발굴해낸 연구 결과를 정리하여 발표할 때도 허투루 하지 않을 수 있다. 결과를 정리하고, 정확히 분석 및 해석하고, 중요한 결과를 보기 좋고 이해하기 쉽게 도표로 표현하는 것, 이런 과정은 예술품의 창작 과정과 다르지 않다. 사려 깊게 잘 그려진 도표는 1시간의 구두 설명보다 더 효과적일 수 있다. 일목요연하게 정리된 연구논문은 마치 여러 색 물감을 혼합해 새로운 색을 창출하여 완성한 아름다운 그림 같다. 강의에 사용하는 도표는 깨끗하고 간단할수록 의사 전달에 효과적이다. 논문을 쓰거나 강의 준비를 할 때, 나는 가능한 한 내용을 간단히, 그리고 보기 좋게 만들려고 노력한다. 2017년 그리스의 수도 아테네에서 열린 '제31회 유럽온열종양학회European

Society for Hyperthermic Oncology'에서는 암 속의 혈관에 대해 나와 견해가 다른 아테네 의과대학의 R 교수와의 특별 토론회가 있었다. 두 사람이 20분씩 발표하고 나서 10분간 질문 시간이 주어지고, 그 후 수강자들의 거수투표로 발표자 간의 승패를 정하는 방식이었다. 먼저 R 교수가 자기 견해를 20분에 걸쳐 발표했는데, 그것을 들으며 나는 내가 승자가 되겠구나 생각했다. 강의 내용 자체도 신통치 않았지만 그것을 설명하기 위해 스크린에 띄운 도표나 그림들이 매우 조잡했기 때문이다. 반면 나는 주요한 요점을 선명하게 잘 나타내는 파워포인트를 정성을 들여 준비했다. 거수투표 결과는 압도적인 나의 승리였다.

과학자는 자기 연구 분야에 충실하고 한 우물을 파야 한다. 연구의 철새가 되지 말아야 한다. 과학 연구에는 항상 새로운 분야가 생기고 새로운 방법이 나오며 또 많은 것들은 시간이 지나면 사라져 버린다. 내가 좋아하고 중요한 분야라고 생각하면 그것을 일생의 연구 분야로 정하고 도전하는 것이 바람직하다. 중요한 것은 연구 분야의 선택이며, 문헌을 찾아보고 선배 연구자들의 의견도 물어보면서 나의 연구 분야를 결정해야 한다. 장래가 밝은 좋은 연구 분야를 선택하는 것은 일생을 함께할 결혼 상대를 선택하는 것과 같다. 그것이 넓을 수도 있고 좁을 수도 있으며 처음에는 좁다가도 계속해서 추구하면 끝없이 넓은 세상이 열릴 수도 있다. 미국에는 '옆집 잔디가 자기 집 잔디보다 더 푸르게 보인다'라는 속담이 있다. 남이 하는 연구가 내 연구보다 재미있고 중요해 보일 때가 많다. 그럴 때마다 자신의 분야를 떠나서 남의 분야로 뛰어드는 철새는 되지 말아야 한다. '남'의 연구 분야에 뛰어들었을 때 그 '남'은 벌써 나를 앞서 있다는 것을 잊지 말자.

1970년경 미네소타 의과대학의 면역학자 로버트 굿Robert Good은 세계 최초로 골수이식에 성공하여 세계적 명성을 얻고 있었다. 1972년에 뉴욕의 슬로언 케터링 암센터Sloan Kettering Cancer Center의 총재로 임명되었고 〈타임〉 지 표지에는 그의 사진이 실렸다. 그는 기자와의 대화에서 5년 이내에 암을 면역 치료법으로 고칠 수 있을 것이라고 호언장담했다. 나는 그의 말에 현혹되어 면역 치료법의 가능성에 매력을 느꼈다. 면역 치료학 전문가는 못 되더라도 면역 치료와 방사선 치료를 접목하는 역할은 할 수 있지 않을까 생각해서, 암의 면역학 연구에 겁 없이 뛰어들었고 논문도 여러 편 발표했다. 그러나 3~4년간 암의 면역학을 연구하면서 면역 치료법으로 암을 고친다는 것은 요원하다는 생각이 들었고 그 즉시 연구에서 깨끗이 손을 떼었다. 굿 박사는 5년 이내에 면역 치료법으로 암을 고치지도 못했고 데리고 있던 섬머린Summerlin이라는 연구원의 연구 부정행위에 휘말려버렸다. 50년이 지난 현재까지도 암의 면역 치료는 아직 걸음마 수준이다.

때로 다른 연구자가 해결하지 못하는 문제가 있을 때, 내가 가진 지식과 연구기술을 적용하면 쉽게 해결될 것 같다고 판단될 때는 자기 분야가 아니더라도 뛰어들어 문제 해결에 도전해보는 것도 의미 있는 일이다. 하지만 묵묵히 자기 분야에 충실할 때 그 분야의 권위자가 될 것이며 훌륭한 연구 열매가 열릴 것이다. 젊은 시절에 나는 혈관을 연구 대상으로 정했고 특히 방사선, 온열 그리고 약물이 암의 혈관에 미치는 영향 연구에 일생을 바쳤다. 그리고 후회하지 않는다.

나의 꿈, 나의 연구 인생

사람들은 어린 시절부터 어떠한 누군가가 되겠노라고 꿈을 꾸지만, 그 꿈을 이룬다는 것은 쉽지 않다. 어릴 적 꿈은 변하는 경우가 많고, 설사 꿈은 여전하더라도 온갖 현실적인 사정으로 포기하고 꿈과 상관없는 직업을 선택하여 살아가는 사람들도 많다. 나는 중학교 2~3학년 때부터 과학자가 되겠다는 꿈을 꾸기 시작하여 적지 않은 우여곡절 끝에 결국 그 꿈을 이루고 과학자로서의 일생을 살았다. 미수米壽가 지난 나이지만 여전히 연구실에서 내가 좋아하는 연구를 하며 하루하루를 보내고 있다.

중학교 6학년 때 6·25 전쟁이 발발했다. 총알이 빗발치고 포탄이 작렬하는 최전선에 뛰어들어 큰 부상을 당했지만 다행히 목숨은 건질 수 있었다. 언제 완쾌될지도 모르고, 평생 장애를 안고 살 수도 있는 처지였지만, 실의에 빠져 넋 놓고 허송세월하지 않도록 나를 지탱해준 것은 과학자를 향한 꿈이었다. 그 꿈을 이루기 위한 첫걸음으로 나는 대학 입시 준비를 독학으로 시작했다. 척추를 짓누르고 있던 몸속 파편도 슬그머니 움직여주어서 몸이 많이 좋아졌다. 결국 상이병으로 군복을 벗고 집으로 돌아온 나는 원주 교외의 치악산 기슭, 작은 촌마을에 있던 피난민 국민학교에서 교편을 잡았다. 이미자의 노래 속 '섬마을 총각 선생님'처럼 나는 강원도 산골의 '산마을 총각 선생님'이 되었다.

교정에서 학교를 둘러싸고 있는 치악산을 올려다볼 때마다 얼마 전까지 고지에서 적과 생사를 다투던 생각이 머릿속을 스쳐갔다. 고지에서 총을 들고 적과 싸우는 대신, 산마을에서 책을 들고 대학 입시 준비라는 새로운 도전을 시작했다. 밤마다 학교 교무실 겸 숙직실에서 밤을 밝히며 입시 준비에 매달렸다. 중학교 6년 중 앞의 1년을 태평양 전쟁에, 또 마지막 1년을 6·25 전쟁에 빼앗기고 또 전쟁터에서 2년이라는 세월을 지내다 보니 머리는 텅 비어버렸는데, 그 상태로 대학 문을 두드려 입시에 성공하기는 불가능한 것 같았다. 그러나 나는 움츠러들지 않기로 했다. 내 꿈을 향해 나아가기 위해 촌마을 교사로 일하면서 5개월 동안 촌음을 아껴가며 공부에 전념하였다. 운이 좋았던지, 아니면 하나님께서 도우셨던지 운명의 길이 열리어 나는 서울대학교 문리대 화학과에 합격했다.

대학에서는 중고등학교 6년간을 제대로 공부하고 들어온, 나보다 2살 어린 동급생들을 따라가는 것이 힘들었다. 눈물겨운 노력으로 뒤처지지 않게 학업을 마친 나는, 직장 대신 학문의 길을 가기 위해 대학원에 진학했다. 낮에는 서울대와 고려대 두 곳의 조교로 일하며 학부생들과 의예과 학생들의 실험을 지도했고, 밤에는 야간 고등학교의 시간 강사로 근무했다. 밤이 돼서야 피곤한 몸을 이끌고 실험실에 돌아와 실험을 시작하곤 했다. 그 당시 6·25 전쟁의 잿더미를 털고 일어서려는 대학들의 연구실은 황무지 상태나 마찬가지였다. 연구에 필요한 시약이나 실험기구까지, 거의 전부를 내 주머닛돈으로 사야 했다. 화학 약품이나 실험기구를 판매하는 시중의 상점들은 구멍가게 수준이었고, 자전거를 타고 실험실을 방문하는 상인들에게 필요한 약품을 부탁하면 그것을 받기까지 며칠에서 몇 달이 걸렸다. 유리 실험기구는 직접 만들거나 동대문 시장 부근에 있던 유리 가공공장을 찾아가 주문해야 했다.

석사학위를 위한 연구는 가슴을 뛰게 하였다. 천문학자가 천체와 별을 연구하며 우주의 기원을 탐구하는 것처럼, 세포생물학은 세포 안을 들여다보며 그 안에서 벌어지는 온갖 현상을 연구한다. 광활

한 우주에 비하면 세포는 한없이 작지만, 그 안에도 끝을 알 수 없는 또 다른 우주가 존재한다. 45년째 우주 저편을 향하여 지금도 날아가고 있는 보이저Voyager 우주선처럼, 또 얼마 전에 화성의 표면에 안착하여 신호를 보내오는 퍼서비어런스 로버Perseverance Rover 탐사 로봇들처럼, 세포 안을 연구하는 생물학자들은 분자 크기의 탐사선을 세포 속으로 들여보내고 그것이 보내오는 시그널을 받아서 분석하며, 그 속을 항해하고 그 안의 것들을 만져보기도 하는 것이다. 그뿐만 아니라 분자 공작대를 보내 세포막을 개조하고, 세포 속 환경을 바꾸고, 세포핵에까지 침투해 DNA를 변조함으로써 원치 않는 유전인자를 잠재우고 새로운 유전인자를 만들기도 한다.

　나의 석사학위 연구과제는 잠자고 있는 녹두 콩알이 물에 잠겨서 발아 시그널이 발생했을 때, 녹두 콩 세포 속의 단백질이 여러 종류의 아미노산으로 분해되고 이들 아미노산이 다른 종류의 새로운 단백질 합성에 참여하는 과정을 규명하는 것이었다. 발아된 녹두를 갈아서 얻은 추출물을 여과지 상에 전개하고 여기에 아미노산만을 선택적으로 염색해서 보여주는 발색약 용액을 뿌려서 발색시키는 실험이다. 이론상 어려울 것 없는 실험인데 원하는 결과는 좀처럼 얻을 수 없는 날들이 계속됐다. 답답하기가 이루 말할 수 없었지만 끈기를 갖고 계속 반복하며 실마리를 찾아 나갔다. 난방이 안 되는 실험실에서는 실험 온도를 맞출 수가 없어서 밤이면 난로

가 있는 교수실로 실험 기기를 옮겨서 밤을 새워가며 실험을 계속하였다.

그러던 어느 날 아침, 밤새 샘플을 전개한 여과지에 아미노산 염색약 용액을 뿌리자 백색 여과지에 20여 개의 아미노산이 선명하게 분리되어 분홍빛 반점으로 나타났다. 순간, 놀라움과 기쁨이 뒤섞인 환호성이 터져 나왔다. 나는 작고 작은 녹두 세포 속 우주에서 일어난 새로운 아미노산들의 이합집산 과정을 관찰한 것이다. 천문학으로 비유하면 멀고도 먼 우주 공간 한쪽에서 새로운 별들이 생기고 사멸하는 장면을 천체망원경으로 관찰한 것이다. 어설픈 대학원생이었던 나는 그날 비로소 과학자가 되어 자연에 숨겨진 진리 한 자락을 처음으로 만져볼 수 있었다. 만해 한용운이 시에서 '지루한 장마 끝에 서풍에 몰려가는 무서운 검은 구름의 터진 틈으로, 언뜻언뜻 보이는 푸른 하늘은 누구의 얼굴입니까'라고 노래한 '그 얼굴'을 만난 듯한 기쁨과 감격과 뿌듯함은 지금도 생생하다. 그 후로부터 백발이 성성한 지금까지 평생을 연구에 매달려 살았지만, 그날 아침, 백색 여과지 위에 나타난 분홍빛 반점들보다 내 가슴을 뛰게 했던 것은 없었다.

나는 국비 원자력 유학생으로 선발되어 아이오와 대학의 방사선연구소에서 정부와의 약속대로 방사선생물학을 공부했다. 그러나한국의 정권이 바뀌면서 1년으로 예정된 학업은 수정이 불가피해졌고, 결국 나는 한국으로 돌아가지 못하고 미국에 남았다. 그리고 일생을 암의 치료를 위한 방사선생물학을 연구하고 가르치는 데 보내고 있다. 미국에서의 첫 번째 직장 아인슈타인 메디컬센터에서 연구를 시작했을 때, 한국에서 온 촌놈인 내가 백인들을 따라가려면, 아니 그들보다 우수한 연구자가 되려면 몇 배의 노력이 필요하다는 것을 절감했다. 뜻이 있고, 노력하면 길이 열린다는 성경 말씀을 믿었고 그것이 사실이라는 것을 삶으로 경험했다. 목적지를 향해 남들이 걸어갈 때 나는 뛰어갔다. 지난 60년간 매일 12시간 이상 연구에 몰두했고 하루 24시간은 늘 모자랐다.

어떤 일의 성공에는 행운이 따르며, 과학을 연구하는 사람에게도 가끔은 뜻밖의 행운이 찾아온다. 그러나 그러한 행운은 준비된 사람만이 포착할 수 있다. 내 연구에서도 간혹 행운이 찾아왔고 나는 그 행운을 맞을 준비가 돼 있었다.

나는 인류 모두에게 두려운 질환인 암 치료법 연구에 인생을 걸고 몰두해왔다. 어떻게 하면 암의 방사선 치료 효과를 높일 수 있는지를 연구하는 방사선생물학에 전념했다. 그동안의 노력이 방사선 치료 발전에 조금이나마 이바지한 것에 자부심과 보람을 느낀다. 나의 실험실에 와서 배우거나 같이 일했던 한국분들이 서울의 호텔에서 나의 은퇴를 축하해준 적이 있다. 곳곳에서 열심히 환자를 치료하고 계신 그분들을 보며 내 조국 대한민국에 방사선 치료가 정착하는 데 미력이나마 도움을 드린 것 같아 기뻤다.

나의 끊임없는 노력, 나를 도와준 많은 사람들, 그리고 행운 덕분에 이루어진 연구 결과는 300여 편의 논문으로 발표되었다. 학계는 그 결과들에 관심을 두기 시작했고 먼 코리아에서 온 촌놈을 점차 인정해주었다. 나를 학회 회장으로 선출하기도 했고, 수많은 상장과 감사장을 주었고, 많은 학술지의 편집위원으로 초대했고, 미국과 해외 학회 및 연구소와 학교 등에서 연사로 초청했다. 사실 10여 년 전에 미네소타 대학교 교수직에서 은퇴했지만 아직도 실질적으로는 일을 계속하고 있다. 로버트 프로스트Robert Frost의 시구 'And miles to go before I sleep'처럼 내 앞에는 할 일이 조금 더 남아 있다. COVID-19 때문에 직접 참가하지는 못하지만 요즘도 몇몇 학회에 화상으로 초청 강연을 한다. 언젠가는 나를 강연자로 초청하는 일이 점차 줄어들 것이고, 학회에서 나를 볼 수 없게 될 것이고, 또 내 이름 Chang W Song이 들어간 새 논문을 만날 수 없게 될 것이다. 그렇게 나는 조금씩 잊혀갈 것이다.

과학자로 살아오는 동안, 여러 가지 시련과 좌절도 많았다. 그러나 만일 이 세상에 다시 태어난다면 나는 그때도 또다시 과학자의 길을 택할 것이다.

내가 과학 연구의 길을 걷도록 허락하신 하나님의 은혜에 감사드린다.

1932년	강원도 춘성군 북산면 내평리에서 출생
1939년	춘천소학교 입학
1945년	춘천중학교 입학
1950년	학도지원병으로 6·25 참전
1951년	육군종합학교 25기생으로 입교
1951년	육군 소위 임관
1951년	강원도 고성군에서 전상으로 제15육군병원 입원
1952년	의병제대
1952년	강원도 원주군 서곡국민학교 교사
1957년	서울대학교 문리과대학 화학과 졸업
1957년	서울대학교 문리과대학 조교
1959년	고려대학교 대학원 화학과 졸업(석사)
1959년	국비 원자력 유학장학생으로 도미 유학(아이오와 대학)
1964년	아이오와 대학 이학박사(방사선생물학)
1964년	아인슈타인 메디컬센터 연구소 연구원
1969년	버지니아 의과대학 방사선과 조교수
1970년	미네소타 의과대학 방사선치료과 조교수(1978년 교수 승진)
1973년	연세대학교 의과대학 초빙교수(1개월)
1979년	미국국립보건원(NIH) 연구비 심사위원(7년)
1987년	국제원자력기구(IAEA) 고문(1998년까지 11년)
1988년	서울대학교 자연대학 초빙교수(3개월)
1988년	미국국립보건원(NIH) Merit Award
1991년	중국 시안 암센터 방사선치료과 명예교수
1994년	북미온열학회 회장
1995년	일본 간사이 의과대학 초빙교수(1개월)
2000년	북미온열학회 유진 로빈슨상 수상(11회)
2001년	미네소타 대학교 의료원장 우수교수상
2005년	대만 양명대학교 초빙교수(1개월)
2006년	미네소타 대학교 은퇴, 명예교수 임명
2008년	국제온열학회 스가하라상 수상(1회)
2014년	한국원자력의학원 고문
2016년	대한민국 호국영웅기장 수여 받음
2019년	미주 서울대학교 총장 학술상 수상

이 회고록을 쓰도록 용기를 주시고 집필을 도와주신
성계용 박사님께 무한한 감사의 말씀을 드립니다.

나는 6·25의 학도병, 그리고
과학자 송창원입니다

초판 1쇄 발행일 2021년 10월 29일

지은이 송창원
펴낸이 김현관
펴낸곳 율리시즈

책임편집 김미성
표지디자인 송승숙디자인
본문디자인 진혜리
종이 세종페이퍼
인쇄 및 제본 올인피앤비

주소 서울시 양천구 목동중앙서로7길 16-12 102호
전화 (02) 2655-0166/0167
팩스 (02) 6499-0230
E-mail ulyssesbook@naver.com
ISBN 978-89-98229-93-1 03810

등록 2010년 8월 23일 제2010-000046호